anagramma

1041

Della stessa autrice:

Un adorabile cattivo ragazzo
Ho un regalo per te
The Coffee Series (Un adorabile cattivo ragazzo - Come non innamorarsi del capo - Arrogante e proibito)

Titolo originale: *Break Up With Him, For Me: A Novel*

Traduzione dalla lingua inglese di Daniela Mastropasqua
Prima edizione: agosto 2022

ISBN 978-88-227-6836-0

www.newtoncompton.com

Realizzazione a cura di Librofficina
Stampato nell'agosto 2022 presso Puntoweb s.r.l., Ariccia

Whitney G.

Lascia lui per me

Newton Compton editori

Per divertimento.
Per l’estate.
Per me.
<3 <3 <3 <3 <3

Prologo

Settantadue ore dopo la rottura

Hayden

Quando io e te ci incontreremo di nuovo alla fine di questo romanzo, mi dovrai un sacco di scuse.

Sì, *tu*.

La persona che sta divorando queste parole.

Ti vedo mentre mi giudichi prematuramente, chiedendoti perché ho tutta la faccia ammaccata e contusa o perché me ne sto così, accasciato su una sedia di pelle grigia nella mia suite all'attico.

Ti imbarazza sapere di avermi definito "sexy da morire" o "follemente stupendo" con le tue amiche. Il modo in cui ti ho fatto inzuppare le mutandine quando mi hai visto sulla copertina di «Esquire» o «GQ».

Prima di tutto, voglio ringraziarti per questo. So che il tuo ragazzo/marito non ti assicura più sesso strabiliante ormai da secoli, perciò considera pure la mia capacità di farti inzuppare le mutandine il nostro piccolo segreto.

E poi sono ben consapevole di non assomigliare minimamente al "Re del sesso di New York" o al "Selvaggio playboy di Manhattan" al momento. Non c'è bisogno di ricordarmelo.

E sì, so anche che sto macchiando di sangue il pavimento di marmo…

Vorrei raccontarti cos'è successo, ma in questo momento riesco a malapena a muovere la mascella, e comunque non mi crederesti mai.

Allora ti dico un'altra cosa.

Tutto quello che ho imparato nelle ultime settantadue ore può essere riassunto in una sola frase: l'unica differenza tra una rottura devastante e un incidente d'auto è che sarei felice di sottoscrivere un abbonamento al secondo per evitare la prima.

Ossa rotte, fratture, commozioni cerebrali e tagli? Sono in grado di gestirli.

Il tempo di recupero per lesioni del genere dura dalle sei settimane ai sei mesi. E dopo che i medici mi hanno prescritto un miscuglio di antidolorifici e intense sessioni di fisioterapia, sono in grado di andare avanti con la mia vita come se l'incidente non fosse mai accaduto.

Un cuore spezzato dopo una rottura, invece? Non esistono antidolorifici, sessioni di terapia o piani di recupero garantiti. E chi dice "Il tempo guarisce tutte le ferite" non ha mai amato e perso la sua migliore amica.

«Sei un pezzo di merda!». La voce della mia migliore amica, Penelope, prorompe improvvisa dagli altoparlanti dell'attico per l'ennesima volta questa mattina.

Ho provato ad avvicinarmi per spegnerli, ma è inutile. Non riesco a sentire le gambe.

«Detesto essere stata a letto con te, aver creduto che tu fossi qualcosa di più del bastardo presuntuoso e arrogante che sei sempre stato», dice. «Ti prometto che non ti parlerò *mai* più in vita mia».

Bip!

«Ti *odio*, Hayden Hunter». Un nuovo messaggio. «Io. Ti. Odio. Spero che ti cada il pisello e che tu perda ogni centesimo del tuo conto in banca! Visto che è tutto ciò che ti interessa».

Bip!

«Un'ultima cosa, stronzo…». La sua voce si incrina e sento il cuore che mi scoppia. «Per la cronaca, sei stato tu a dare inizio alla nostra guerra fredda anni fa. Sei stato *tu*, ed è sempre stata colpa tua... Come tua ex migliore amica, permettimi di parlare della nostra rottura come abbiamo fatto con tutte le mie precedenti rotture».

Si ferma per alcuni secondi, tirando su col naso tra i respiri. «Sei ufficialmente "Quello con cui non sarei mai dovuta stare". Avresti dovuto continuare ad aiutarmi a mollare gli *altri ragazzi* piuttosto che convincerci a oltrepassare il limite. Non eri neanche tutto questo portento a letto. Ho fatto sesso decisamente migliore con i miei ex».

Bip!

Non ha senso che reagisca a quest'ultima frase: sappiamo entrambi che è una bugia.

"Nemmeno una delle migliori".

Anche se sentire il dolore nella sua voce fa male da morire, è da giorni che non mi rivolgeva così tante parole e una parte di me è contenta che abbia chiamato.

Per quanto muoia dalla voglia di raccontarle la mia versione della storia, cioè perché la nostra rottura *non* è colpa mia, potrebbe avere ragione riguardo a noi due che oltrepassiamo il limite.

Forse, se avessi detto: "Continua a uscire con lui. È un uomo di gran lunga migliore di me" – anche se non lo era –, e quindi l'avessi spinta a uscire con un altro, o magari se non avessi insistito sul fatto che la nostra relazione valeva il rischio, saremmo potuti rimanere migliori amici e niente di più.

Che poi, Penelope e io non siamo sempre stati così uniti.

Diamine, non era nemmeno mia "amica" i primi anni in cui ci conoscevamo.

Non era altro che un reggimoccolo, una ragazza che doveva restare *off limits* per sempre.

Era solo "la sorella minore dell'(altro) mio migliore amico"...

Sedici settimane prima

No, aspetta.
Permettimi di cominciare dall'inizio.

Sedici rotture fa

Sì.

Iniziamo questa disastrosa storia d'amore da qui.

Ci stai?

Rottura #1

Quello che ha rotto a San Valentino

Penelope all'epoca

"Mio fratello mi ucciderà...".

Mi rapirà nel momento in cui uscirò da questo dormitorio, mi porterà in una discarica abbandonata e mi soffocherà dietro una pila di pneumatici in fiamme. Anche se è quello che merito per avergli mentito, dubito che batterà ciglio quando sarà condannato al carcere.

Probabilmente diventerà famoso.

Anzi, vedo già i titoli di domani: *Campionessa internazionale di pattinaggio artistico trovata morta soffocata. Il fratello maggiore confessa: «Le avevo detto di concentrarsi sul pattinaggio, e di non perdere tempo con gli appuntamenti»*.

"Merda. Merda. MERDA!".

«Piccola? Ehi, tesoro?». Michael, il mio ragazzo, mi spinge contro la parete di fondo dell'ascensore, interrompendo i miei pensieri. «Tesoro, così mi spaventi a morte. A cosa stai pensando?»

«Al mio omicidio». Lo guardo negli occhi. «Hai notato nessuno che ci seguiva quando abbiamo lasciato la pista? Il tipo che guidava quella Honda verde non sembrava la versione umana di Hulk?»

«Ah, wow. E no». Mi tira la medaglia che ho intorno al collo. «Sei stata lontana da me per mesi, hai finalmente vinto un'altra medaglia, proprio come volevi, e adesso stai pensando al tuo omicidio?».

"Lo penseresti anche tu se conoscessi mio fratello". «Scusa, sono solo...». Faccio fatica a inventare una bugia. «La gara di stasera è stata un po' più intensa di quanto immaginassi».

«L'unica cosa a cui dovresti pensare adesso è come il tuo amorevole ragazzo, cioè io, userà la sua canna da ventidue centimetri quando sarai nel suo letto».

Sbatto le palpebre un paio di volte.

Ho immaginato il momento in cui avrei perso la verginità in centinaia di modi, ma uno che usasse espressioni come "canna da ventidue centimetri" non mi era mai venuto in mente.

Inoltre, l'ho sentito duro come una roccia poca fa, e di certo non erano ventidue centimetri.

"Al più, dieci".

«Tesoro, prestami attenzione». Preme le labbra contro le mie, baciandomi con tanto impeto che perdo il filo dei miei pensieri. Una volta che mi ha lasciata senza fiato, mi prende per mano e mi conduce fuori dall'ascensore verso la sua stanza.

Stampandomi un bacio sulla guancia, apre la porta e mi trascina dentro.

L'odore di pizza vecchia di giorni, birra e candele alla vaniglia aleggia intorno a me mentre lui mi guida verso il letto.

«Mi sei mancata così tanto». Mi fa scivolare una mano sotto il vestito, scostando le mutandine.

Come se percepisse la mia esitazione, si ritrae.

«Beviamo qualcosa, così sarai a tuo agio», dice. «Ho fragole, panna montata e dello champagne speciale che ho comprato per te».

«In realtà dovrei solo fare una telefonata».

«A chi?»

«Travis».

«Tuo fratello?». Solleva il sopracciglio.

«Sì». Annuisco. «Mi ha chiamata una decina di volte stasera, quindi probabilmente dovrei fargli sapere che sto bene».

«Tuo fratello è a millecinquecento chilometri di distanza».

Scuote la testa. «E se non sbaglio ti ha lasciata a Seattle perché te la cavassi da sola. Può aspettare».

"Ottima argomentazione".

Tirandomi più vicino a sé, mi fa scorrere le dita tra i capelli e mi bacia di nuovo. Gli cingo il collo mentre sussurra il mio nome. Faccio del mio meglio per concentrarmi su questo momento. Su di lui.

«Togliti le scarpe», dice, e io le scalcio via.

Poi, senza dire niente, mi fa rotolare sul materasso e comincia a riempirmi il collo di baci.

Quando gli infilo le dita tra i capelli, bussano forte alla porta.

«Arrivo!», geme lui. «Ho dimenticato di mettere un calzino alla porta per il mio coinquilino, piccola. Aspetta».

Si avvicina alla porta e guarda attraverso lo spioncino. «*Porca puttana*».

Un altro colpo alla porta, questa volta molto più forte, e lui fa un passo indietro.

Per un attimo mi convinco che i pensieri sul mio omicidio siano a pochi secondi dall'avverarsi. Mi guardo intorno per scovare una possibilità di fuga, ma entrambe le finestre sono bloccate da torri di lattine di birra e non posso rischiare le gambe lanciandomi dal quarto piano.

Prendo per un attimo in considerazione l'idea di immolarmi per essere uccisa per prima, ma la logica interviene per alleviare le mie paure.

A Travis servono diciassette ore di macchina per arrivare qui. Anche se avesse optato per l'aereo, non avrebbe mai osato sprecare soldi per un biglietto last minute.

In più mi avrebbe chiamata un milione di volte per farmelo sapere.

«Chi c'è alla porta?», chiedo.

«Shhh». Michael si preme un dito sulle labbra. Poi mi fissa, con l'aria combattuta di chi non sa se saltare fuori dalla finestra o nascondersi sotto il letto.

All'improvviso, come una scena uscita da *Mission Impossible*, corre verso di me e mi prende per le gambe. Issandomi sopra la sua spalla, mi porta nel suo armadio e mi lascia cadere su una pila di vestiti sporchi.

«Resta qui e sta' zitta, okay?», sussurra. «Ti amo tanto». Chiude l'anta sbattendola e la riapre un attimo dopo.

«Tieni. Prendi le tue scarpe». Quasi me le lancia addosso.

"Che diavolo...?". Faccio per rialzarmi quando lui spinge un cesto della biancheria davanti al mobile.

Attraverso le sottili lamelle, lo guardo mentre mette in scena uno strano *one-man show*.

Nel primo atto fa e rifà il letto, sistemando i cuscini in base al colore. Nel secondo si toglie i jeans e indossa un paio di pantaloni della tuta, il tutto mentre canticchia con voce stonata il ritornello di un celebre pezzo pop.

Ignora le mie sussurrate richieste di risposta durante l'intervallo e, dopo essersi spazzolato i capelli con il gel, prende qualche sorso di Listerine e sputa nel lavandino. Per il gran finale, fruga nel cassetto del comò in alto in cerca dell'acqua di colonia, spruzzandosene un po' troppo sul petto.

«Puoi farcela, Michael. Puoi farcela». Fa alcuni respiri profondi prima di avvicinarsi alla porta e aprirla.

«Ehi, piccola», dice.

"Piccola?".

«Ehi, sexy». Una mora che sembra molto più grande di me gli avvolge le braccia intorno al collo. I suoi seni a coppa spuntano fuori da un vestito rosa aderente e scollato e il suo trucco è applicato alla perfezione. «So che avevamo deciso di festeggiare San Valentino domani, ma non potevo aspettare fino ad allora».

Michael le afferra la vita nello stesso modo in cui ha stretto la mia, dandole lo stesso bacio profondo e a bocca aperta che mi ha offerto pochi minuti fa. Sussurra persino: «Mi sei mancata così tanto», con la stessa identica cadenza con la quale l'aveva detto a me.

“Ma che cazzo sta succedendo?”.

Per un momento, mi chiedo se sono mai sembrata sciocca e confusa come la bruna in questo momento. Così innamorata e ingenua.

Quando lui si allontana dalla sua bocca, emette un profondo sospiro. «Ho bisogno di dirti una cosa molto importante, Kylie».

«Sì?». Si toglie le scarpe a calci. «Che c’è?».

“Sono un bastardo che ti tradisce con una ragazza del liceo”. Aspetto che dica quelle parole e mi faccia uscire dall’armadio, così che possiamo mostrarci entrambe meravigliate per le sue bugie.

«So che abbiamo fatto un continuo tira e molla in questi ultimi mesi», dice, afferrandole le mani e fissandola negli occhi. «Ma voglio che tu sappia che sono pronto questa volta, e ho pensato molto a come rendere speciale il nostro San Valentino… Ho delle fragole, la panna montata e uno champagne speciale che ho comprato per te».

“No, davvero. Cosa diavolo…”.

«Oh, mio Dio, sul serio?». La mora indica la borsa rossa ai piedi del suo letto. La *mia* borsa rossa. «Quella è per me?»

«Sì». La butta sul pavimento. «Te la darò più tardi. Prima baciami».

Mi pizzico un paio di volte per assicurarmi che questa scena non sia un parto della mia immaginazione. L’universo non può aver deciso, di punto in bianco, di infilarmi in una sottotrama pazza in grado di rovinare la mia relazione.

Eppure il dolore che avverto ai polsi è reale come sempre. E più guardo Michael e lo sento sussurrare le stesse parole che ha sussurrato a me, più gli ultimi mesi della nostra relazione mi scorrono davanti agli occhi al rallentatore, spiegandomi molte cose.

Mi chiamava solo di notte e non voleva quasi mai uscire di giorno: diceva di “volermi tutta per lui”. Preferiva presentarsi ai miei allenamenti piuttosto che farmi andare a casa sua.

Era venuto ad alcune delle mie gare, ma non voleva che ci facessimo selfie. Aspettava che lo raggiungessi nel parcheggio, e sistemava l'auto sempre in ultima fila.

"Sciocca, sciocca, sciocca".

Quando quei ricordi smettono di scorrere e mi è ormai chiaro che non gliene mai importato di me, la brunetta sta gemendo mentre lui le riempie il petto di baci.

«Oddio, Michael».

"Al diavolo".

Prendo a calci l'anta dell'armadio finché non si apre.

«Davvero, Michael? Avevi intenzione di lasciarmi marcire lì tutta la sera?».

Lui mi guarda e sussulta.

«Chi… chi sei?». La mora si copre il petto con un cuscino. «E perché diavolo ci stavi spiando dall'armadio?».

«Ah, wow». La voce di Michael non tradisce alcuna emozione. «Questo è scioccante. Lei è la ragazza del mio coinquilino. Be', la sua ex ragazza. Credo che sia qui per fargli una sorpresa o qualcosa del genere».

Lo fisso del tutto esterrefatta.

«Non è così?». Mi rivolge uno sguardo supplichevole.

«Diavolo, no». Afferro la mia borsa. «E questa è mia, comunque».

Guardo la bruna mentre mi dirigo verso la porta. «Esco insieme a lui da gennaio, e stasera gli ho quasi dato la mia verginità. Tradisce anche te».

Non resto in attesa delle conseguenze. Sbatto la porta e corro giù per le scale di emergenza.

Il vento umido di Seattle mi schiaffeggia la faccia non appena apro la porta. Mi ricorda che ho lasciato il cappotto nella stanza di Michael.

Rifiutandomi di tornare, incrocio le braccia al petto e mi dirigo verso la parte anteriore dell'edificio.

Quando entro nella reception, tiro fuori il telefono e apro l'app di Uber. L'autista più vicino è a un'ora di distanza e c'è un supplemento obbligatorio per la distanza.

Gemo e chiudo l'app. Quindi scorro i miei contatti, fermandomi su "Papà" e "Mamma". Se fossero ancora vivi, in questo momento, mi sottoporrei volentieri al loro "Siamo così delusi da te" e alle minacce di punizione per l'intero viaggio di ritorno verso casa. Diavolo, suggerirei loro persino di tenermi chiusa in casa per il resto dell'anno.

Scaccio quei pensieri e continuo a scorrere l'elenco: sfilano i nomi dei miei allenatori, delle avversarie e dei vicini di casa. Gente che conosco bene, ma non abbastanza per chiedere un favore a quest'ora.

Una volta raggiunta la fine della lista, mi rimane solo "Bleah: Arrogante Bastardo", e cioè Hayden Hunter, il migliore amico di mio fratello.

Basta la vista del suo nome per farmi alzare gli occhi al cielo.

Se mai ci fosse un premio per "Il ragazzo che si crede di essere il regalo perfetto per una donna", Hayden lo vincerebbe con percentuali schiaccianti ogni anno. A peggiorare le cose, ogni donna che abbia mai posato gli occhi su di lui sarebbe ben felice di votarlo e gli direbbe che ha tutto il diritto di pensarla così.

Con i suoi splendidi occhi azzurri, quei capelli castano scuro da sogno e la mascella cesellata che sembra fatta apposta per la copertina di «GQ», è sicuramente uno dei ragazzi più attraenti che abbia mai visto. Senza dubbio. Quando apre la bocca per parlare, però, tutto il suo fascino svanisce.

È uno sciupafemmine della peggior specie: ha avuto un terribile influenza su mio fratello e mi pentirò sempre del giorno in cui è entrato nelle nostre vite. Il giorno in cui è diventato la persona più vicina a Travis, rendendo me solo una ruota di scorta.

"A quest'ora avrà almeno dieci malattie sessualmente trasmissibili. No, venti".

Clicco sul suo contatto, e rileggo sulla chat la nostra ultima conversazione.

BLEAH: ARROGANTE BASTARDO: Ho lasciato un pacco a casa tua prima. È per Travis. Forse ti ha finalmente mandato ciò di cui hai bisogno: un po' di maledetta gratitudine. A proposito, prego per il mio aiuto.

BLEAH: ARROGANTE BASTARDO: Tuo fratello dice di chiamarlo dopo l'allenamento di stasera. Vuole che tu torni per le undici: domattina devi incontrare quei giornalisti di «TIME» e di «Skate World».

BLEAH: ARROGANTE BASTARDO: Penelope, lo VEDO che hai letto i miei cavolo di messaggi. Puoi almeno rispondere?

Non gli ho mai risposto e non ho alcuna voglia di iniziare adesso.

Riapro l'app Uber e decido di aspettare tutto il tempo che ci vuole.

"Preferisco morire di freddo piuttosto che avere a che fare con Hayden…".

Rottura # 1.5

Quello che ha rotto a San Valentino

Hayden all'epoca

TRAVIS: Ehi. So che probabilmente in questo momento sei da qualche parte a farti succhiare il cazzo, ma puoi darmi qualche aggiornamento su Penelope? Sono passati CINQUE giorni.
TRAVIS: Hai già consegnato l'assegno al suo allenatore? Quei tremila sono ancora sul mio conto.
TRAVIS: Che cazzo? Rispondimi, Hayden. Voglio solo sapere come sta la mia cavolo di sorella. Sto facendo tutto il possibile per assicurarmi che stia bene.

"Se ci tieni così tanto, tornatene a casa...".

Stringo la mascella mentre leggo gli ultimi messaggi di Travis.

Sono passati solo sei mesi da quando ha sostituito le fredde piogge di Seattle con le soffocanti estati di Las Vegas, ma con tutti i messaggi che invia, sembra più di un decennio.

La mattina dopo il funerale dei suoi genitori, ha lasciato vicino alla mia colazione il ritaglio di un giornale *La UFC cerca di espandersi*, insieme a un elenco intitolato "Cose di cui hai bisogno per aiutare Penelope (Principessa) mentre sarò via".

Senza alcun tipo di emozione, aveva detto: «Ho bisogno di concentrare tutte le mie energie in modo da aiutare Penelope. Ho l'opportunità di entrare nel circuito MMA e invierò più soldi che posso a casa. Puoi darmi una mano con lei mentre lavori alla tua app di appuntamenti, giusto?».

Non aveva aspettato una risposta.

Aveva preso la valigia ed era tornato a casa per dare la notizia a sua sorella. Da allora non l'ho più visto.

In sua assenza, mi sono trovato immerso nel mondo del pattinaggio di figura agonistico e onestamente preferivo i giorni in cui non ne conoscevo l'esistenza. I giorni in cui non dovevo svegliarmi alla cazzo di alba e portare Penelope avanti e dietro da dozzine di allenamenti, le espressioni "triplo toeloop" o "doppio axel" mi erano totalmente estranee e l'unica gara di pattinaggio sul ghiaccio che avessi mai visto era in televisione durante le Olimpiadi.

"Sono stufo di queste stronzate".

Rotolando fuori dal letto, mi assicuro di non svegliare la donna accanto a me. La nostra avventura di una notte, insieme al suo nome, è stata dimenticata da tempo, ma non sono il tipo di ragazzo che fa sapere questo genere di cose.

Apro un pennarello e scrivo: "Grazie per la serata, mi sono divertito" sul retro dell'involucro di hamburger prima di metterlo sul suo comodino. Poi giro intorno al materasso per raccogliere i miei vestiti.

Dopo aver infilato la maglietta, afferro con calma le chiavi e mi metto le scarpe. Ricontrollo per assicurarmi di non lasciare nulla e mi dirigo fuori, verso la mia macchina.

Sfrecciando per la città, mi avvicino al vialetto della casa di Travis per "assicurarmi che Penelope stia bene".

Le lampade del portico brillano intensamente, ma della camera da letto di Penelope non arriva il solito bagliore del televisore.

Confuso, tiro fuori il telefono e le mando un messaggio.

IO: Ehi. Puoi accendere le luci al piano di sopra o accendere la TV in modo da confermarmi che sei viva? Tuo fratello vuole accertarsi che tu stia bene.

Vedo che ha letto il messaggio ma non risponde.

"Figurati".

IO: Ciao, Travis. Pen è al sicuro a casa. Ho appena controllato. Dice che ti chiamerà domani.
TRAVIS: Grazie, sei un amico.
TRAVIS: Come stai? La tua app di appuntamenti sta andando bene?

So che non gliene frega un cazzo del mio lavoro, quindi non mi prendo la briga di rispondere alle sue domande.

Chiudo la conversazione e guido per tornare a casa per quel che resta della notte. Mentre alzo la musica, il nome di Penelope compare sul mio schermo per una telefonata.

Premo "Ignora".

Chiama di nuovo.

Premo "Ignora" ancora una volta.

Quando imbocco l'autostrada, mi telefona una terza volta.

«Che c'è, Penelope?», rispondo. «Ho già detto a tuo fratello che sei a casa. Prego».

«Io… io non sono a casa». Sta battendo i denti. «Affatto».

So che dovrei chiederle dov'è, ma continuo a guidare, lasciando che il silenzio si instauri tra noi.

«Ci sei ancora, Hayden?», mi chiede.

«Sto aspettando di sapere perché diavolo mi chiami alle tre del mattino».

«Ho bisogno di un passaggio. Puoi venire a prendermi?»

«A prenderti?». Mi sposto sulla corsia di emergenza. «Sei rimasta alla pista a esercitarti?»

«Una coppia di ubriachi mi ha rubato l'Uber e quello più vicino è a due ore di distanza», spiega, evitando di rispondere alla mia domanda. «Posso darti i soldi per la benzina, dato che sono un po' lontana. Per favore».

«Dove diavolo sei?»

«Al dormitorio Avis della Central University».

"Eh?". Sono certo di aver capito male. «Quello è un dormitorio maschile».

«Ne sono consapevole».

«Allora cosa ci fai lì a quest'ora di notte?»

«Stavo studiando. Con un ragazzo».

«Giusto». Faccio un'inversione a U. Valuto se dirle di restare al telefono con me fino a quando non arriverò lì, ma non le devo niente. Non mi ha mai detto nemmeno un "Grazie" per tutto quello che faccio.

«Mi vieni a prendere?»

«Sfortunatamente sì. Sarò lì tra trenta minuti».

Riaggancio e guido venti chilometri sotto il limite di velocità. "Può aspettare".

Quando mi fermo al dormitorio, attraverso le finestre dell'atrio vedo Penelope che litiga con un addetto alla sicurezza. Le sue guance sono rosso barbabietola e scuote la testa, come se si stesse rifiutando di andarsene.

Vestita con dei tacchi a spillo argentati e un vestito rosso leggero che lascia poco all'immaginazione, chiaramente era qui per tutto tranne che per "studiare".

Suono il clacson alcune volte, interrompendo la sua discussione con la guardia.

Gli strappa qualcosa dalla tasca prima di precipitarsi fuori, e la guardia solleva il dito medio.

"Dove diavolo è il suo cappotto?".

Lei apre lo sportello del passeggero e io alzo il riscaldamento.

Mentre si allaccia la cintura di sicurezza, non posso fare a meno di notare le lacrime che le scorrono lungo le guance.

«*Studiare* dovrebbe dare piacere, non farti piangere». Mi fermo in strada. «Il tuo ragazzo è così pessimo a letto?»

«Sai una cosa?». Si asciuga gli occhi. «Puoi lasciarmi in autostrada? Credo che aspetterò un altro Uber».

«Troppo tardi». Mi assicuro che sia inserita la sicura. «Non che me ne freghi qualcosa, ma per favore dimmi che hai usato un preservativo».

«Non ho usato niente, okay?». Mi fissa. «Perché non è successo niente».

«Non è quello che dice il tuo vestito».

«Il mio vestito è un costume che ho già indossato sul ghiaccio, ma scatta pure una foto. Sono sicura che non vedi l'ora di inviarla a Travis e raccontargli tutto».

«Non dirò un cazzo a tuo fratello». Le lancio un'occhiata. «La tua vita sessuale non è affar suo. E nemmeno mio».

«Forse è la cosa più intelligente che tu mi abbia mai detto».

«No, quella è io che mi offro di prenderti dei preservativi. Hai bisogno che mi fermi e te ne compri un po'?»

«Sei tardo? Ti ho appena detto che non è successo niente. E non è successo niente perché il mio cosiddetto ragazzo ha rovinato San Valentino nel momento in cui la sua vera ragazza del college si è presentata». Le parole le fuggono via dalla bocca. «Mi ha tradita per tutto questo tempo e non posso credere di essere stata così ingenua da credere che un universitario sarebbe mai stato fedele a una liceale. Che fosse addirittura degno di essere il mio primo».

"Sì, sicuramente non è stata una grande idea".

«Ti serve qualche consiglio sentimentale per il tuo prossimo fidanzato?», le chiedo.

«Ah! Grazie ma no». Scuote la testa. «Dubito che avrò mai bisogno dei tuoi consigli su qualsiasi cosa. Anzi, nel momento in cui vorrò sapere come essere uno stronzo o un puttaniere, ti chiamerò».

«Lascia un messaggio». Accendo la musica, impedendo qualsiasi ulteriore conversazione.

Questa volta guido venti chilometri oltre il limite di velocità e non mi fermo neanche ai semafori rossi.

Prima riesco a scaricarla, meglio è.

Una ventina di minuti più tardi, quando entro per la seconda volta nella stessa sera nel suo vialetto, penso di uscire e di aprirle lo sportello. Mi volto e vedo che sta cambiando di nuovo il mio nome nel suo telefono. Non sono più memorizzato come "Bleah: Arrogante Bastardo".

Ora sono "Stronzo antipatico (non chiamare mai più)".

In un certo senso è un miglioramento rispetto a "Hayden lo stronzo (Lo odio)" e "Ha di certo la sifilide" della scorsa settimana, ma non abbastanza per comportarmi da gentiluomo.

«Okay, adesso puoi levarti dalla mia macchina adesso. Verrò a prenderti sabato per le prove, a meno che non trovi un nuovo compagno di studio per allora. Prima cerca di assicurarti che non abbia una ragazza».

«Questo è un colpo basso», dice. «Persino per te».

«Posso fare molto peggio di così, fidati». Indico lo sportello. «Solo uno di noi ha cercato di essere cordiale in questi ultimi sei mesi. Spoiler: non sei stata tu. Secondo spoiler: dopo stasera, smetterò anch'io».

«Non hai bisogno di mostrarti cordiale, perché è per gran parte colpa tua se Travis ha accettato di lasciarmi qui. Il fatto che accetti consigli di qualsiasi tipo da uno che ha come motto personale "Gli amici prima della figa" non ha mai avuto senso per me».

«Non ho mai detto "Gli amici prima della figa"». Mi sporgo e apro lo sportello, dal momento che sta tergiversando. «Potrei aver detto "Mettimi sulla figa" un paio di volte, ma non è una tua preoccupazione. Ripeto, è il momento di lasciare la mia macchina».

«Volentieri». Esce. «Devo sbrigarmi a fare una doccia. Potrei aver preso una delle tue malattie sessualmente trasmissibili durante questo viaggio».

«Sai cosa?». Mi sono stancato di fare il bravo. «Questo è il motivo per il quale il tuo ragazzo ti ha tradita. Si è stancato delle tue cazzate in camera da letto. Probabilmente continuavi a parlare di malattie veneree ogni volta che ti respirava addosso. Voleva uscire con qualcuno che sapesse davvero in quale buco infilarsi il suo cazzo, con qualcuno che non avesse il corpo di un ragazzino di dodici anni».

Rimane a bocca aperta.

«Fammi sapere se vuoi che ti compri un libro di educazione

sessuale la prossima volta che andrò da Walmart. Ti evidenzierò anche le parti importanti dell'anatomia, se lo desideri».

«Vaffanculo, Hayden». Sbatte lo sportello.

Abbasso il finestrino, sentendo un bisogno improvviso di avere l'ultima parola. «Prego per il passaggio, Penelope».

«No, grazie». Lei mi fissa. «Non te ne chiederò mai più un altro».

«Meglio. Non risponderò mai più al telefono così tardi se sarai tu a chiamare».

«Nel frattempo prova a pulire la tua auto. C'è odore di figa insoddisfatta».

«Come lo riconosceresti? Non riesci nemmeno a trovare la tua». Sollevo un po' il finestrino, pronto a scappare e a lasciarla lì in piedi, fumante di rabbia, ma le sue labbra iniziano a muoversi.

«Spero che la tua app di appuntamenti fallisca e che tu perda ogni centesimo investito». Mi guarda dritto negli occhi. «Non so nemmeno perché tu, tra tutte le persone, voglia creare qualcosa del genere, quando la tua idea di relazione è scopare con ogni donna che vedi. Ma immagino sia per questo che non sei arrivato da nessuna parte in due anni interi. Forse saresti dovuto rimanere al college, dopotutto. Non tutti sono fatti per essere Mark Zuckerberg, specialmente non tu».

Ci fissiamo in cagnesco per diversi secondi.

Decido di interrompere la conversazione ed esco dal vialetto. La prima cosa che farò domattina sarà chiamare Travis per dirgli che il nostro accordo si conclude qua.

L'"aiuto" che mi ha chiesto va ben oltre i doveri di un migliore amico e non posso più affrontarlo.

"Ho chiuso con Penelope".

Un'ora dopo, sto camminando lungo il reparto delle caramelle di un minimarket aperto ventiquattr'ore su ventiquattro: ho abbastanza bevande energetiche Monster e Skittles per sopravvivere a un fine settimana di lavoro sulla mia app di appuntamenti.

Contrariamente a quanto ha detto Penelope, ho fatto molti progressi al riguardo negli ultimi due anni; è solo che sono stati graduali.

C'è interesse da parte degli investitori, ma tutti mi hanno detto la stessa cosa: "È un po' fredda", "Torna quando capisci cosa manca" o "C'è qualcosa che non ti so dire…".

Prendo una scatola di ciambelle prima di dirigermi verso le casse. Mentre tiro fuori il portafogli, il mio telefono vibra.

Penelope.

LA FASTIDIOSA SORELLINA DI TRAVIS: Solo perché tu lo sappia, non sono affatto dispiaciuta per ciò che ti ho detto prima.
IO: Neanche a me dispiace per ciò che ti ho detto.
LA FASTIDIOSA SORELLINA DI TRAVIS: Bene… Posso chiamarti un secondo?
IO: Perché?
LA FASTIDIOSA SORELLINA DI TRAVIS: Il consiglio sulle rotture che mi hai offerto prima. Voglio sentirlo.
IO: Non mi interessa più dartelo. Chiama Travis e chiedi a lui. Prima di tutto gli farà piacere sapere che avevi il ragazzi.
LA FASTIDIOSA SORELLINA DI TRAVIS: *emoji del dito medio* *emoji del vomito* *GIF di "Succhiami il cazzo"* Scusami se ho chiesto a te. Aspetterò che uno dei miei amici si svegli.
IO: Se hai degli "amici", perché non hai chiesto a uno di loro di venirti a prendere stasera?

Non risponde. Per quanto io sia pronto a chiudere tutte le comunicazioni con lei per sempre, non posso fare a meno di pensare al motivo per cui non ha chiamato un'altra persona invece che me. Perché non mi ha mai chiesto di lasciarla a casa di qualcun altro, mai nessun cinema, una qualsiasi cosa che non fosse legata alle gare e agli allenamenti negli ultimi mesi.

Tra gli allenamenti quotidiani di dodici ore e le lezioni private, va a scuola solo poche volte alla settimana per fare i test e consegnare i compiti.

"Devo essermi perso qualcosa".

Quando arrivo alla mia macchina, apro il vano portaoggetti e frugo tra le carte in cerca dell'elenco di Travis, "Cose di cui hai bisogno per aiutare Penelope (Principessa) mentre sarò via".

Sul retro, con il numero 13, c'è un punto sottolineato che in precedenza avevo trascurato. È evidente più che mai ora:

13. Aiutala a trovare degli amici
Nostra madre era la sua migliore amica/allenatrice/tutto prima dell'incidente, quindi... So che sarà difficile, ma puoi presentarla alle *donne* del team che lavora alla tua app?

"Non ha neanche un amico".

Anche se non dovrei, le rispondo al messaggio.

IO: Ti concedo due minuti. Chiamami.

Il mio telefono squilla all'istante.

«Il mio consiglio è semplicissimo», rispondo, andando dritto al punto. «Qualsiasi ragazzo a cui importi davvero di te, specialmente se fa il college, non ti inviterebbe nella sua stanza per San Valentino o per altre serate speciali. Cercherebbe di fare uno sforzo in più».

«Vuoi dire che mi chiederebbe di venire a casa mia?»

«No, farebbe...». Mi fermo, scegliendo con cura le mie prossime parole. «Sei vergine, vero?»

«Insomma, tecnicamente. Con alcuni dei miei ex fidanzati ci sono andata vicino, e anch'io...».

«Non voglio sentire il resto della frase». La interrompo. «Mai. Sei vergine, quindi lasciamo perdere. Va bene?»

«Va bene».

«Comunque, se questo ragazzo in particolare ti avesse voluta davvero, avrebbe reso la tua prima volta molto più speciale. Ti ha offerto prima una bella cena?»

«Mi ha portato al Burger King».

«E aveva in programma una buona colazione da qualche parte per domani, invece?»

«Ha detto che mi avrebbe portata da Starbucks». La sua voce è morbida. «Per stasera aveva preparato champagne e fragole, però».

«Probabilmente comprati dalla confraternita "Buon San Valentino". Vendono quella merda a buon mercato perché uno dei fondatori possiede una cantina in città. Voglio dire, era così quando ci andavo io».

«Ah».

«Sì, "ah"». Metto in moto la macchina. «Non pendere dalle labbra del primo che incontri, okay? Affronterai un sacco di merda nella vita e non puoi fidarti di nessun ragazzo».

«Vuoi dire di nessun ragazzo come te?»

«Sì, esattamente», dico. «Considerami uno che ha imparato bene le regole del gioco e non ha intenzione di ritirarsi mai».

«Ah». Fa una leggera risata. «Grazie mille, Hayden».

«Prego. Ciao». Chiudo la chiamata e faccio per spegnere il telefono, ma lei mi chiama di nuovo.

«Guarda», rispondo. «Questo è l'unico consiglio che ho da darti».

«Ti chiamo perché ne ho anch'io alcuni per te», dice. «Hai bisogno di un nome migliore e di una home page più attraente per la tua app di appuntamenti. Sono i due principali difetti».

«Che cosa?»

«La tua app di appuntamenti». Parla un po' più forte. «Devi darle un nome diverso e fornirla di una home page più funzionale. Cioè, la mia fisioterapista la usa e dice così».

Silenzio.

«Ci sei?», chiede lei.

«Sì». Mi schiarisco la gola. «Non pensi che il nome "Brucio per te" funzioni?»

«No, a meno che tu non stia parlando dei bruciori dopo il rapporto». Si sente un sorriso nella sua voce. «Nel caso saresti un esperto, vero?»

«Bloccherò il tuo numero dopo stasera».

«A proposito di cose che non funzionano», continua. «Quel “Vota le tue scelte migliori” fa schifo. Oh, e anche il “Libricino nero” in cui le persone possono tenere il conto delle loro conquiste. È una cosa disgustosa e mi fa venire i brividi ogni volta che la vedo».

«La tua fisioterapista sembra saperne molto sulla mia app».

«Fa il tifo perché tu fallisca nella vita».

«Capisco». Sorrido. «Tra pochi minuti torno nella tua parte della città. Ti dispiace se mi fermo per altri feedback della fisioterapista?»

«A dir la verità sì», dice. «Ma se vuoi che continui ad aiutarti, dovresti portarmi un bagel e del caffè in cambio dei miei consigli. Devi anche sapere che ti disprezzerò sempre, completamente, e questa è una cosa una tantum».

«Fidati, lo so già», scherzo. «Questa è l’ultima volta che trascorro così tanto del mio tempo libero a parlare con te».

«È un sì o un no al bagel?»

«È un “Ci penserò”». Chiudo la chiamata ed esito un po’ prima di inviarle un messaggio.

IO: Cannella, aglio o crema al formaggio?

LA FASTIDIOSA SORELLINA DI TRAVIS: Crema di formaggio *e* cannella.

LA FASTIDIOSA SORELLINA DI TRAVIS: Inoltre, ehm… dato che questa è l’ultima volta che saremo gentili l’uno con l’altra *emoji che pensa* Quando avrò finito di aiutarti, posso avere qualche altro tuo consiglio sulle rotture?

Non rispondo.

L’ultima cosa di cui ho bisogno nella mia vita dopo stasera è più Penelope. Nel momento in cui mi avrà dato la sua opinione sull’app, insisterò per tornare al nostro stallo.

“E poi chiamerò Travis per porre fine a questo accordo”.

Cerco il negozio di bagel più vicino e lei mi manda un altro messaggio.

LA FASTIDIOSA SORELLINA DI TRAVIS: Il tizio con cui ero stasera mi ha appena scritto. Dice che gli dispiace e che vuole venire da me e sistemare le cose… Ovviamente non accadrà, ma posso ancora essere sua amica? Per esempio averlo lì quando gareggio?

Mi metto in strada e la chiamo.

«Sì?»

«È un no grosso come una casa, non devi più avere nulla a che fare con lui», dico. «Ma leggimi esattamente quello che ti ha mandato».

«Adesso?»

«Certo».

Non ne avevo idea e se qualcuno me lo avesse detto non ci avrei mai creduto, ma quello è il primo consiglio sulle rotture che le do e quella sera segna l'inizio della nostra amicizia.

Per quanto provi a resistere, Penelope alla fine diventa la migliore amica che abbia mai avuto…

Ah ah.

Per favore.

Arrivo a casa sua, le do qualche consiglio, prendo appunti su quello che ha da dirmi sull'app, e poi ce ne torniamo alla nostra routine senza alcun problema.

I nostri viaggi in macchina verso gli allenamenti rimangono silenziosi. Continua a visualizzare i miei messaggi senza rispondere.

Nel raro caso in cui le rivolgo la parola, dico qualcosa del tipo "Congratulazioni per aver vinto di nuovo", mentre continua a pattinare e a raggiungere i punteggi più alti assegnabili dai giudici.

L'unica differenza è che tra di noi non ci sono più tensione né astio. Be', e che ora sul suo telefono sono "Hayden e basta".

Rottura #3

Quello che voleva una cosa a tre

(La rottura #2 era quello che voleva lo chiamassi papà ma preferisco far finta che non sia mai successo…)

Penelope all'epoca

Uno dei problemi più difficili del non avere amiche è dover fare affidamento sugli influencer di Instagram e YouTube per consigli sulla vita e sugli appuntamenti.

Mia madre mi ha insegnato tutti i segreti riguardo al trucco – merito della sua lodata carriera sul ghiaccio – e un sacco di cose sulla tenacia e su ciò che bisogna fare per essere i migliori, ma sugli uomini?

L'unico consiglio che è stata in grado di darmi è stato: «Non uscire con nessuno come tuo fratello… o quel ragazzo, Hayden Hunter».

Questo è quanto.

Ecco perché sono grata in un certo senso che Kayla Lilith, terza pattinatrice più forte del Paese e mia compagna di allenamenti, abbia iniziato a uscire con me.

Dopo gli allenamenti intensivi, tra le sessioni di stretching e durante i momenti di pausa delle nostre corse mattutine, mi ha lentamente trascinata nella sua vita.

È lei il motivo per cui sto mettendo a rischio la mia vittoria, un'altra volta, e me ne sto fuori dall'appartamento del mio ragazzo Brody di sabato sera.

Le ho detto che non sono tipa da feste, nemmeno se le organizza il mio ragazzo, ma Kayla ha insistito, dicendo che dovevo andare e parlare con lui dei suoi "deficit di comunicazione". E poi mi ha detto che sarebbe ora che facessimo sesso.

«State litigando molto di più ultimamente, giusto? Va' alla sua festa e digli cosa ti renderebbe felice... Sarò lì se avrai bisogno di me».

Mi passo le mani sul vestito prima di aprire la porta.

La sua casa di città è piena zeppa di studenti universitari con in mano una tazza rossa e nell'aria c'è profumo di alcol, sudore e marijuana.

Lo vedo in piedi sul balcone a parlare con gli altri suoi amici, ma c'è uno sciame di ragazze che mi blocca la strada.

Stanno tutti adulando un tizio con una giacca di pelle nera. Un tizio che ha un profilo laterale perfettamente cesellato, un sorriso bianco scintillante e... Hayden?

"Merda".

I suoi occhi azzurri incontrano improvvisamente i miei e inclina la testa di lato.

Mi ha lasciata alla pista ore fa ed era sicuramente convinto di dovermi venire a prendere per mezzanotte.

Giro la testa e mi dirigo verso il tavolo dei drink.

Afferrata una tazza rossa, la riempio fino all'orlo. La butto giù tutta velocemente, come se così facendo potessi sparire.

Poi la riempio di nuovo.

«Quindi hai deciso di venire?». Brody mi bacia la nuca e per un attimo mi afferra i fianchi. «Sono contento che tu sia qui».

«Anch'io». Mi giro e lui mi bacia profondamente.

Mi stringe la mano, portandomi via dalla folla e nel corridoio.

«Hai intenzione di passare la notte con me?», mi chiede, premendo un bacio contro la mia clavicola nuda.

«Sì».

«Bene, perché penso di aver capito la causa dei nostri problemi di comunicazione. So anche perché ti fermi sempre quando cerco di fare sesso con te».

Alzo il sopracciglio, confusa.

«È un problema di fiducia, giusto?»

«No, è perché ti dimentichi sempre di portare i preservativi».

«Dovremmo prenderci del tempo per affrontare l'argomento».

«Oppure puoi semplicemente ricordarti di portare i preservativi. Meglio ancora, puoi chiedere a me di portare i preservativi». Apro la cinghia della mia borsa. «Li ho portati io questa volta».

Ride e mi si avvicina, sussurrandomi all'orecchio. «Penso che per la tua prima volta sarebbe meglio se facessimo una cosa a tre. Avere due persone sintonizzate sul tuo piacere ti rilasserebbe».

"Che cosa?". Riesco letteralmente a sentire la mia vagina che minaccia di darsi fuoco se anche solo prendo in considerazione la cosa.

«Vuoi che dorma con te e un altro ragazzo?». Voglio credere che sia uno scherzo. «Cioè, per la mia prima volta?»

«No», dice, passandomi le dita tra i capelli. «Un'altra ragazza, qualcuno di cui ti fidi».

«Chi?»

«Kayla», dice. «Avevi detto che vi stavate avvicinando, quindi...».

«E allora?»

«Quindi, penso che una cosa a tre gioverebbe a tutti». Preme un altro bacio contro il mio collo e mi si accappona la pelle.

Per fortuna stiamo insieme da poco, anche se odio il fatto di dover ricominciare tutto daccapo e trovare qualcun altro.

"Non riuscirò più a guardarlo nello stesso modo".

«Che ne dici, Penelope?», sussurra. «Se vuoi continuare questa relazione, secondo me è la soluzione migliore. Cosa ne pensi?»

«Penso che tra noi sia finita, cazzo». Lo spingo via, forte, e vado in bagno.

Sbattendo la porta, lancio un urlo di frustrazione e mi riprometto di chiamare Kayla per dirle che si sbagliava di grosso: non dovevo venire a questa festa.

Non voglio aspettare che sia qui, voglio solo andare a casa.

Mentre mi sto spruzzando la faccia con l'acqua, bussano piano alla porta.

Qualcuno la apre prima che io possa chiuderla a chiave.

«L'ultima volta che ho controllato...». Hayden entra. «Non avevi ancora ventun anni. Non credo che dovresti bere a una festa del college».

«Grazie per il promemoria, *papà*. L'ultima volta che ho controllato non sei più al college, quindi non dovresti essere qui nemmeno tu».

Sembra che stia per rifilarmi un'altra stilettata sarcastica, ma poi la sua espressione si addolcisce. «Perché sembri sul punto di piangere?»

«Perché sto saltando gli allenamenti per questa festa orribile».

«Capisco». Sorride. «Sono sicuro che le tue avversarie sarebbero piuttosto incazzate nel sapere che hai un sacco di tempo extra per socializzare».

Non capisco se il suo sia un complimento o un insulto, quindi non rispondo.

Mi porto la tazza rossa alle labbra, ma lui la prende e invece mi porge una bottiglietta d'acqua.

«Stronzate a parte». Sembra genuino. «Cosa c'è che non va, Penelope?»

«Non ho alcuna intenzione di dirtelo».

«Allora chiamerò tuo fratello così ne parlerai a lui».

Sono tentata di andare a vedere il suo bluff, ma tira fuori il cellulare.

"Uffa. Traditore". «Avevo intenzione di passare la notte qui quando tutti sarebbero tornati a casa, così avrei potuto...».

«Perdere la verginità?»

«Passare un po' di tempo con il mio nuovo ragazzo».

«Ti sei ripresa da quello precedente abbastanza in fretta».

«Mai quanto te». Butto giù l'acqua. «Comunque, litigavamo molto di più nell'ultimo periodo, quindi sono venuta qui per sistemare le cose. Ma poi lui mi ha proposto di fare una cosa a tre con una mia compagna di squadra».

«Cos'hai detto?»

«Mi hai sentito». Evito il suo sguardo e sospiro. «Travis non mi ha mandato soldi ultimamente, quindi non posso pagarti la benzina subito. Domani?»

«Non così in fretta». Mi solleva il mento con la punta delle dita. «Perché mai dovrebbe avere il coraggio di chiedere a una delle tue compagne di allenamento di fare una cosa a tre?»

«Perché ogni ragazzo che guarda Kayla Lilith pattinare per più di cinque i secondi si eccita. Probabilmente pensa che siamo amiche abbastanza intime da condividere una cosa del genere».

«*Penelope, Penelope, Penelope*». Scuote la testa. «Non capisci cosa sta succedendo qui?»

«Sì. Stai cercando di farmi sentire peggio per un'altra rottura».

«Non ti ho fatta stare male per la prima. Ti ho dato solo la mia onesta opinione».

«Hai detto che ho il corpo di una ragazza di dodici anni».

«Di un *bambino* di dodici anni». Ha l'audacia di sorridere. «Ed è un dato di fatto».

«Ora me ne vado». Provo a superarlo, ma lui mi blocca.

«Prima di tutto, anche questo ex ragazzo è troppo vecchio per te. Se il prossimo tizio che trovi potrà bersi una birra con me con un vero documento d'identità, allora sarà troppo vecchio per te. Chiaro?».

Incrocio le braccia.

«In secondo luogo, la tua compagna di allenamenti, che fino a poco tempo fa ti rivolgeva a stento la parola, deve avergli messo gli occhi. O viceversa. Sono entrambi degli egoisti di merda, ma quest'idea di fare una cosa a tre non c'entra nulla con te e parecchio invece con loro».

Riavvolgo mentalmente le mie ultime conversazioni con Kayla. In effetti ha passato più tempo a parlare di quanto fosse "carino e sexy" Brody che altro.

«Quindi, stavo uscendo con un altro traditore?»

«Un altro traditore consigliato da una vipera», dice. «C'è una leggera differenza».

Il mio sangue inizia a ribollire. «Cosa faresti se fossi in me?»

«Direi a Hayden che è l'uomo più intelligente del mondo. Poi giurerei di essere molto più gentile con lui e prometterei di imparare a ringraziarlo».

Gli rivolgo uno sguardo triste e lui ride.

«Me ne andrei da questa casa, chiamerei la polizia e direi che ho visto un minorenne bere alcol a questa festa».

«Vuoi che rovini la serata a tutti?»

«Mi hai chiesto cosa avrei fatto se avessi diciassette anni». Fa spallucce. «Ne approfitterei per utilizzare gli ultimi scampoli di immaturità, soprattutto se qualcuno avesse ferito i miei sentimenti».

«E Kayla?». Chiedo. «La passa liscia così?»

«Dipende». Mi restituisce la tazza rossa. «Sarò dall'altra parte della strada. Hai tre minuti di tempo, dopodiché ti accompagno alla pista così puoi recuperare il tempo perso».

«Perché ci tieni?»

«Perché ho fatto una promessa a tuo fratello». Si allontana e io espiro.

Mi guardo allo specchio un'ultima volta ed esco dalla stanza, facendomi largo tra i corpi sulla pista da ballo improvvisata del soggiorno.

Completamente spudorato, Brody sta premendo Kayla contro la parete, ridendo tra un bacio e l'altro.

Mi avvicino e gli tocco la spalla.

«Sì?». Si gira. «Hai già cambiato idea?»

«No, vaffanculo», dico. «Voglio solo assicurarmi che tu sappia quanto sei cretino».

Sorride. Le mie parole non sembrano toccarlo in alcun

modo. «Grazie per avermi ricordato che non ho bisogno di uscire con una ragazza delle superiori. Non sei abbastanza matura per gestire le cose complesse della vita».

"Okay. Chiamerò davvero la polizia".

«Povera piccola principessa di ghiaccio», dice Kayla, confermando che la nostra amicizia non significava nulla. «Immagino che non si possa avere tutto dalla vita. Come ci si sente a perdere finalmente?».

Le lancio il mio drink in faccia. «Dannatamente bene».

Mi allontano senza dire una parola e mi faccio strada tra gli ospiti. Chiamo la polizia e denuncio la festa mentre mi dirigo verso l'auto di Hayden.

Quando salgo a bordo, lui accende la macchina.

Viaggiamo in silenzio per diversi minuti e fisso le parole FUTURO MILIARDARIO che ha inciso sul cruscotto.

«Questo piccolo incidente non ci rende amici», dice una volta raggiunto il semaforo rosso. «Ho bisogno che tu lo sappia».

«Noi due non saremo mai amici, Hayden». Alzo gli occhi al cielo. «Ma visto che stiamo affermando l'ovvio, odio il nuovo nome della tua app ancora più del precedente».

«Qualcosa mi dice che lo odierai anche quando diventerò miliardario».

Giusto.

«Mi sono esercitata per tre ore in più ogni giorno, questa settimana, in previsione della festa di stasera», dico, cambiando argomento. «Preferisco andare a casa e riflettere un po'».

«È l'ultima cosa che dovresti fare», dice. «I pensieri non ti porteranno da nessuna parte. Dovresti provare il tuo programma breve almeno un paio di volte».

Odio che abbia ragione, ma non controbatto.

«Davvero non sei convinta che diventerò miliardario, vero?», mi chiede lanciandomi un'occhiata.

«No, sono *certa* che non lo diventerai».

«Vuoi scommettere? Perché *io* sono disposto a scommettere che non troverai mai un solo vero amico in tutta la tua vita».

«Affare fatto. Ora non vedo l'ora di vederti fallire».

«E io pregusto i tuoi lunghi pianti solitari quando capirai che ho ragione io...».

Anni dopo

Tra parentesi: lei perse quella cazzo di scommessa… e anch'io.

Uno

Oggi

Hayden

Il miliardario Hayden Hunter è ufficialmente finito! (Ancora sexy, ma finito!)

Dovremmo smettere di usare l'app Cinder di Hayden e passare a Tinder una volta per tutte?

Ecco come l'impero di un playboy miliardario è crollato durante la notte: chiederà mai scusa per le sue bugie?

Bello, sexy e bugiardo: la caduta di Hayden Hunter (e di Cinder)

Trattenni una risata mentre leggevo gli ultimi titoli, seduto in un caffè da quattro soldi.

Questa gente si comportava sempre come se esistesse un manuale intitolato *Cosa fare quando diventi miliardario da un momento all'altro* e io mi fossi scordato di leggerlo.

Invece non c'erano regole da seguire, nessun elenco di cose da fare e da non fare, e negli ultimi anni avevo scritto io le mie.

Ero stato sconsiderato e folle ogni tanto? Sì (be', più che altro in passato).

Avevo scialacquato i soldi guadagnati con il sudore della mia fronte? Certo.

Meritavo la campagna diffamatoria in corso? Mai nella vita.

Eppure, dopo essere diventato uno dei più giovani milionari in circolazione e aver lanciato Cinder, l'app di appuntamenti numero uno nel Paese, il karma aveva deciso casualmente di venire a trovarmi.

Senza alcun preavviso, aveva cancellato il registro della mia vita e stampato le ricevute di ogni mio errore passato, affinché il mondo intero potesse vederle.

E, per qualche strana ragione, aveva deciso di esporle tutte nello stesso maledetto giorno.

Ieri.

E-mail trapelate, messaggi privati, biglietti aerei, tutto…

Tutte quelle volte in cui avevo sorriso in diretta televisiva e mi ero detto "onorato" di avere l'app numero uno nel Paese, mentre segretamente ribollivo di rabbia perché Tinder si stava avvicinando ogni giorno che passava?

Erano state fatte trapelare migliaia di e-mail con oggetti tipo "Come posso distruggere la loro azienda entro la fine dell'anno?", "Smettila di lasciare che questi giornalisti mi chiedano di Tinder" e "Non sono affatto onorato… ho lavorato sodo per tutto questo". La verità era nota a tutti ormai.

Le numerose volte in cui avevo mentito sul fatto di essere a una riunione di lavoro, mentre mi trovavo a Las Vegas a festeggiare?

Era stata pubblicata la ricevuta di un hotel lunga mezzo metro, insieme a un sacco di foto volgari riemerse per dimostrare i danni (in tutta franchezza, avevo sempre evitato le riunioni di lavoro come la peste; semplicemente non avevo mai lasciato che il pubblico se ne rendesse conto).

E tutte le volte, anni fa, proprio quando vivevo all'estremo, in cui avevo affermato di essere un "pantofolaio ossessionato dal lavoro"?

C'erano troppe registrazioni d'albergo a inchiodarmi.

Le "prove" avevano iniziato a gocciolare su Twitter la mattina precedente, e alla fine si erano trasformate in una vera e propria inondazione che mi aveva trascinato in una crisi di pubbliche relazioni come mai prima d'allora.

«Smettila di leggere quella spazzatura laggiù e cerca di sembrare un CEO competente». Lawrence, il mio consigliere e la cosa più vicina a un vero padre che avessi mai avuto, schioccò le dita. «E prova a smorzare quella stupida cosa da James Dean che fai prima che arrivi la giornalista di "Vogue"».

«Quale cosa da James Dean?»

«Sai, tutto quel sorriso compiaciuto e sexy, gli occhi azzurri fumanti che dicono "Andremo a letto insieme dopo che mi avrai fatto tutte queste domande"». Gemette. «Sii professionale per una volta nella vita, maledizione».

«Per la cronaca, non faccio sesso con nessuno da sei mesi».

«Ah, okay», disse, per nulla convinto. «Be', per la cronaca, sei il miglior cliente per cui abbia mai lavorato».

«Ti sto dicendo la verità, Lawrence».

«Anch'io, Hayden». Alzò gli occhi al cielo. «Anch'io».

Risi, portandomi alle labbra una tazza di caffè.

La porta del bar si aprì pochi secondi dopo ed entrò una rossa con un vestito nero che lasciava poco spazio all'immaginazione – di certo non la mise più consona per un'intervista.

Mi alzai in piedi e le tirai fuori una sedia. «Buongiorno, signorina Gregory».

«Buongiorno, signor Hunter». Mi tese la mano. «Sono onorata di conoscerla».

«Vale anche per me».

Lawrence si spostò a un altro tavolo mentre ci accomodavamo ai nostri posti.

«Prima di iniziare, voglio darle questo a nome dei membri del mio team». Mi porse una piccola scatola bianca. «Può aprirla quando avremo finito».

«Va bene». Attesi che tirasse fuori il bloc-notes e il registratore, ma rimase semplicemente a fissarmi.

Per un minuto intero.

«C'è qualche problema, signorina Gregory?», le chiesi.

«No». Arrossì e si schiarì la voce. «Be', sì. Non sono sicura che un'intervista leggera e briosa riporterà il pubblico dalla sua parte dopo le ultime vicende. Penso che avrà bisogno di molto di più, visto che per tutti lei è ormai un bugiardo».

«Spetta a me e al nostro team di pubbliche relazioni decidere», brontolò Lawrence. «Lei non è sul libro paga di Cinder, quindi per favore vada avanti con l'intervista».

«Bene». La giornalista tirò fuori un piccolo quaderno a spirale. Poi incrociò le gambe una volta e poi un'altra.

«Come ci si sente a essere milionari?», chiese.

«Non so bene come rispondere a questa domanda. Ma non doversi preoccupare di problemi finanziari negli ultimi anni della mia vita è stato piuttosto bello».

«Suo padre è orgoglioso di lei?»

«Non saprei». Sorseggiai il mio caffè. «Non gli parlo da quando mi ha abbandonato. All'epoca ero un adolescente».

«Le domande sulla famiglia non sono nell'elenco approvato, signorina Gregory», si intromise ancora Lawrence. «Passi a quella successiva. Adesso».

«Ah, ha ragione. Dunque…». Guardò il foglio che aveva in mano. «Viene spesso fotografato con una bella mora in giro per la città. L'ha incontrata a Central Park, in qualche bar e, più di recente, siete stati visti passeggiare insieme sul ponte di Manhattan».

«Quella bruna è la mia migliore amica, Penelope», dissi. «Tutti i media lo sanno già».

«Quindi, non c'è nient'altro tra voi due?».

«No, siamo solo amici».

«C'è *mai* stato qualcos'altro tra voi due?». Si toccò il mento.

Lawrence mi rivolse uno sguardo "Dove diavolo vuole andare a parare?" e sollevai le spalle.

Di tanto in tanto, un giornalista inesperto mi aveva posto quella stessa domanda in forme diverse, ma quando capivano che a legarci era Travis "The Punisher" Carter lasciavano perdere. Un tizio che si fa una passeggiata con la sorella minore del suo migliore amico non ha nulla di notiziabile.

«Tra me e Penelope è tutto platonico», dissi. «È sempre stato così e sempre lo sarà».

«Sono sicura che tutti i nostri lettori saranno felici di sentirlo». Sbatté gli occhi su di me mentre Lawrence la fissava dall'altra parte della stanza. «Parlando di romanticismo...».

«Lei è qui per scrivere un breve pezzo intitolato *Le migliori lezioni di vita di Hayden Hunter*», la interruppe Lawrence, incrociando le braccia. «È questo il motivo per cui abbiamo scelto questo bar: il suo caporedattore ha chiesto che facessimo il servizio fotografico in un posto "con i piedi per terra e reale". I fotografi hanno scattato e se ne sono andati, quindi deve sbrigarsi e arrivare al punto».

«Sì, naturalmente». Le sue guance arrossirono. «Qual è il suo colore preferito, signor Hunter?»

«Oh, accidenti». Lawrence alzò gli occhi al cielo. «Che domanda stimolante».

«Lo ignori». Le sorrisi. «Non scopa abbastanza. Mi piace l'azzurro cielo».

«Bene». Scarabocchiò alcuni appunti sul suo taccuino. «Ho sentito che ha un debole per le caramelle. Le piace l'ananas?»

«Sì».

«Secondo una leggenda urbana, se una donna mangia l'ananas il suo "laggiù" avrà un sapore migliore quando un ragazzo usa la sua bocca su di lei. Visto che ha menzionato diverse volte il suo amore per questo frutto, pensa che sia vero? Ha qualche esperienza in questo campo?».

Sorrisi mentre Lawrence sembrava a pochi secondi dall'esplodere. «Prossima domanda».

«Va bene, allora». Lei sollevò le spalle. «Quando ha fondato la sua azienda qui a New York... Ho ventiquattro anni, niente figli, un sacco di ambizioni e faccio dei pompini incredibili». Quelle parole le uscirono di bocca mentre perdeva ogni credibilità. «Posso farti dimenticare il tuo ultimo scandalo se mi dai tre ore».

"Che cazzo...?".

«Puoi portarmi nella tua suite». Si sporse in avanti. «Farò in modo che ne valga la pena».

«Sicurezza!». Lawrence si portò il cellulare all'orecchio.

«Sicurezza, qua, subito. Abbiamo a che fare con una psicopatica».

«Volevo questa intervista per vedere se sentivo una vibrazione». Mi strinse la mano da sopra il tavolo. «L'ho avvertita nel momento in cui sono entrata e hai tirato fuori la sedia per me. Dal modo in cui mi hai guardata, ho capito che tieni a me. Che mi completi».

Sollevai un sopracciglio, chiedendomi se un conduttore televisivo burlone stesse per fare la sua apparizione.

«Dirigo il blog "Hayden Hunter veste sexy" e ti seguo da anni. Penso che ci apparteniamo».

Non avevo idea di come rispondere.

I miei addetti alla sicurezza, Henry e Taylor, le si misero davanti.

«Andiamo, signorina». Fecero per aiutarla ad alzarsi, ma lei li respinse.

«Non ho finito di parlare con lui!». Cercò di aggirarli, ma Henry le avvolse le braccia attorno, trascinandola via.

«Ho scritto il mio numero col rossetto in fondo alla scatola regalo!», gridò mentre la conducevano alla porta. «Aspetterò la tua chiamata!».

Scossi la testa quando la porta si chiuse. «Be', questo non mi aiuterà granché».

«Farò in modo che Sarah selezioni meglio la prossima persona che ti intervisterà», disse. «Non ho idea di come abbia fatto a superare la scrematura».

«Fa niente». Mi alzai in piedi. «Sarò pronto per "Vanity Fair" e per il "New Yorker" venerdì».

«Dove diavolo pensi di andare?»

«Fuori. Ho dei progetti con Penelope».

«No, non puoi». Incrociò le braccia. «A meno che non stia morendo. Sta morendo?»

«Vuole presentarmi il suo nuovo ragazzo», dissi. «Ci preparerà una cenetta da lei. Italiano, credo».

«E...?». Mi guardò come se avessi perso la testa. «Questo

tizio ha qualche tipo di influenza sulla stampa che possiamo usare per rimediare alle tue cazzate?»

«Sono il suo migliore amico, ed essere le sua famiglia nel momento in cui ne ha bisogno è una cosa importante, Lawrence». Gli sorrisi. «Non ha i genitori, come ben sai. E non arriva quasi mai al traguardo dei sei mesi in nessuna delle sue relazioni».

«Accidenti, mi chiedo perché...».

«Cosa intendi?»

«Significa che la tua reputazione, o quello che ne resta per lo meno, è a brandelli. Questa volta non basterà il tuo prossimo ballo di beneficenza a ripulire la tua immagine. Abbiamo bisogno di un piano a prova di bomba con settimane di mosse strategiche e tu dovrai essere presente in ogni fase di tutto il processo».

«Ci sarà». Feci scivolare un paio di occhiali da sole sugli occhi. «Dopo che avrò visto Penelope e il suo ragazzo».

«Quanto ti ci vorrà?».

«Un'ora o due».

«Poi tornerai subito qui?»

«Certo».

Si appoggiò allo schienale della sedia e sospirò. «Questo significa che ti rivedrò domani?»

«Sono contento che siamo sulla stessa lunghezza d'onda».

Due

Oggi

Penelope

Nessuno si prende mai la briga di dirti cosa succede dopo che hai dato il massimo e ancora non è abbastanza.

Avevo letto manuali di self-help sufficienti a riempire una piscina, mettendo in evidenza ogni luogo comune positivo, e dovevo ancora trovare la soluzione per la mia situazione.

Di più, mi svegliavo ogni mattina con la speranza che gli ultimi anni della mia vita fossero uno scherzo crudele e contorto.

Volevo disperatamente credere di non essere mai caduta di faccia sul ghiaccio durante una gara, o di non aver mai perso diversi mesi della mia vita rinchiusa in un letto d'ospedale, perdendo per sempre l'occasione di battere l'iconico record di medaglie di mia madre.

"Non pensarci, Pen. Non pensarci".

Concentrai la mia attenzione sui dodici cupcake sbilenchi "Ai nostri sei mesi insieme" che si stavano raffreddando sul bancone della mia cucina.

Sembravano usciti da un romanzo dell'orrore: si erano spaccati tutti e avevano una bruciatura al centro, ma per il momento dovevano andare bene.

Quello era il mio quarto e ultimo tentativo.

Bing! Bing! Bing!

Il timer suonò all'improvviso e tirai fuori dal forno una teglia di salsa. Dopo averla posata sul bancone, presi il telefono e chiamai il mio ragazzo, Mack.

«Ehi, bellissima», rispose al primo squillo.

«Ehi. Il timer della tua salsa è suonato. Vuoi che la versi sui noodles?»

«No, lasciala riposare per un minuto. Sto cercando un ultimo contorno, tornerò tra una decina di minuti». Fece una pausa. «Mi dispiace di non essermi riuscito a organizzare meglio per l'incontro di oggi con la tua famiglia».

«Nessun problema. Non c'è fretta». Misi fine alla chiamata e controllai l'ora.

Come al solito Hayden era in ritardo, della serie "Il mondo ruota attorno al mio ego", quindi Mack probabilmente aveva un'altra oretta di tempo per rincasare.

Tra tutti i fidanzati che avessi mai avuto, Mack era di gran lunga il più comprensivo e premuroso.

Non aveva mai detto frasi del tipo "Le cose accadono per una ragione" o "Forse quella caduta disastrosa che ha messo fine alla tua carriera doveva capitare". Mi lasciava sfogare e piangere ogni volta che mi passava per la mente e non mi diceva mai che era ora di voltare pagina.

Hayden faceva lo stesso, ovviamente, ma non contava. Lui era un personaggio costante nel romanzo della mia vita; Mack era un capitolo completamente nuovo.

Aspettai alcuni minuti prima di scorrere fino al nome di Hayden e premere "Chiama".

«Sì, Penelope?», rispose.

«Dove diavolo sei?»

«Dietro l'angolo».

«Perché sei sempre in ritardo?»

«Perché sono puntuale solo quando conta». Dalla sua voce capii che stava sorridendo. «Mi sono fermato per comprare qualche regalo».

«Per Mack o per me?»

«Per Mack». Rise. «Sei troppo testarda per accettare qualcosa da me. Sono fuori dalla tua porta».

Mi avvicinai e sbirciai prima dallo spioncino.

Come se potesse vedermi mentre lo guardavo, sorrise mostrando i suoi denti perfetti e bianchi come perle.

A volte mi ritrovavo ancora a dimenticare quanto fosse attraente. Anche quando era vestito con una maglietta bianca e jeans, sembrava pronto a essere immortalato per la copertina di un romanzo rosa.

«La gente ti sta riempiendo di merda su Twitter», dissi, aprendo la porta. «Forse dovrei prendere le distanze da te».

«Forse dovresti smettere di inviarmi gli screenshot dei tweet più cattivi».

«Devo farlo per tenere sotto controllo il tuo ego».

«Interessante». Sorrise e tirò fuori dalla tasca una scatola bianca, porgendomela. «Ecco il regalo per Mack».

«Questo regalo è indirizzato a te, Hayden».

«Ah, giusto». Prese il biglietto e se lo infilò in tasca. «Ecco. Ora non lo è più».

Alzai gli occhi al cielo e lo accompagnai dentro.

Andò dritto al frigorifero, come sempre, fermandosi quando vide i miei intrugli di cupcake sul bancone.

«Per favore, dimmi che non ti aspetti che qualcuno li mangi», disse.

«Saranno buoni una volta che ci avrò messo la glassa sopra».

«Ne dubito». Ne staccò uno dalla latta e lo rivoltò. «Sono fottutamente bruciati, Penelope».

«Non *dopo* che ci avrò messo la glassa sopra», ripetei e lui rise.

«Spero che dopo l'episodio odierno di "Ti presento la mia famiglia", sarai onesta con Mack e gli parlerai del sesso poco soddisfacente». Versò due bicchierini di scotch. «Raggiungere la soglia dei sei mesi significa che dovresti essere in grado di essere onesta».

«Il nostro sesso non è insoddisfacente».

«Allora hai finalmente avuto un orgasmo?»

«No». Scacciai la sua mano dal vassoio della frutta.

«Si è accovacciato tra le tue gambe?»

«Non sono affari tuoi». Le mie guance arrossirono.

«Presumo sia un no». Mi porse un bicchierino. «Ti piace l'idea di morire senza che nessuno dei tuoi ragazzi ti dia piacere in quel modo?»

«Non è un grosso problema». Sollevai le spalle. «Non a tutti i ragazzi piace».

«Non si tratta di lui, Pen. Si tratta di te. Devi dirgli quello che vuoi».

«Lo farò». Svuotai il mio bicchiere. «Ma, sai, non tutti si sentono a proprio agio nel parlare di sesso in continuazione come qualcuno che conosco».

«È un peccato». Le sue labbra si curvarono in un sorrisetto. «Vuol dire che molte persone fanno sesso terribile. Spero che smetterai di essere un membro di quel club prima di compiere trent'anni».

Mi alzai in punta di piedi e gli schiaffeggiai la nuca.

Rise e bevemmo un altro po'.

In quel momento Mack attraversò la porta d'ingresso.

«Ehi, piccola», disse.

«Ehi». Mi avvicinai e lo baciai. «Mack, questo è Hayden. Hayden, questo è Mack».

«Piacere di conoscerti finalmente», disse Hayden, porgendogli la mano. «Ho sentito un sacco di cose positive su di te».

«Vorrei poter dire lo stesso». Mack lasciò che gli tendesse la mano senza afferrarla e la stanza all'improvviso divenne dieci volte più piccola.

"Che cosa...?".

Hayden mi lanciò uno sguardo confuso, ma non avevo idea di cosa dire.

«Dobbiamo aspettare che arrivi tuo fratello?», chiese Mack.

«No, ha annullato all'ultimo minuto. È troppo impegnato ad allenarsi per il prossimo combattimento», dissi. «Ha detto che ci farà una videochiamata più tardi, però».

«Ah, okay, fantastico». Entrò in cucina. «Bene, voi due potete sedervi e io vi presenterò il cibo come un vero chef.

Sto ancora imparando, quindi spero di aver usato abbastanza condimento».

Lo ringraziammo e prendemmo i nostri posti vicino alla finestra.

Pochi minuti più tardi, Mack appoggio un enorme vassoio di fettuccine Alfredo e un cesto di panini al centro del tavolo. Hayden mi fece un piatto prima di farne uno per sé.

«Penelope mi ha detto che lavori nell'editoria, giusto?», chiese Hayden, cercando di alleggerire l'atmosfera.

«Sì». Mack annuì. «Sono un redattore senior».

«Qualche libro che potrei conoscere?»

«C'è un manuale di self-help, *Come non essere uno stronzo: parte* 2, in uscita questo autunno».

«Interessante». Hayden sorrise. «Magari lo prenderò dopo aver finito il primo».

«Gliene ho regalato una copia per Natale», dissi, guardando Mack. «Ha bisogno di un anno di terapia intensa e di un trapianto di personalità, non di un libro».

Mack rise.

«Hai ancora il libro che *io* ho regalato a te per Natale?». Hayden mi guardò e io gli lanciai un'occhiataccia.

«No, l'ho bruciato». Mi rifiutavo di parlare ad alta voce del libro che aveva scritto Hayden: *Come chiedere al mio ragazzo cosa voglio in camera da letto*. «L'autore non sapeva di cosa diavolo stesse parlando».

«A me è sembrato molto ferrato in quella materia».

«Affatto, anche se pensa di esserlo. C'è un motivo per cui il suo libro ha una media di una stella su Goodreads».

«Perché l'unica recensione è tua. Tra le altre cose sei una pessima bugiarda, Penelope».

«E tu sei un rompicoglioni». Cambiai argomento. «Come sono le fettuccine di Mack?»

«Buone».

«Te l'avevo detto che era quasi uno chef?». Aggiunsi più pepe nel suo piatto. «Sua madre ha un ristorante nel New Jersey».

«Me l'hai detto. Ci siamo stati a cena qualche settimana fa, ricordi?»

«Ah, sì». Sorseggiai il mio vino. «Immagino di essermelo dimenticata, visto che da quel momento in poi il tuo mondo è imploso e non riesco a capire se stai ridendo per evitare di piangere o se piangi dentro».

«Un po' entrambe».

Ridemmo.

«Va bene, 'fanculo». Mack interruppe le nostre risate, la sua voce tagliente. «Non ci riesco».

«Che cosa?». Lo guardai. «Cosa hai detto?»

«Ho detto che non ci riesco». Emise un respiro. «Me, te, lui. Davvero, non ci riesco».

Posai la forchetta. Non avevo la minima idea di cosa gli passasse per la testa. «Hai detto che volevi incontrare la mia famiglia oggi».

«La tua famiglia, non...». La sua voce si affievolì per alcuni secondi. «Mi dispiace. Stavo pensando più a tuo fratello. Non ho bisogno di una cena per conoscere Hayden. Voglio dire, per tutte le volte che salta fuori durante le nostre conversazioni, mi sembro di conoscerlo già, cazzo».

«Mack, non credo...».

«Ogni mattina gli racconti quello che abbiamo fatto la sera prima», mi interruppe. «Quando siamo al telefono, se lui chiama, mi metti in attesa e mi lasci lì per ore».

«L'ho fatto solo una volta e si trattava di un'emergenza».

«Il fatto che Tinder lo avesse citato in giudizio per Cinder per l'ennesima volta non è un'emergenza». Mi guardò torvo. «Succede ogni mese, e sai una cosa? Uno di questi giorni finirà in tribunale e perderà».

«Ne dubito fortemente», mormorò Hayden sottovoce.

«Immagino sia positivo che sia qui, però», disse Mack. «Perché non devo più trattenermi e continuare a domandarmi come trascorrerò i prossimi sei mesi della mia vita. E non continuerà a essere il coinquilino che ti aiuta a pagare un posto che il tuo migliore amico potrebbe facilmente acquistare per te se lo desiderasse».

«Voglio fare a modo mio nella vita», risposi, proprio mentre Hayden diceva: «Vuole fare a modo suo nella vita».

«O lui o me, Penelope». Mack scosse la testa. «Dimmelo subito».

«Non c'è un "o lui o te", Mack». Mi faceva male il petto. «Tu sei il mio ragazzo. Hayden è come un fratello».

«Un fratello in un video tabù di Pornhub, forse». Sembrava disgustato. «Non posso continuare a stare insieme a te, se lui è compreso nel pacchetto».

«Mack, aspetta. Possiamo parlarne in privato?»

«No». Incrociò le braccia. «Cosa scegli?».

Silenzio.

Gli ultimi sei mesi della nostra relazione improvvisamente mi passarono nella testa come un film romantico. Lui che mi baciava in ascensore, mi teneva la mano sotto la pioggia e mi rassicurava, dicendomi che si stava innamorando di me come io mi stavo innamorando di lui.

Hayden non era in nessuno di quei fotogrammi e non potevo credere che Mack si sentisse minimamente minacciato da lui.

«Non voglio perderti, Mack», dissi. «Per favore, ti prego, non farlo».

«Non sto facendo niente». Mi guardò negli occhi. «È la tua scelta».

«Sapete una cosa? Me ne vado». Hayden si alzò in piedi. «Voi due avete chiaramente bisogno di parlare da soli, quindi...».

«No, non ne abbiamo». La faccia di Mack s'imporporò. «Vado via io. Mi sembra chiaro come il sole, sta scegliendo te. Giusto, Penelope?»

«Hayden è solo un amico».

«Giusto». Alzò gli occhi al cielo e si alzò. «Solo che gli amici non fanno quello che fate voi due, e non ho più voglia di fingere che mi vada bene. Grazie, a tutti e due, per avermi fatto sprecare gli ultimi sei mesi. Potete tenervi la cazzo di cena e tutto il resto».

Afferrò la sua giacca e si precipitò fuori da casa mia, portando con sé un pezzo del mio cuore.

Mi spostai dalla sedia per seguirlo, ma Hayden si precipitò dietro di me e chiuse la porta.

«Non credo proprio», disse.

«Che diavolo stai facendo? Devo fermarlo, così possiamo chiarirci».

«Spetta a lui tornare da te. Ma anche in quel caso, qual è la regola?».

Non dissi nulla, anche se sapevo la risposta.

"Qualsiasi ragazzo che ti dia un ultimatum senza considerare come ti senti non vale il tuo tempo. Da' un nome alla rottura, piangi se devi, e poi va' avanti".

«Che ne dici di "Quello che pensava che avrei scelto lui al posto del mio migliore amico"?», chiesi, fingendo che il petto non mi facesse male da morire.

«Abbiamo già dato quel nome a un altro dei tuoi ex», disse. «Penso che dovresti dormirci sopra».

«Bene». Lasciai andare un sospiro. «Cosa pensi veramente delle sue fettuccine?»

«Erano insipide da morire, troppo cotte e mancava qualcosa».

«Parmigiano e burro, vero?»

«E un po' di erba cipollina». Entrò in cucina e tirò fuori due bottiglie di birra, mettendole davanti ai nostri piatti. Poi portò tutto sul mio divano e io mi lasciai cadere accanto a lui.

«Puoi vivere con me per un po', se non trovi un coinquilino entro la fine della settimana», disse.

«No, grazie». Scuoto la testa. «Non voglio vivere in un posto dove *groupies* e paparazzi si nascondono fuori da ogni ingresso. Senza offesa».

«Non mi offendo».

Mi appoggiai alla sua spalla e sospirai. «Va' avanti e dillo, così possiamo farla finita».

«Che cosa?»

«Il ragazzo giusto entrerà nella tua vita quando meno te lo aspetti».

«Per favore, smettila di andare su Pinterest e di fingere che quelle citazioni di merda appartengano a me». Rise. «Se vuoi che dica quello che dico di solito, che si rivela essere sempre vero, allora...».

«Per favore, tienilo per te».

«Te l'avevo detto, cazzo», lo disse comunque. «Non mi piaceva già dopo che avevate fatto due mesi, e sono deluso dal fatto che tu ci sia rimasta insieme per sei».

«Si chiama monogamia».

«Si chiama "tortura" se l'unico piacere è che lui ti porta fuori ed è gentile». Mi guardò. «Fammi un favore e smettila di cercare il principe azzurro. Non esiste».

«Dovrei cercare degli stronzi, allora?»

«No, di quelli hai avuto la giusta dose». Scosse la testa. «Smettila di provarci così tanto».

«Bene. Non andrò su Cinder per un po'... o su Tinder».

«Non dovresti mai andare su Tinder», disse, socchiudendo gli occhi verso di me. «È la forma di tradimento peggiore».

«Ero curiosa di vedere se ti saresti arrabbiato con me per averlo solo menzionato».

«Lo farò sempre».

«Mi giudicheresti se cominciassi a piangere per la fine della storia con Mack?»

«È mai capitato?»

«No». Affondai la testa nel suo petto. «Cosa farei senza di te?»

«Non sentiresti più le parole "Te l'avevo detto"». Mi accarezzò la schiena. «Pensi che ne varrebbe la pena?»

«No». Chiudo gli occhi. «Mai».

Due (B)
Oggi

Penelope, qualche giorno dopo

«Spero che il mio profilo OnlyFans non sia un problema per te», disse la mia ultima candidata coinquilina, un no grosso come una casa, mentre camminava per il mio soggiorno. «Probabilmente avrò bisogno di usare questo divano come sfondo per alcuni dei miei video di deglutizione profonda e di finta bestialità, se non ti dispiace».

«OnlyFans non mi dà fastidio», dissi, cercando un modo per farla uscire dalla mia abitazione.

Se la richiesta di usare l'appartamento come un ministudio cinematografico fosse stata l'unica cosa ad avermi fatto alzare il sopracciglio, probabilmente l'avrei presa, ma più camminava e più sentivo suonare i campanelli d'allarme.

Aveva lasciato che il suo chihuahua iniziasse a correre come un pazzo nel momento stesso in cui era entrata e lo aveva incoraggiato a fare pipì sulla mia pianta, con una motivazione del tipo: "È un buon fertilizzante. Fidati di me".

«Be', apprezzo che tu abbia accettato di vedermi con così poco preavviso», disse, sistemandosi i capelli oltre la spalla. «Penso che io e te formeremo una coppia incredibile».

«Ti farò sapere». Forzai un sorriso.

«Assicurati di chiamarmi per il tuo sì prima delle otto di stasera», disse. «Sto portando Rex alla SPA per cani e non rispondo alle chiamate quando sono lì».

"Giusto". «Va bene».

Nel momento in cui entrò in ascensore, presi la mia pianta e la piazzai sotto il rubinetto. Poi cancellai il suo nome e guardai quello dell'ultima potenziale coinquilina che mi rimaneva: Ashley Brave.

Se anche quel colloquio si fosse rivelato un fiasco, avrei dovuto scegliere tra una buongustaia fumatrice incallita e un'imbalsamatrice che, come mi aveva avvertita, amava appendere le foto dei suoi "lavori migliori".

Rabbrividendo, trangugiai un bicchiere di vino e osservai la lancetta dei minuti ticchettare verso le quattro e mezzo.

Il campanello suonò in perfetto orario e mi precipitai ad aprire la porta.

"Che diavolo...?".

Ci volle tutto il mio impegno per non sbatterle la porta in faccia.

Il nome di quella ragazza non era Ashley Brave. Era *Tatiana* Brave e avrei vissuto in un rifugio per senzatetto piuttosto che abitare con lei.

La mia acerrima nemica, il motivo per cui mi mancavano tre medaglie, continuava a essere stupenda.

La sua pelle abbronzata, i capelli ricci e gli occhi nocciola erano sorprendenti come sempre, e sembrava pronta a scendere sul ghiaccio e gareggiare.

"Uffa". «Sei tu».

«Tu». Mi guardò male.

Troppo amareggiata per parlare, incrociai le braccia, aspettando di vedere se mi avrebbe rubato la parola come mi aveva rubato il primo posto nel ranking anni prima.

«Se avessi saputo che l'appartamento era tuo», disse, «non avrei mai risposto all'annuncio».

«Mi fa piacere che tu sia qui». Scrollai le spalle. «Puoi dare una bella occhiata a un posto bellissimo dove non abiterai mai».

«Ho sempre saputo che eri una stronza senza cuore».

«Ho sempre saputo che tu lo eri ancora di più».

«Preferirei morirei piuttosto che vivere qui».

«Ti sembra per caso che ti stia invitando a entrare?». Feci per sbatterle la porta in faccia. «Buona fortuna con la tua ricerca».

«Aspetta», disse, piantando il piede contro il telaio. «Odio chiedertelo, ma posso per favore usare il tuo bagno prima di andare?».

“Potrei darle la pianta”.

«Va bene». Aprii l’uscio. «È in fondo al corridoio, sulla sinistra. Assicurati di dare un’occhiata alla mia collezione di medaglie mentre vai lì. Presta particolare attenzione a quella d’oro delle Olimpiadi di Soči».

«Peccato che ti manchi l’oro di Pyeongchang». Alzò le spalle. «Mi chiedo chi l’abbia vinto».

«Hai due minuti per fare quello che devi e andartene».

«Mi ci vorrà meno». Camminò lungo il corridoio e chiuse la porta.

Tirai immediatamente fuori il telefono e mandai un messaggio a Hayden.

IO: Scelgo l’imbalsamatrice. Puoi chiedere a Sarah di controllare i suoi precedenti penali?

La sua risposta fu immediata.

SOLO HAYDEN: Sei sicura? Si eccita fissando i cadaveri, Pen.
IO: Cento per cento.

Tatiana riemerse dalla toilette mentre inviavo il messaggio.

«Il tuo bagno è carino», disse. «Ce n’è solo uno?»

«No, ne ho tre. Gli altri due non li vedrai mai».

Si sistemò la borsetta a tracolla e mi guardò dritto negli occhi. «Non credo di aver mai odiato un’altra persona tanto quanto odio te».

«Il sentimento sarà sempre reciproco».

Silenzio.

Ci fissammo, anni di battaglie sul ghiaccio aleggiavano tra di noi. La pura cattiveria che provavo nei suoi confronti non era affatto svanita.

«Cosa stai facendo adesso?», chiese lei. «Dal punto di vista della carriera, intendo».

Non dissi nulla.

«Ho sentito che non hai recuperato del tutto la memoria dopo la caduta. È vero?». Sembrava sinceramente interessata, e la cosa mi infastidiva oltremodo.

«Riemergono dei frammenti in certi giorni, ma mi manca ancora molto e i ricordi non sono mai in ordine».

«Alleni?»

«Saltuariamente», ammisi. «Ho alcuni clienti privati, ma non vale la pena menzionarli».

«Lasciami indovinare. Hanno dei genitori ricchi che stanno sprecando i loro soldi dato che le figlie non sono capaci?»

«Esattamente». Annuii. «Faccio anche discorsi motivazionali nei college e per alcune squadre di vari sport. Ne ho uno tra qualche settimana in California, in realtà».

«Si guadagna bene?»

«Qualche volta». Mi fermai. «Non abbastanza per New York. Da qui la storia della coinquilina. Dubito di guadagnare quanto te».

«Come fai a sapere cosa sto facendo?». Sembrava confusa.

«Ti stalkerizzo su Instagram da un account falso. Sono la persona che commenta sempre: "Non sei così carina" e "Lascia perdere"».

«Buono a sapersi». Le sue labbra si curvarono in un sorriso, ma non lo mantenne.

«Direi che è stato bello vederti dopo tutti questi anni, ma...».

«Non lo è stato».

«Concordo». Si avviò verso la porta. «Buona fortuna per la ricerca di una coinquilina che non ti odi».

«Grazie». Aspettai che uscisse prima di chiudere l'uscio.

Mi accasciai contro la parete e fissai dritto davanti a me.

Erano anni che non parlavo con qualcuno della mia vita precedente, qualcuno che conoscesse davvero i pro e i contro del mondo del pattinaggio. E per la prima volta da sempre, il mio cuore non si era sentito male a metà frase quando avevo parlato dell'incidente.

"Perché proprio lei dev'essere la migliore candidata? Dovrei farle il colloquio?".

Certo, la odiavo ancora fino al midollo, ma sapevo già che avrebbe rispettato i miei spazi. Avevamo già condiviso stanze d'albergo durante le competizioni, non per nostra scelta, e alla fine eravamo riuscite a rimanere in vita fino al momento del check-out.

Sospirando, aprii la porta per rincorrerla, ma lei era ancora lì.

«Ho davvero bisogno di un posto dove stare e posso pagare i primi dieci mesi in anticipo», disse tutto d'un fiato. «E questo è il condominio più bello e conveniente che abbia visto online da quando mi sono trasferita qui. Anche se appartiene a qualcuno che è praticamente Satana, puoi almeno farmi il colloquio? Non dobbiamo essere amiche per condividere l'appartamento e abbiamo già alloggiato insieme, ricordi?»

«Be', dipende dalla tua onestà». Incrociai le braccia. «Quanto hai festeggiato quando mi hai superata e sei diventata la numero uno del ranking?»

«Molto più di quanto facessi tu quando me lo sbattevi in faccia ogni mese». Alzò gli occhi al cielo. «Andiamo, lo sai che sono stata in prima posizione solo per otto mesi, fino a quando Natalie La Croix non si è messa in mezzo».

«Era così sopravvalutata».

«Non parlarmene». Annuì. «I suoi programmi erano talmente validi tecnicamente da risultare noiosi. Durante la sua esibizione per Skate America mi sono addormentata dopo quaranta secondi».

«Non solo, il modo in cui giustificava costumi e coreografie faceva cagare. Una volta ha raccontato di aver sistemato delle macchie di terra sulle maniche perché voleva che il pubblico vedesse la bellezza del pianeta mentre pattinava. È riuscita a restare seria mentre diceva una stronzata del genere».

«Sono ancora convinta che la polvere bianca d'angelo nel suo costume della Coppa di Cina fosse un tipo diverso di polvere, se capisci quello che voglio dire».

I suoi occhi incontrarono i miei ed entrambe scoppiammo a ridere.

«Possiamo fare il colloquio», dissi. «Ma non ti faccio promesse».

«Bene». Annuì ed entrò.

«Prima un giro della casa?». Le feci cenno di seguirmi. Le mostrai la seconda camera da letto che era in fondo al corridoio. Poi tornammo in cucina.

«È ancora più bella di persona», disse. «Grazie».

«Prego. Hai detto che puoi pagare dieci mesi in anticipo?»

«Posso farti l'assegno entro domattina».

«Hai animali domestici?»

«No».

«E abitudini strane?»

«Mi piace guardare le maratone di anime e *Sailor Moon* ogni sabato mattina».

«Lo fai ancora?». Incrociai le braccia, ricordando che era solita pattinare sulla sigla di quel cartone durante i riscaldamenti. «Ormai non conosci ogni episodio a memoria?»

«Sì, ma di recente hanno lanciato una nuova collezione di bacchette giocattolo di cristallo, quindi li sto rivedendo per imparare i movimenti giusti».

Le rivolsi uno sguardo vacuo. La ragazza a cui piaceva fissare i cadaveri era ancora in ballottaggio.

«Ti darebbe fastidio se venisse un amico/uomo ogni tanto?», le chiesi. «Ci mettiamo nel soggiorno, ma di solito sono io ad andare da lui, più di quanto lui venga qui».

«Niente affatto», disse. «Non ho amici».

«Neanch'io. Al di fuori di lui, comunque».

Lei sorrise. «Come ci si sente ad avere un ex fidanzato famoso?»

«Eh?»

«Hayden Hunter. Il tizio che veniva a tutti i tuoi allenamenti e alle tue gare. Lo sapevi che adesso è una specie di magnate superricco?»

«Oh. Siamo ancora amici», dissi. «È il ragazzo di cui stavo parlando. Non siamo mai usciti insieme».

«Che cosa?». Sembrava sbalordita. «Mai?»

«Mai». Sollevai le spalle. «Non c'è mai stato nulla».

«Scusa se te l'ho chiesto».

«Non ti preoccupare. Ce lo chiedono sempre tutti». Stavo per dirle che le avrei fatto sapere prima di sera, ma il telefono all'improvviso mi ronzò in tasca.

SOLO HAYDEN: Sarah ha appena controllato i precedenti dell'imbalsamatrice. Ha accoltellato la sua ultima coinquilina un anno fa. Ha detto che è stato per autodifesa.

SOLO HAYDEN: Ed è stata denunciata perché teneva delle teste di maiale nel suo ultimo appartamento.

Posai il telefono. «Quando vuoi trasferirti?».

Tre

Oggi

Penelope, qualche settimana dopo

E*eerkkkkkk! Eeerrrkkk! Eeeeerrk!*

L'aereo di scalo atterrò allo Charlotte Douglas International con una serie nauseante di stridii che destarono dal mio pisolino.

"Un discorso motivazionale in meno, ne mancano solo centinaia".

«Signore e signori, grazie per aver scelto Elite Airways». La voce del pilota arrivò dagli altoparlanti. «Secondo il precedente annuncio dell'assistente di volo, la maggior parte di voi prenderà lo stesso aereo per New York City tra un'ora. Per favore, preghiamo costoro di non scendere dal velivolo».

«Invece», una voce sommessa venne fuori dagli altoparlanti subito dopo, «se volete prendere l'altro volo per New York che è tra quattro ore, per favore raggiungete il gate G-8 dopo lo sbarco».

Guardai fuori dal finestrino mentre un altro aereo rullava sulla pista.

«Mi scusi?». Il mio vicino di posto mi picchiettò sulla spalla.

«Sì?». Mi voltai per guardarlo.

«Resta su questo volo?»

«Sì». Slacciai la cintura di sicurezza e mi alzai. «Dopo che avrò preso qualcosa da mangiare».

«Volevo dirle una cosa prima, ma aveva gli auricolari».

«Sì…». Mi appuntai di rimetterli una volta tornata.

«Ho riconosciuto il suo nome dalla borsa». La indicò e sorrise. «Penelope "Pelle perfetta" Carter. Ero un suo grande fan all'epoca».

Annuii. Dovevo chiedergli se voleva un selfie con me?

«Era davvero bella con i suoi costumi. Ha iniziato a pattinare quando aveva sei anni, se non ricordo male».

«Quattro», dissi. «E dopo ho continuato a lungo».

«Sì, ma…». Agitò la mano. «Ho smesso di guardarla quando ha compiuto sedici anni».

«Ehm, va bene».

«Semplicemente non era più il mio tipo». Mi strizzò l'occhio. «Aveva superato le mie preferenze, se è chiaro quello che voglio dire».

La bile mi salì in gola.

«Era molto più affascinante da guardare all'inizio», disse. «Uso ancora le registrazioni delle sue vecchie esibizioni quando sono in vena di una serata nostalgica».

Sbattei le palpebre un paio di volte: altro che foto, ero a un passo dal chiamare la polizia. «Io, ehm, devo andare adesso».

«È un peccato quello che le è successo alla fine. Ma, mi dica, sta allenando qualche nuova ragazza adesso?», chiese. «Qualche giovane promessa da ammirare quest'anno? No, non me lo dica. Aspetterò fino a quando non sarà di nuovo in sella per poter annotare i loro nomi».

Mi voltai e scesi di corsa dall'aereo.

Dovevo raggiungere l'altro volo. *Subito.*

G-8. G-8. G-8…

Correndo tra la folla, tenevo la borsa vicino al petto sperando di ritrovarmi in una realtà alternativa. «Scusi, scusi!». Mi feci strada oltre un gruppo sulla scala mobile, poi superai l'area ristoro.

Mentre mi avvicinavo al gate G, persi l'equilibrio e mi scontrai in pieno contro quello che sembrava un muro.

Per una frazione di secondo, fui in grado di vedere tutto quello che stava accadendo come in un replay lento e chiaro.

La faccia che sbatteva per terra. Tutto il contenuto della mia borsetta che finiva per aria, prima che…

«*Whoa*». Un paio di mani pesanti mi strinsero la vita da dietro. «Rallenti. Sta bene?».

Fissai il suolo, il mio naso a pochi centimetri dal cemento. Mi presi qualche secondo per raccogliere i pensieri. Inoltre, non potevo fare a meno di pensare che quella voce profonda suonasse familiare.

Mi presi del tempo per rialzarmi e mi girai, trovandomi faccia a faccia con un uomo che non vedevo da anni.

Un uomo che aveva invaso i miei sogni ogni volta che mi chiedevo cosa avrebbe potuto essere.

"Quello che era scappato…".

La mia mascella si scardinò lentamente mentre lo guardavo.

In qualche modo, a distanza di tutti quegli anni, era diventato dieci volte più sexy.

Vestito con jeans e una maglietta grigio scuro che rivelava muscoli molto più definiti di quanto non fossero anni prima, era anche molto più alto. I suoi capelli biondo sporco erano tagliati corti e le sue labbra carnose e definite erano ancora allettanti come una volta.

Mentre mi fissava negli occhi, mi sentivo come se fossimo di nuovo al college.

I ricordi inondarono il mio cervello, fotogramma dopo fotogramma, fondendosi in un bellissimo montaggio.

Lo vidi mentre mi chiedeva di rimanere ancora un po' nella sua stanza del dormitorio per "un altro episodio", vidi noi due che ci facevamo cacciare dalla biblioteca per essere rimasti troppo a lungo, e lo vidi lanciare mezze frasi e sorrisi che non davo a vedere di cogliere.

Avevo sempre chiesto il parere di Hayden su ogni ragazzo prima di buttarmi in una relazione, ma dato che all'epoca eravamo nel bel mezzo della nostra Guerra Fredda, non avevo potuto. Ero invece rimasta a guardare mentre un'altra donna intercettava le mezze frasi e i sorrisi di Simon, li avevo visti andare via insieme e fidanzarsi.

«Simon Gaines?», dissi.

«Penelope Carter». Sorrise sfoggiando una dentatura perfetta. «Non pensavo che ti avrei mai più rivista. Meno male che è successo, però. I miei ricordi non ti rendevano giustizia».

Arrossii e ci fissammo per quella che sembrò un'eternità.

«Posso chiederti perché corri come se qualcuno ti stesse inseguendo?». Sorrise di nuovo.

«Ho la sensazione che il mio vicino di posto sull'aereo fosse un pedofilo. Anzi, ne sono certa. E ho bisogno di cambiare volo prima che si riempia. Questa è una spiegazione perfettamente ragionevole, giusto?».

Premette una mano contro la mia fronte, facendo impazzire ogni nervo del mio corpo con quel semplice tocco. «Devo chiamare un medico?»

«No». Non riuscivo a pensare chiaramente con lui così vicino. «Sto più che bene. Sono... Ciao».

«Ciao». Rise e mosse la mano. «Dove sei diretta oggi?»

«New York».

«Veramente?». Incrociò le braccia. «Vai a trovare qualcuno lì?»

«No, ci abito».

«Che cosa?». Sembrava sbalordito. «Io sto per trasferirmici in modo permanente. Be', sto facendo avanti e indietro dalla Florida per prendere tutte le mie cose».

Guardai la sua mano sinistra, dove avrebbe dovuto esserci una fede nuziale, ma non c'era niente.

Nemmeno il segno dell'abbronzatura.

«Le cose tra noi non hanno funzionato», disse, leggendomi nella mente. «Sei mesi prima del matrimonio, mi ha detto che era ancora innamorata del suo ex, quindi ha rotto con me».

"Oh". «Mi dispiace».

«Non ti preoccupare». Mi guardò da capo a piedi. «Io non sono dispiaciuto».

Silenzio.

«Ai passeggeri del 3505 per il Miami International, si comunica che il gate F-7 chiuderà tra quindici minuti».

«È il mio volo», disse, sospirando. «Il prossimo weekend darò una festa di "benvenuto a New York" per la mia azienda», disse. «Mi piacerebbe invitarti. Se ti va, naturalmente».

«Che cos'hai detto?». Ero certa di aver sentito male.

«Se ti va, mi piacerebbe vederti lì». Sorrise. «Cosa credevi che avessi detto?».

Non risposi. «Mi piacerebbe venire alla tua festa».

«Buono a sapersi». Frugò nella tasca. «Merda. Ho lasciato il telefono al gate. Posso darti il mio numero?».

Annuii, tirando fuori il cellulare dalla tasca. Toccai lo schermo e vibrò un po' di volte. Avevo la batteria scarica.

Rise. «Forse è un segno del destino».

«Sì, forse non dovremmo più parlarci. Insomma, prima o poi ci rivedremo».

«Spero che tu stia scherzando, Penelope». Mi fece cenno di seguirlo al chiosco dei condimenti fuori da Starbucks.

«Ecco, lo faremo alla vecchia maniera». Afferrò un tovagliolo e tolse il cappuccio a una penna, annotando il suo numero. «Chiamami quando sei libera e ti darò maggiori dettagli sulla festa».

«Bene».

Sembrava che volesse aggiungere qualcosa, come se desiderasse avvicinarsi a me e porre fine a una fantasia che avevo avuto anni prima, ma un promemoria del suo volo risuonò ancora una volta dagli altoparlanti.

«Aspetto la tua chiamata». Mi guardò un'altra volta prima di andarsene. «Sono così felice di averti rivista».

«Anch'io».

Attesi che fosse fuori dalla vista prima di rovistare nella borsa alla ricerca del caricatore del telefono. Lo collegai alla presa più vicina e aspettai che il cellulare raggiungesse il cinque per cento prima di accenderlo.

Scorrendo verso il basso fino al nome di Hayden, premetti su "Chiama".

Non squillò neanche.

Partì invece la segreteria telefonica.

«Lascia un messaggio al segnale acustico e deciderò se risponderti o no».

Bip!

Sospirai e gli mandai un messaggio.

IO: Appena atterrata a Charlotte. Chiamami quando leggi.

Arrivai al nuovo gate e cambiai il biglietto prima di cercare un altro Starbucks con una presa libera.

Impaziente, ordinai una tazza di caffè e aspettai che il nome di Hayden comparisse sul mio schermo per una telefonata. Non gli ci volevano mai più di dieci minuti per richiamarmi, e anche nei rari casi in cui non poteva rispondere, Sarah o il suo consigliere Lawrence mi mandavano un messaggio per dirmi che mi avrebbe ricontattato appena possibile.

Confusa dal suo silenzio, inviai un'e-mail alla sua casella di posta aziendale nel caso avesse i suoi avvisi personali disattivati.

OGGETTO: EHILÀÀÀ! CHIAMAMI!

Passarono dieci minuti.

Poi venti.

Troppo impaziente per aspettare un altro secondo, telefonai a Tatiana.

«Dio mio!», rispose al primo squillo. «Stavo aspettando che mi chiamassi. Sei già arrivata a New York?». «Sto facendo scalo a Charlotte. Se ti dico chi ho appena incontrato, non mi credi».

«Scommetto che sono in grado di indovinare. Ti ha fatto bagnare le mutandine?»

«Ehm, forse». Risi. «Probabilmente se l'avessi fissato un secondo in più sarebbe successo».

«Probabilmente? Sei l'unica donna nel Paese ad avere qualche dubbio. Immagino sia per questo che voi due siete rimasti platonici per così tanto tempo».

«Aspetta, che cosa? Di che diavolo stai parlando?»

«Di chi stai parlando tu?»

«Simon Gaines», dissi. «Un mio ex compagno di college. Credo di averti già parlato di lui. Ti ho mostrato alcune delle nostre foto nel mio album di ritagli dell'università. È il ragazzo con il...».

«Io sto parlando del cazzo di Hayden». Mi zittì.

«*Che cosa?*»

«Non l'hai visto? Non si parla d'altro in questo momento. Meritatamente, potrei aggiungere».

Battei le dita contro il tavolo, realizzando che probabilmente in quel momento si trovava nel bel mezzo di un altro incontro anticrisi con Lawrence.

L'ultima volta che i suoi "nudi" erano trapelati, si trattava di alcune foto sgranate e l'autore si era rivelato essere un estorsore.

«Probabilmente non è Hayden, Tatiana», dissi. «Non credere al clamore».

«Oh, è decisamente Hayden». Rise lei. «Guardali e dimmi cosa ne pensi».

«No, io...».

«GUARDALI». Mi pungolò. «Ti ho mandato un messaggio con alcuni link».

«Va bene». Sospirai e la misi in vivavoce. «Aspetta».

Cliccai sul primo link, aspettandomi di vedere ancora una volta un'immagine dei suoi addominali scolpiti, presa dal suo recente servizio per «GQ», invece...

OH. MIO. DIO!

Mi cadde la mascella.

Hayden era in piedi su un balcone, il suo corpo perfettamente allenato in bella mostra, un sorriso soddisfatto sulle labbra. I suoi occhi fissavano l'obiettivo, mentre diceva: "Vieni qui" e teneva nella mano sinistra un sigaro cubano.

Il suo cazzo era in erezione, spesso e imponente. Molto più grande di qualunque cazzo avessi mai visto.

"Come diavolo fa una donna a prenderlo tutto?".

Scossi la testa incredula, incapace di smettere di fissarlo.

Scorsi verso il basso per guardare le altre foto, lui in altre posizioni. Il suo cazzo era mozzafiato da ogni prospettiva.

In tutti gli anni in cui eravamo stati amici, gli avevo chiesto scherzosamente perché le donne sembravano non averne mai abbastanza di lui in camera da letto, perché tornavano anche molto tempo dopo che Hayden le aveva rifiutate.

«Il tuo cazzo è magico o qualcosa del genere?», avevo detto.

Lui aveva riso e mi aveva dato una risposta sarcastico, e io avevo continuato a presumere che fossero accecate dal suo aspetto.

Le foto del suo cazzo fecero crollare quell'idea in un colpo solo.

"Come fa a entrare?".

«Ehm, ehilà?». La voce di Tatiana tagliò i miei pensieri. «Ci sei ancora?»

«Sì...».

«Sei d'accordo che è lui, vero?»

«Sì».

«Le tue mutandine sono bagnate adesso?».

"Diavolo, sì". «No». Cliccai sull'immagine. «Posso parlarti di Simon Gaines adesso?»

«Dipende. Hai delle immagini del suo cazzo da farmi vedere?».

«No».

«Allora niente da fare». Rise. «Sarò felice di ascoltarti stasera quando tornerò a casa dall'allenamento, però».

«Per fortuna che sei la mia nuova amica del cuore».

«Siamo ancora nemiche». Terminò la chiamata e io risi.

Hayden non mi ritelefonò e, contro ogni mio buon proposito, trascorsi l'intero volo per New York a fissare il suo cazzo per molto più tempo di quanto non fossi disposta ad ammettere.

Quattro

Oggi

Hayden

«Puoi spiegarmi perché stamattina mi sono svegliato con le tue palle in faccia?». Lawrence sbatté un giornale sul tavolo del bar. «Meglio ancora, puoi spiegarmi il motivo per cui quei quindici centimetri che hai tra le gambe sono l'argomento del giorno negli Stati Uniti?»

«Prima di tutto, buongiorno, Lawrence». Gli sorrisi. «Vedo che anche oggi, come al solito, sei arrabbiato».

«Rispondi alla mia domanda».

«In secondo luogo, sono felice di farti sapere che tra le gambe ho decisamente più di quindici centimetri».

«Dammi una ragione, Hayden». Il suo viso era arrossato. «Dammi una ragione adesso».

Non dissi nulla.

Rimasi a guardare mentre prendeva una manciata di pillole contro lo stress e si metteva una mano sul cuore. Un discorso in stile "Sono stufo che tu mi faccia passare tutta questa merda" era inevitabile.

In passato aveva gestito senza problemi rockstar drogate, principesse del pop con dipendenze segrete e boy band con fan in tutto il mondo. Eppure, per qualche strana ragione, sosteneva di essere sull'orlo della follia a causa dei *miei* scandali.

«Se pensi che fare il finto tonto ti permetterà di superare indenne la cosa, ti sbagli di grosso». Avvicinò a me i titoli stampati. «Guarda cosa dicono di te».

Lanciai un'occhiata al giornale e cercai di non sorridere.

Il Re del sesso di New York, ovvero il CEO *di Cinder, è pronto per la "caccia"*
Hayden Hunter ci mostra il suo enorme… ego

«Sono molto fantasiosi», dissi. «Ti andrebbe di organizzare un concorso per scegliere il migliore?»

«Zitto, Hayden». Prese una sedia e fece segno al direttore di sala. «Ho chiamato "Sinful Suit" pochi minuti fa e ho parlato con il caporedattore. Ha detto che un anonimo ha inviate le foto un'ora prima che andassero in stampa».

«Davvero?». Sorrisi.

«Sì, "davvero". Hai idea di chi potrebbe aver spedito queste foto in cui sei ritratto come mamma ti ha fatto?»

«Forse». Sollevai le spalle. «Hai detto che dovevamo dare loro qualcos'altro di cui parlare, quindi ho fornito loro qualcos'altro di cui parlare».

«Mi dispiace di non averti spiegato meglio cosa intendevo, porca puttana». Alzò le mani in segno di resa. «Cazzo, a questo punto hai bisogno di una valanga di buona stampa, cazzo. Parlo di visite in ospedali pediatrici, ore di volontariato in mensa, tutto il possibile».

«Così sembra una messinscena, Lawrence. Se ne accorgerà chiunque».

«No, se fai un buon lavoro e li convinci del contrario». Prese la sua valigetta e la posò sul tavolo. «Possiamo iniziare usando Penelope per mostrare qualcosa di più del tuo lato umano. Sfruttiamo la tua amica invadente per cambiare la narrazione».

«Cosa intendi?»

«Dille che deve unirsi a te in una sessione di shopping sfrenato a favore di stampa», disse lui. «Chiameremo alcuni fotografi e faremo fare loro un giro sulla giostra del "Miglior amico più generoso al mondo". La cassiera spifferà quanto hai speso per lei, e cioè almeno settantacinquemila dollari. Oh, e quando voi due sarete fuori, lei dovrebbe…».

Ignorai il resto del suo suggerimento, sapendo che era un no grande come una casa. Penelope non avrebbe mai messo piede *di sua volontà* in un negozio di abbigliamento. Si sarebbe bloccata davanti alle porte a vetri, avrebbe inventato una scusa per andarsene all'istante e sarebbe fuggita in lacrime.

Non mi aveva mai confessato il motivo per cui si comportava così, in tutti quegli anni, ma era a causa di sua madre. Lo shopping era stata l'ultima cosa che avevano fatto insieme, mezz'ora prima dell'incidente, e lei non l'aveva mai superata.

«Fermati». Interruppi Lawrence. «Non succederà. Dimmi un'altra cosa da fare».

«Cosa c'è di sbagliato nel portare la tua migliore amica a fare shopping?»

«Passiamo al prossimo suggerimento». Mantenni la mia voce ferma. «*Adesso*».

«Bene». Cercò tra le sue cartelle, poi fece scivolare un foglio verso di me.

«Okay, prossima opzione», disse. «Voglio che scrivi una lettera di scuse a ogni singola persona o azienda a cui hai mai fatto un torto. Sono sicuro che un bel po' di gente farebbe arrivare la propria lettera alla stampa e, a lungo termine, questo potrà avviare un processo di riabilitazione per la tua immagine».

«Sai come la penso riguardo alle scuse, Lawrence», dissi. «Servono solo ad affermare l'ovvio».

«Serviranno a qualcosa di più, questa volta. Fidati di me».

Guardai il foglio. «Pensi che io abbia fatto un torto a duecentocinquanta persone?»

«Ah! Non essere sciocco». Lo voltò. «Ci sono gli altri sul retro, e ho lasciato gli altri fogli al quartier generale».

Prima che potessi dirgli che nemmeno quell'idea avrebbe visto la luce, il mio telefono suonò con la suoneria personalizzata di Penelope. Una chiamata su FaceTime.

«Non osare risponderle adesso». Lawrence mi guardò male. «Può aspettare».

«Ci vorrà solo un minuto». Toccai lo schermo. «Sì, Pen?», risposi.

«Perché non mi hai ancora richiamata?». Il suo viso apparve sullo schermo e la metropolitana sullo sfondo. «Sono già tornata a New York».

«Non ho ricevuto chiamate perse da parte tua». Notai il ciondolo d'argento intorno al suo collo e inclinai la testa di lato. «Sei vestita per un'occasione particolare?»

«Ti ho chiamato cinque volte e...». Le sue labbra si irrigidirono e aspettai che si rendesse conto, per l'ennesima volta, che il suo telefono aveva una ricezione terribile nel tunnel della metropolitana.

Mentre la chiamata si interrompeva, fissai il suo splendido viso.

Non ero sicuro di quando fosse successo, ma a un certo punto, tra i nostri ultimi giorni a Seattle e adesso, era diventata sexy da morire. I capelli castano scuro le ricadevano sulle spalle in onde e gli occhi nocciola chiaro accentuavano perfettamente le sue labbra carnose e rosa. Anche se di solito indossava magliette e felpe, era fottutamente sbalorditiva senza neanche provarci.

Di tanto in tanto, dovevo impedirmi di guardarla troppo intensamente o di fantasticare. Soprattutto perché sapevo che suo fratello mi avrebbe lapidato se mai avessi pronunciato le parole "Tua sorella è sexy da morire" nel raggio di cento chilometri, quindi mi tenevo quell'opinione per me.

«Ehi!». Il suo schermo si sbloccò all'improvviso. Era in strada. «Mi vedi adesso?»

«Sì». Le fissai le labbra. «Ti vedo».

«Indovina cosa mi è successo all'aeroporto stamattina?»

«Può indovinare dopo che avremo finito la nostra riunione?», chiese Lawrence. «Hayden ha un affare da miliardi di dollari da gestire, Penelope. Ti ho detto innumerevoli volte di smettere di chiamare durante l'orario di lavoro, a meno che non sia importante».

«È importante». Lei sorrise. «Mi sono imbattuta in quello!».

«Quello che ha fatto *cosa*?». Alzai un sopracciglio. «Come si chiama la rottura?»

«È quello che è scappato».

Sbattei le palpebre. Non mi venne in mente nessuno dei suoi ex.

«Non è un ex», disse, leggendomi nel pensiero. «E non ti ho mai parlato di lui, perché… È una lunga storia. Possiamo vederci a Central Park per parlare?»

«No, ma siccome so già che insisterai comunque, puoi venire tu da lui», si intromise di nuovo Lawrence. «Siamo allo Sweet Seasons su Park Avenue e, grazie al "membro speciale" del tuo amico che ha fatto scalpore nelle notizie, i paparazzi sono fuori. Per favore, non parlarci».

«Non lo farei mai», disse. «Sarò lì tra quindici minuti».

Chiusi la chiamata e guardai Lawrence. «Dunque, dov'eravamo? Stavamo discutendo di quanto devono essere lunghe queste lettere di scuse?»

«No, siamo al momento in cui mi rendo finalmente conto che sei incapace di concentrarti su qualsiasi cosa non appena Penelope ti chiama o ti manda un messaggio».

«Non è vero». Presi una penna. «Ogni tanto premo "Ignora" quando mi telefona».

«Ah! Ci crederò quando lo vedrò». Si alzò in piedi. «Anzi, non credo che potresti mai ignorare Penelope, nemmeno se lo volessi».

«Quanto saresti disposto a puntare su questa teoria infondata?»

«La mia vita». Sollevò le spalle. «Ci stai? Così posso andarmene in pace».

«No, preferirei tenerti come dipendente ancora per un po'». Sorrisi. «Ma per tua informazione, ti sbagli».

«Nel profondo del cuore, sai anche tu che non è così…».

Rottura #6

Quello che non ha pagato 72,99 dollari

Hayden all'epoca

LA SORELLINA DI TRAVIS (SMETTILA DI DARLE CONSIGLI): Ehi. Sei occupato?

IO: Sì. Non chiamarmi.

IO: Non sei con il tuo nuovo ragazzo in questo momento?

LA SORELLINA DI TRAVIS (SMETTILA DI DARLE CONSIGLI): È in bagno. Devo chiederti una cosa importante.

IO: Ti ho appena detto che sono impegnato, Penelope (buon compleanno, a proposito).

LA SORELLINA DI TRAVIS (SMETTILA DI DARLE CONSIGLI): Secondo te è strano che non abbia mai avuto un orgasmo con nessuno dei miei ex, quando provavano a darmi piacere con la bocca? È una sensazione piacevole sentirli contro le mie labbra già, ma non è mai la cosa sconvolgente di cui ho sentito parlare. (Grazie! Finalmente diciotto!)

IO: Smettila di mandarmi messaggi. Adesso.

LA SORELLINA DI TRAVIS (SMETTILA DI DARLE CONSIGLI): Tutti usano le dita mentre lo fanno, ma… c'è qualcosa che non sto facendo? Come posso avere un orgasmo la prossima volta?

IO: Rileggi il mio ultimo messaggio. Sto spegnendo il telefono.

LA SORELLINA DI TRAVIS (SMETTILA DI DARLE CONSIGLI): Perché? Hai detto che potevo chiederti un consiglio.

IO: Riguardo alle relazioni e alle rotture. Non sul sesso.

LA SORELLINA DI TRAVIS (SMETTILA DI DARLE CONSIGLI): A chi altro posso chiedere allora?

Appoggio il telefono e sospiro.

"Hai cambiato il suo nome per un motivo. Non rispondere. Mai".

Questa è l'ennesima sera di fila in cui ha preso un po' troppo sul serio il mio "Ti darò un consiglio sulle rotture quando vuoi".

All'inizio onestamente non mi dispiaceva, ma è stato fino a quando non ha iniziato a darmi una lezione di storia su tutte le sue rotture; una lista infinita per una ragazza di solo diciassette anni.

Be', *diciotto*.

A suo merito, le ha superate tutte velocemente, scaricando ogni singolo ragazzo al primo segno di mancanza di rispetto. È sempre stata brava a mettere perfettamente in chiaro fin dall'inizio quello che voleva, quindi qualsiasi ragazzo rimanesse nei paraggi dopo aver sentito la sua visione delirante dell'amore *doveva* sicuramente essere pazzo di lei.

Non solo, ma le sue relazioni erano controbilanciate da un'agenda di allenamenti, viaggi e gare che si infittiva di giorno in giorno. Dal momento che quest'anno si è classificata prima in tutte le competizioni – Gran Prix, Coppa di Cina e Campionato dei quattro continenti –, riuscendo a mantenere al contempo il primo posto nel ranking mondiale, è quasi certo che sarà selezionata per la squadra olimpica.

"Perché so tutte queste cose?".

Tocco il mio schermo e scorro la lista di messaggi precedenti, concentrandomi su quello che mi ha inviato la scorsa notte.

LA SORELLINA DI TRAVIS (SMETTILA DI DARLE CONSIGLI): È troppo chiedere che un ragazzo voglia me e solo me? Un fidanzato a tempo indeterminato? So di essere giovane, ma i miei genitori si sono sposati a diciott'anni ed erano sempre felici… Voglio la stessa cosa. Pensi che sia possibile?

No, ma le avevo detto di sì comunque.

Senza pensarci, tocco il suo nome e premo "Chiama".

«Sì, Hayden?», risponde al primo squillo.

«Va bene, allora», dico. «Sai dov'è il tuo clitoride?»

«Sì».

«Bene. Dopo l'appuntamento di stasera, spiegalo al tuo fidanzato e digli di baciarlo lentamente e di concentrarsi su quel punto con la lingua».

«Aspetta. Pensavo avessi detto di non entrare in intimità con un ragazzo fino al quinto appuntamento. Questo è solo il terzo e voglio essere certa di non arrivare impreparata».

Alzo gli occhi al cielo. «In tal caso, usa due dita e toccalo tu stesso fino a quando non senti che si gonfia, finché non ti senti come se non ne potessi più».

«Ci ho già provato, ma non mi succede mai... non dura mai abbastanza. Quanto dovrebbe durare?»

«*Penelope*». Non posso credere che continui a insistere. «Fa' una cosa. Acquista un vibratore online e leggi le istruzioni. O peggio, se hai troppa fretta, va' al supermercato e compra uno spazzolino elettrico e premilo contro il clitoride la prossima volta che sei eccitata. Non muoverlo finché la tua vagina non è super bagnata e palpitante per il massimo piacere. Lo saprai quando verrai, chiaro?»

«Chiaro».

«Posso riattaccare ora e comportarmi come se questa conversazione non fosse mai avvenuta?»

«Solo un'ultima cosa», dice. «È andato in bagno. Quanto tempo devo aspettare prima di andare a controllare?»

«Dipende. Da quanto tempo è lì dentro?»

«Quindici minuti». Si sente un fruscio di carta in sottofondo. «Ha pagato il conto e poi lui... Porca puttana».

«Che c'è?»

«Ha scritto "Scusa. Sono io, non tu. Sono in debito" sul conto!». Prende fiato. «Questa cena è costata settantatré dollari e lui...». Si ferma di nuovo. «Lo vedo adesso».

«Sta tornando al tavolo per pagare?»

«No, è fuori, sta salendo in macchina». Sospira. «Devo chiedere al direttore di sala se posso lavare i piatti per pagare?»

«No, resta seduta». Mando un messaggio al mio grafico per fargli sapere che finirò il logo dell'app un'altra sera. «Ordina una bistecca con burro extra per me. Ti raggiungo lì tra venti minuti».

«Veramente?». Dalla voce capisco che sta sorridendo. «In tal caso, puoi accompagnarmi anche al supermercato quando avremo finito?».

Le riaggancio il telefono in faccia.

Quattro (B)
Oggi

Penelope

Alle sei emersi dalla stazione della metropolitana di Lexington Avenue, dirigendomi dritta verso il gruppo di fotografi in cerca di Hayden.

«Cosa ne pensi dei suoi nudi trapelati, Penelope?», «È ancora dentro con Lawrence?», «Puoi dirci come si sente attualmente?», urlavano l'uno sull'altro.

Inforcai gli occhiali da sole e li superai, mostrandomi impassibile mentre raggiungevo l'ingresso dello Sweet Seasons Coffee.

«Come ha intenzione di risolvere la cosa?», «È ancora in tendenza su Twitter!», «Sei stata tu a scattare quelle foto?».

Trattenni un gemito a quell'ultima domanda e bussai alla porta.

In pochi secondi, il suo addetto alla sicurezza l'aprì abbastanza da prendermi la mano e tirarmi dentro.

«È di sopra, signorina Penelope», disse Henry. Poi abbassò la voce. «Il signor Lawrence è in crisi, quindi sta' attenta e non dire che non ti ho avvertita».

Risi. «Grazie, Henry».

«Dovere». Chiuse di nuovo la porta.

Quando arrivai in cima alla scala, Lawrence stava camminando avanti e indietro dall'altra parte della stanza e gridava al telefono. Hayden sorseggiava un caffè e non sembrava per nulla scosso.

«Ehi». Mi avvicinai e lasciai cadere la mia borsa sul suo

tavolo. «Ho detto ai fotografi che sei oltremodo imbarazzato per quanto successo oggi. Ho anche detto che stai regalando a ogni persona offesa una bottiglia di candeggina per gli occhi e un bastoncino per cancellare la memoria».

«Grazie mille». Sorrise. «È esattamente il piano di Lawrence per sistemare questo casino».

«Lo sapevo».

Rise. «Quel vestito è tuo o stai ancora prendendo in prestito cose online da sconosciuti?»

«Non è un prestito. È *sharing* e renttherunway.com lava a secco tutto prima di inviarlo».

«Mmm». Mi guardò. «Ti sta bene».

«Grazie. Mi metterò in tiro più spesso, così potrai continuare a dirmi cose carine».

«Personalmente ti preferisco in tuta». Si alzò in piedi. «Andiamo fuori a parlare, così possiamo avere un po' di privacy».

«Dove diavolo state andando?». Lawrence smise di camminare. «Non osate farvi vedere là fuori».

«Rilassati», disse Hayden. «Andiamo nel vicolo».

«Tornate tra dieci minuti».

«*Venti*», dicemmo all'unisono.

«Bene». Tornò alla sua chiamata, gridando come se non si fosse mai distratto.

Hayden mi condusse al piano di sotto e poi fuori, dove andavamo ogni volta che la nostra panchina a Central Park era fuori questione.

La strada era bloccata da un muro ingannevole che la maggior parte delle persone (soprattutto i fotografi) pensava non portasse da nessuna parte. Luci rosa brillanti pendevano dall'alto, en pendant con le sedie rosa di ferro, e un braciere da esterno sputava piccole fiamme.

Il direttore di sala ci seguì fuori, lasciando due frappè e un vassoio di macaron su un tavolo prima di allontanarsi.

«Allora...». Hayden si appoggiò al muro. «Chi è "Quello che è scappato"?»

«Simon Gaines». Le farfalle mi svolazzavano nello stomaco come se fossi ancora in aeroporto con lui. «Era il mio compagno di studio, ed è praticamente un principe azzurro in carne e ossa».

«Ogni volta che lo dici, alla fine il tizio in questione si rivela essere uno stronzo».

«Grazie per il promemoria». Sollevai gli occhi al cielo. «Comunque, non avevo modo di passare tanto tempo al campus dal momento che ancora pattinavo, ma mi accompagnava sempre al mio dormitorio ogni volta che pioveva, faceva di tutto per aiutarmi al campus se chiamavo e lanciava allusioni qua o là su "noi", ma non ero sicura di come prenderle perché…». Feci una pausa. «Io e te in quel momento non parlavamo».

«Quindi l'hai incontrato durante la nostra Guerra Fredda?»

«Sì».

Silenzio.

Ci fissammo per diversi secondi, come facevamo sempre quando il discorso finiva sul buco nero che aveva inghiottito la nostra amicizia per sedici mesi. Non parlavamo mai di quel periodo, preferivamo continuare a ignorarlo. È meglio lasciare i ricordi dolorosi dove si trovano.

Il pensiero mi provocava ancora una fitta al cuore di tanto in tanto, e continuavo a incolpare Hayden per averlo iniziato, ma il tempo aveva guarito la ferita quasi del tutto. In teoria.

«Comunque», disse Hayden, rompendo il silenzio. «Continua».

«Sì, comunque…». Mi schiarii la gola. «Una volta eravamo in macchina, stavamo andando a vedere un film, quando vide una tartaruga scappata da un negozio di animali e si fermò per salvarla, in modo che non venisse uccisa da qualche macchina. Quindi fece una deviazione di mezz'ora e la liberò nell'oceano».

«Ha messo in mare la tartaruga di un negozio di animali?». Alzò il sopracciglio. «Probabilmente così facendo l'ha uccisa più velocemente di quanto non avrebbe fatto il traffico».

«Non è questo il senso della storia, Hayden».

«Allora raccontane una migliore».

«Penso che sia *lui*», dissi. «Cioè, penso che sia stato il destino a farmi sbattere contro di lui, e intendo letteralmente. E credo che se per tutto questo tempo le cose con gli altri uomini non hanno funzionato sia per questo motivo. Penso che sia lui il ragazzo a cui sono sempre stata destinata».

«Avresti potuto riassumerlo in cinque secondi».

«Pensavo che avresti apprezzato un discorso più lungo». Risi e tirai fuori il tovagliolo che Simon mi aveva dato all'aeroporto. «Ha scritto il suo numero su questo, perché il mio telefono era morto e lui aveva lasciato il suo da qualche parte. Romantico, vero?»

«Non è esattamente il termine a cui stavo pensando».

«Promettimi che questa volta mi darai consigli su come tenermelo stretto», dissi.

«Potrei darti un consiglio subito». Le sue labbra si curvarono in un sorrisetto. «Hai intenzione di seguirlo?»

«Lo faccio sempre».

«No, accetti solo quelli che ti piacciono». Si batté il mento. «Comunque, cosa ottengo io aiutandoti con questa storia?»

«*Come?*»

«Mi hai sentito». Sorrise. «Qual è il mio incentivo per aiutarti a rimorchiare questo tizio?»

«Avrai l'onore di sapere che sei un buon migliore amico».

«Sono un *grande* migliore amico. Voglio qualcosa di tangibile. Un vero compenso da poter riscuotere».

«Hai comprato un appartamento da trenta milioni di dollari il mese scorso», sbottai. «Non hai certo bisogno di altri soldi e non ti darò nemmeno un centesimo».

«Non stavo pensando ai soldi».

«No, non sostituirò la tua assistente Sarah a Cinder».

«Non ti assumerei mai per lavorare alle mie dipendenze».

Rise. «Voglio solo il tuo aiuto con alcune lettere che sono costretto a scrivere. Be', a meno che Lawrence non cambi idea».

«Non cambierò idea, Hayden!», urlò lui dall'alto, ed entrambi scoppiammo a ridere.

«Dove sta il trucco?», chiesi.

«Non c'è».

«Allora, di quante lettere stiamo parlando?»

«Alcune». Tese la mano come se fosse un incontro d'affari. «Abbiamo un accordo?»

«Abbiamo un accordo», dissi, tremando. «Qual è il mio primo passo con Simon?»

«Nessuno», disse. «Aspetta che ti chiami».

«Ti sei perso la parte in cui ti ho detto che mi ha chiesto di chiamarlo?». Scossi il tovagliolo. «La parte in cui io ho il suo numero di telefono e lui non ha il mio?»

«Ti ho sentita». Guardò il mio vestito. «Ma dal momento che ti ha visto con quello indosso, troverà un modo per chiamarti. Fidati di me».

Lo fissai, aspettando che argomentasse, che mi spiegasse perché il suo ragionamento aveva senso, ma nessuna parola uscì dalle sue labbra.

«Solo per essere sicuro che stasera non farai niente di stupido...». Mi prese il tovagliolo di mano e lo fece a pezzi. Poi li gettò per terra. «Prego».

«Pensi che mi troverà per magia?»

«Se ha davvero un debole per te, troverà il modo».

Fissai i brandelli, tentata di raccoglierli e metterli insieme per sicurezza.

Come se potesse leggermi nel pensiero, ne raccolse alcuni e li gettò nel fuoco.

«Ti chiamerà, Penelope», disse. «Gli do una settimana al massimo».

«Bene». Incrociai le braccia. «Allora comincerò ad aiutarti con le tue lettere di scuse solo a quel punto. Non ha senso che io inizi con la mia parte dell'accordo se il tuo fallisce».

«Per me va benissimo». Sorrise. «Quando mi dirai cosa ne pensi delle mie foto?»

«Cosa intendi?»

«Non hai visto il mio pene?».

“Non rispondere. È una trappola”.

«Devo tornare a casa, ci vediamo più tardi». Mi precipitai dentro, poi superai i fotografi, sentendo le mie guance riscaldarsi a ogni passo.

Migliore amico o meno, non sapevo nemmeno da dove cominciare a parlare dell’argomento e non volevo che la mia mente vagasse mai più in quella direzione.

Cinque
Oggi

Penelope

Erano trascorsi tre giorni senza una sola telefonata o messaggio da parte di Simon.

Avevo persino aperto un account Gmail nuovo di zecca, PenelopeCarterNYC@gmail.com, ma l'unica cosa che avevo ricevuto nella posta in arrivo era una buona dose di spam.

Cinque (B)

Oggi

Penelope

Il quarto giorno non portò nulla di nuovo.

Poi arrivò il quinto.

Simon non aveva chiamato, ed ero tentata di tornare al braciere e richiamare in vita il suo numero dalle ceneri.

Sei

Oggi

Hayden

«Che diavolo stava pensando Hayden Hunter?», «I *rumors* che girano sono veri?», «Far trapelare immagini compromettenti nel mezzo di una crisi di pubbliche relazioni non è certo il modo di guidare un'azienda!».

Il frastuono di voci arrivava dal televisore del soggiorno, superando il leggero scroscio della doccia.

Mi maledissi per non averla staccata dal muro la sera prima.

Le mie foto erano ancora il gossip del giorno, ma non avevano fatto granché per risolvere gli altri miei problemi d'affari. La situazione stava addirittura peggiorando.

Oltre a essere un "bugiardo incallito", un "playboy sconsiderato che ha problemi con la figura paterna", ero diventato anche un ladro. Un "ladro con un grosso cazzo che ci piacerebbe scopare", secondo «Cosmo».

Gemendo, uscii dalla doccia e mi avvolsi un asciugamano intorno alla vita prima di camminare lungo il corridoio.

Afferrai il telecomando proprio mentre Tim Lassing, il CEO di Tinder, si accomodava di fronte alla presentatrice del talk show mattutino.

Aveva quell'espressione compiaciuta che mostrava anni prima, quando mi aveva accusato per la prima volta di aver rubato la sua dannata idea. Come se "Scorri a destra se è un sì e scorri a sinistra se è un no" fosse un concetto rivoluzionario.

Era stata una pura coincidenza che avessimo trovato quella soluzione contemporaneamente, e si trattava dell'unica somiglianza tra le nostre app.

La sua contava venti milioni di abbonati in tutto il mondo. La mia ne aveva cento. Caso chiuso.

«Grazie per essere venuto qui questa mattina per parlare del suo concorrente Hayden Hunter», disse la presentatrice. «Immagino che voi due siate impegnati da anni in un'aspra faida».

«Non necessariamente». Sorrise. «Ho cercato disperatamente di dimostrare che è un imbroglione e un bugiardo, ma sono contento che così tante persone stiano finalmente iniziando a capire quanto fosse sconsiderato all'epoca».

«All'epoca?», chiese lei. «Dunque pensa che sia cambiato nel corso degli anni?»

«Ah ah! No». Alzò gli occhi al cielo. «È ancora più subdolo e bugiardo di prima».

Incrociai le braccia. Quel giorno sembrava più sano del solito, ma sapevo che era solo questione di tempo prima che iniziasse a diventare inquietante.

Aveva avuto un incidente sugli sci non molto tempo dopo aver fondato Tinder e pezzi del suo cervello erano ancora sulle piste.

«Se potesse offrirgli qualche consiglio, da CEO a CEO...». disse la presentatrice. «Cosa gli direbbe?»

«Di procurarsi un buon avvocato». I suoi occhi si spalancarono, quasi sporgendogli dal cranio. «Dovrebbe anche ammettere di aver rapito il mio cane in passato».

«Cosa?»

«Ha rubato il mio cane». Sembrava sul punto di piangere. «Non so perché voi non mi crediate. Non riesco a ricordare tutto esattamente, ma è un ladro di cani. Mai fidarsi di un ladro di cani».

Eccolo lì.

Presi il telecomando e spensi la TV.

Prima che potessi inviare un messaggio al mio avvocato, un'e-mail di Lawrence mi comparve sullo schermo.

OGGETTO: Niente Penelope oggi. Per nessun motivo.
L'universo ci ha regalato un altro casino grazie a quello stramboide di Tinder.
Il tuo avvocato, Andrew Hamilton, vuole che ti concentri e che tu scriva una lettera avvincente al giudice in cui spieghi perché le accuse che ti ha appena rivolto quel tizio sono delle stronzate.
Dopodiché, ho bisogno che tu ti metta al lavoro su quelle maledette lettere di scuse, così possiamo approfittare di questo tempismo ideale.
Se Penelope ti chiama o ti scrive, per favore non risponderle finché non hai finito.
Grazie in anticipo.

Lawrence

Sorrisi, ignorando completamente il suo messaggio.

OGGETTO: Fwd: Niente Penelope oggi. Per nessun motivo.
Se hai bisogno di me, inviami un'e-mail all'altro indirizzo. Come puoi vedere Lawrence non vuole che oggi ti parli. Apri una nuova discussione e mandamela sull'altro numero. Aggiornami su cosa stai combinando…

HH

OGGETTO: Simon (Lawrence mi odia?)
Al momento sto aspettando un qualche tipo di segnale da tu sai chi. Non ha ancora chiamato o inviato messaggi PERCHÉ NON HA IL MIO NUMERO. O_o
Sto anche guardando due nuovi clienti che si fanno il culo sul ghiaccio. Uno di loro si è appena girato verso di me e ha detto: «Come diavolo si dovrebbe completare un doppio lutz?». AIUTO.

Pen

P.S. Ho aperto la tua lista di lettere stamattina… Vuoi davvero che ti aiuti con tutte e mille? Come diavolo hai fatto a far incazzare così tante persone???

OGGETTO: Re: Simon (Lawrence mi odia?)
Sono passati cinque giorni, Pen.

CINQUE GIORNI.
Sii paziente e fa' qualcos'altro con il tuo tempo. Hai già scelto cosa indosserai alla sua festa? (Ti troverà prima o poi),

HH

P.S. Duemila lettere. Ero un ragazzo molto cattivo quando ancora non ci parlavamo *smile emoji*
P.P.S. Lawrence ti odia, ma odia tutti.

OGGETTO: Re: Re: Re: Simon (Lawrence mi odia?)
Ho cercato Simon e ho scoperto che è nella lista dei cinquecento di «Forbes» dell'anno scorso. È il numero 301.
Impressionante da morire, non credi?
Tatiana si è offerta di prestarmi uno dei suoi abiti firmati (te l'avevo detto che sua madre era un'ex top model, giusto?).
È mezzanotte, quindi significa che sono passati cinque giorni e mezzo. La festa è tra tre giorni!

Pen

OGGETTO: Re: Re: Re: Re: Simon (Lawrence mi odia?)
Immagino che sarebbe "impressionante da morire" se il tuo migliore amico non fosse al numero 1 di quella lista.
Lo farà, Pen. Fidati di me. Mi sono mai sbagliato?

HH

Sei (B)
Oggi

Penelope

C'è una prima volta per tutto.

Sesto giorno.

Nessuna chiamata. Nessuna e-mail. Nessuna scia di briciole di pane sistemata in modo che Simon potesse trovare la strada che conduceva a me.

Dominata dall'impazienza, avevo continuato con le mie investigazioni online e avevo trovato la sua azienda e tonnellate di articoli sul suo fondo speculativo.

Sul suo sito non c'erano contatti diretti. Gli indirizzi e-mail elencati facevano riferimento ai vari assistenti e gli altri erano numeri verdi, tanto che lo si specificava chiaramente: erano "riservati ai clienti".

Controllando lo schermo del telefono per la millesima volta, mi appoggiai allo schienale di una delle limousine di Hayden.

«Ehilà». Gli occhi dell'autista incontrarono i miei nello specchietto retrovisore. «Tutto bene, signorina Penelope?»

«Sto bene, Chance», dissi. «Sto solo aspettando qualcosa che non è ancora successo».

«Be', qualunque cosa sia, sono sicuro che potrai chiederlo al tuo migliore amico e lui te lo comprerà in pochi secondi».

Forzai un sorriso e aggiornai di nuovo lo schermo.

Mentre giravamo l'angolo del mio isolato, il mio telefono squillò. Era un numero sconosciuto.

«Simon?». Risposi senza la minima grazia.

«Chi diavolo è Simon?». La voce di Travis arrivò dall'altra parte.

"Uffa". «Nessuno di cui ti parlerò mai».

«Bene». Rise. «Non voglio sentire parlare di lui finché non ti avrà chiesto di sposarlo. Questo è il mio nuovo numero aziendale, comunque. Salvalo».

«Io sto bene, Travis», dissi, odiando il fatto che non avesse alcun galateo telefonico. «Grazie mille per avermelo chiesto. Tu invece?»

«Alla grande, e mi fa piacere sapere che stai bene. Sai che non sono mai stato bravo con le chiacchiere».

"Non sei bravo a comunicare in generale". «Sarà presto il mio compleanno».

«Lo so. Ho già chiesto a Hayden un consiglio su cosa comprarti». Dalla sua voce capì che stava sorridendo. «Ti richiamerò in settimana per dirti cos'è, nel caso tu voglia qualcos'altro. Ti voglio bene, Principessa».

Risi. «Anch'io».

Misi fine alla chiamata e attesi che l'auto si fermasse sul marciapiede prima di scendere. Mentre rovistavo nella borsa in cerca delle chiavi, sentii una serie di macchine che suonavano il clacson e delle urla: «Che diavolo fai?», «Ma sei matto?», «Che diavolo stai facendo?»

«Ehi! Ehi! Penelope?».

Mi voltai e vidi Simon che attraversava di corsa la strada con indosso un completo. Schivava i taxi e ignorava la pioggia di insulti.

«Speravo fossi tu», disse, sorridendo. «Penso di aver contattato ogni Penelope Carter in città».

Arrossii mentre si avvicinava. «Hai davvero cercato di rintracciarmi?»

«Sì. C'è un motivo per cui non hai chiamato?», chiese. «Ho interpretato male la nostra conversazione in aeroporto?»

«No, io…». Cercai di pensare a una ragione che non fosse Hayden. «Ho perso il tuo tovagliolo al ritiro bagagli».

«Okay, be'...». Tirò fuori il telefono dalla tasca. «Se non ti dispiace, vorrei assicurarmi che non accada di nuovo. Posso avere il tuo numero?».

Annuii e glielo diedi. Pochi secondi dopo sentii un ronzio contro la mia tasca.

«Spero di vederti alla mia festa questo fine settimana», disse. «Ci sarai?»

«Sì». Annuii. «Dov'è?»

«Molo sessantadue. È su un superyacht».

«Ne hai noleggiato uno per una festa?»

«No, ne possiedo uno». Sorrise. «Inizia alle sette, ma le persone non inizieranno ad arrivare prima delle otto. Me compreso».

«Al college eri sempre un'ora in anticipo».

«Quello era prima che la gente iniziasse a chiedermi soldi». Rise. «Ora sono di proposito in ritardo, così gli tolgo la possibilità di farlo». Mi si avvicinò. «Sono anche un po' più riluttanti ad avvicinarsi se vedono che non sono da solo».

Arrossii di nuovo.

«Avrei dovuto chiederti di uscire al college», disse. «Dovevo essere più chiaro riguardo alle mie intenzioni, e non farò lo stesso errore due volte. Mi piacerebbe davvero vederti questo fine settimana».

«Ci sarò».

«Bene».

«Ehi, stronzo!». Una voce rauca gridò dall'altra parte della strada. «Per quanto tempo pensi di bloccare il traffico con le tue stronzate romantiche?»

«Sì!», si unì un altro. «Spero almeno che ti stia mollando, visto che ti comporti come se fossi il proprietario di tutta questa fottuta strada!».

«Forse dovrei spostare la mia macchina». Fece un passo indietro, ridendo. «Ci vediamo questo fine settimana, Penelope».

«Ci vediamo questo fine settimana».

Lo vidi scivolare al volante di una Ferrari rosso fuoco brillante. Aspettai che girasse l'angolo prima di precipitarmi dentro casa.

Nel momento in cui entrai nel soggiorno, venni schiaffeggiata in faccia da qualcosa di morbido ma pruriginoso.

"Che diavolo…?".

Feci un passo indietro, rendendomi conto che era una camicia di seta con delle paillettes sulle maniche, ed era appesa a un appendiabiti pieno di altre camicie di seta.

Girandoci intorno, vidi altri scaffali allineati nella sala da pranzo, poi scatole bianche e nere accatastate in alto vicino alle finestre.

Versace. Fendi. Christian Louboutin.

«Ehilà!». Tatiana girò in punta di piedi intorno a una torre di scatole di Prada. «Stavo aspettando che tornassi a casa».

«Mi stavi aspettando per vantarti di una sessione di shopping sfrenato?»

«Ah! Per favore». Prese una busta e me la porse. «A quanto pare è opera del tuo migliore amico».

Aprii e lessi il biglietto.

Penelope,

Penso che per te sia arrivato il tempo di avere un guardaroba tutto tuo e di smetterla di noleggiare gli abiti.

Non cercare di ripagarmi e non osare chiedermi quanto mi sia costato.

Accetta e basta.

Fammi sapere cosa scegli per la festa.

Prego.

Hayden

P.S. Porta i capelli sciolti.

P.P.S. Non indossare mutandine. Fidati di me.

Sette

Oggi

Penelope, sabato

Nel momento stesso in cui salii a bordo dello yacht completamente bianco, mi sentii fuori posto. Il mio vestito rosso, con il suo scollo profondo a rivelare il mio décolléte e lo spacco alto sulla coscia, spiccava rispetto alla formalità del nero e del blu degli altri.

"Merda".

Valutai se correre verso la limousine e pregare l'autista di portarmi a casa per cambiarmi.

Prima che potessi pensarci bene, l'addetto alla sicurezza m'invitò a fare un passo avanti.

«Il prossimo della fila, per favore», disse, gli occhi incollati su un tablet. «Nome e relazione con il signor Gaines?»

«Ehm...». forzai un sorriso mentre mi avvicinavo. «C'è un guardaroba lì dentro? Pensa che potrei prendere in prestito la giacca di qualcuno?»

«Il suo nome e...». Sollevò lo sguardo dal suo tablet, i suoi occhi viaggiarono su e giù per il mio vestito. «Penso che sia alla festa sbagliata, signorina. Questa non è una première di Hollywood».

«Grazie». Resistetti all'impulso di alzare gli occhi al cielo. «Penelope Carter».

Incrociò le braccia, continuando a fissarmi. «La festa privata per le modelle di Hollywood è al molo cinquantasette. Vorrebbe che qualcuno l'accompagnasse lì?»

«Non sono un'ospite alla festa delle celebrità. Sono qui per vedere Simon Gaines». Incrociai le braccia. «Siamo andati al college insieme».

Mi guardò di nuovo prima di riportare la sua attenzione sul tablet. Toccò lo schermo un paio di volte e i suoi occhi si spalancarono.

«Mi perdoni se non mi ero reso conto che era l'accompagnatrice del signor Gaines. Per favore, mi segua». Mi fece salire su un piccolo ascensore e premette il pulsante S. «Il signor Gaines è nella stanza della galleria. Sono sicuro che sarà entusiasta di vederla».

Le porte si chiusero e feci diversi respiri profondi mentre la cabina saliva al terzo piano. Quando ne uscii, mi ritrovai in un mare di abiti blu e neri più scialbi, ma c'erano anche dei tocchi di colore e altri vestiti qua e là.

Nessuno però era audace quanto il mio.

Muovendomi tra la folla, seguii le indicazioni per la galleria e mi fermai quando vidi Simon circondato da una piccola folla.

Sexy in uno smoking completamente nero, stava sorridendo mentre indicava un vaso.

«Per qualche ragione ho lasciato che il mio consulente mi convincesse ad acquistare questa cosa», disse. «Si presume sia un manufatto egiziano, ma lo venderò volentieri senza alcun profitto se qualcuno di voi è interessato».

«Quanto?», chiese qualcuno.

«Quattro milioni», lo informò. «Qualche acquirente?». Tutti risero, scuotendo la testa.

«Che ne dite di includere il mio consulente come parte dell'accordo, allora?», scherzò. «I suoi consigli sul mercato azionario sono decisamente migliori, lo giuro».

Le risate riempirono di nuovo la sala.

«Mi scusi». Una bruna mi urtò. Forte. «Spero che tu non voglia rimorchiare nessuno con quello». Mi rivolse una smorfia e si allontanò.

Simon raccolse un vaso diverso e io iniziai a indietreggiare. Sbattei contro più di un invitato mentre raggiungevo il bagno, e poi mi ci chiusi dentro.

Fissai il mio riflesso, deglutendo. Mi chiesi se potevo farmi portare da Tatiana un vestito più adatto e ordinario nel giro di un'ora.

Si sentì bussare alla porta mentre tiravo fuori il telefono. «Occupato!», risposi. «Un minuto».

La porta si aprì comunque.

«Ho appena detto occupato».

«Ti ho sentita forte e chiaro». Hayden entrò con un bicchiere di vino in mano. «Ho deciso di passare per vedere se stavi seguendo il mio consiglio».

«Ho un cellulare».

«Non hai risposto a nessuno dei miei messaggi», disse. «Non mi hai neanche chiamato ieri sera».

«Invece sì. È partita la segreteria telefonica».

«Ero sinceramente preoccupato che avresti scelto il vestito sbagliato».

«E...?»

«Nient'affatto». Mi squadrò da capo a piedi. «Però non hai ancora imparato a dire grazie».

«Prego».

Rise. «Perché sapevo che saresti stata qui, lontano dalla festa?»

«Perché sei uno stalker che in qualche modo si è intrufolato nella lista degli invitati».

«Sono il proprietario del molo». Bevve l'ultimo sorso di vino e posò il bicchiere. «Sono in tutte le liste degli ospiti».

«Certo». Lasciai andare un sospiro. «La gente continua a fissarmi».

«Perché sei sexy da morire», disse. «Nonostante il fatto che tu non stia seguendo affatto il mio consiglio come avevi promesso».

«Come? Ho fatto ogni singola cosa che hai detto».

«Quasi». Mi mise le mani sulle spalle e mi fece girare per guardarmi allo specchio.

Allo specchio, i suoi occhi incontrarono i miei e non potei fare a meno di inalare il profumo sexy della sua colonia.

Fece scorrere il dito contro la parte posteriore del mio collo, sulla coppia di cigni, uno bianco e uno nero, che era tatuata sulla mia pelle. Poi si fermò sulla riga in latino sottostante.

«Non avevo mai notato prima questa citazione sul tuo tatuaggio», sussurrò. «Pensavo fosse solo una linea».

«Lo era, prima che lo modificassi».

«Quando è stato?»

«Durante la nostra Guerra Fredda...».

«Mmm». Ci strofinò di nuovo il dito, senza interrompere il contatto visivo. «Mi sento come se stessi imparando troppe cose nuove su di te che dovrei già sapere. C'è altro che mi vuoi rivelare?»

«Una volta, quando non ci parlavamo, ho comprato una bambola vudù che ti assomigliava. Aveva gli occhi azzurri e tutto il resto».

«Davvero?». Sorrise. «Quante volte l'hai pugnalata con lo spillo?»

«Migliaia. Avrei voluto che tu fallissi nella vita con ogni sua puntura».

«Mi dispiace informarti che non ha funzionato».

«Chiaramente». Sorrisi.

«Comunque...». Si schiarì la gola. «Questa è la prima parte del mio consiglio che non hai seguito».

Afferrò il fermaglio luccicante dalla mia acconciatura e lo tirò via, costringendo i riccioli a cadermi sulle spalle. «Ti ho detto di portare i capelli sciolti. Sembri più sexy così».

«Tatiana pensava che stessi meglio».

«Tatiana non è un ragazzo che stai cercando di conquistare. E poi, da quello che mi hai detto, è single da anni». Le sue labbra si curvarono in un lento sorriso sexy. «Devi prendere tutto ciò che suggerisce con le tenaglie».

«Vuoi dire con le pinze?»

«No». Mi passò le dita tra i capelli, assicurandosi che tutti i ricci fossero sciolti. «Voglio proprio dire con le tenaglie: passa le notti a guardare maratone di *Sailor Moon* e a giocare con la bacchetta di cristallo, cazzo».

Trattenni una risata. «Va bene».

Facendo scorrere la mano intorno alla mia collana, sistemò delicatamente il ciondolo con il pattino d'argento da skate che pendeva tra i miei seni.

«Ti ho anche detto di non indossare le mutandine». I suoi occhi incontrarono di nuovo i miei nello specchio. «Perché ce le hai?»

«Io non...». Le mie guance avvamparono. «Non le indosso».

«Non puoi mentirmi, Pen...». Fece scivolare una mano sotto lo spacco del mio vestito, fissandomi la pelle mentre il suo palmo mi sfiorava la coscia. Fece scorrere lentamente le dita sotto il bordo del mio perizoma di pizzo e lo tirò via con un movimento fluido. Poi se lo ficcò in tasca.

«Molto meglio». Sorrise. «Non sei d'accordo?»

«Non posso credere che tu l'abbia appena fatto».

«Credici». Guardò l'orologio. «Hai solo poche ore prima che le persone inizino a monopolizzarlo per fotografie e favori vari. Ti consiglio vivamente di uscire di qui con me. Puoi dire: "Grazie per il tuo tanto indispensabile aiuto" in qualsiasi momento».

«Grazie per aver rubato le mie mutandine».

«Prego». Rise e si avvicinò alla porta, tenendola aperta per me. Fece per allontanarsi, ma poi si voltò.

«Non penso di potermi fidare di te», disse. «È meglio se te lo porto qua».

"Eh?". Prima che potessi chiedergli una spiegazione, mi spinse contro una finestra. «Quanto siamo vicini, Penelope?»

«Cosa intendi?»

«È una domanda semplice». Abbassò la voce, guardandomi negli occhi. «Quanto siamo vicini?».

"Troppo vicini". «Molto».

«Su una scala da uno a dieci?»

«Venti».

«Sono d'accordo». Mi infilò alcune ciocche di capelli dietro l'orecchio.

«Quindi, ho bisogno che tu mi dica una cosa. Cosa ne pensi del mio cazzo?».

"CHE COSA?". «Di che diavolo stai parlando?»

«Mi hai sentito», disse. «Voglio sapere cos'hai pensato quando hai visto le mie foto».

«Hayden Christopher Hunter».

«Penelope Nicole Carter», rispose, imitando il mio tono. «Sono contento che abbiamo ricordato i nostri nomi completi».

«Sto dicendo il tuo nome completo in modo che tu possa tornare in te».

«Sono in me». Sorrise. «Ti sto facendo solo una semplice domanda».

«Una domanda davvero inappropriata».

«Perché?». Mi fece scorrere le dita tra i capelli. «Se dovessero mai trapelare delle tue foto nuda, ti darei la mia sincera opinione. Non aspetterei nemmeno che me la chiedessi».

«Non mi succederebbe mai, perché a differenza di te...».

«Stai sviando». Mi mise a tacere. «Rimani sull'argomento del mio cazzo».

«Bene». Abbassai la voce a un sussurro. «Ho pensato che fossi molto ben dotato. Felice?»

«Estasiato».

«Come diavolo dovrebbe aiutarmi ad attirare l'attenzione di Simon questa tipo di domande?»

«Perché nessun uomo resta indifferente a una donna che interessa a un altro ragazzo, e se quello che è considerato l'"imprendibile playboy di Manhattan" ti sta facendo arrossire in un angolo, direi che partiamo col piede giusto. Non trovi?»

«No».

«Io dico di sì». Rise e fece un passo indietro, guardandosi alle spalle. «Non rimanere troppo a lungo e non bere troppo. Prego».

Si allontanò senza un'altra parola e Simon venne improvvisamente verso di me.

«Oh». Mi prese la mano e se la portò alle labbra. Non disse una parola per diversi secondi, mi guardò solo da capo a piedi. «Sei meravigliosa, Penelope. Grazie molte per essere venuta. Stavo cominciando a pensare che ti divertissi a prendermi in giro».

«Affatto». Arrossii.

«Era Hayden Hunter quello con cui stavi parlando?».

«Sì, ma... *Aspetta.* Come fai a sapere chi è?»

«È sulla copertina dell'ultimo "GQ" e io sono abbonato». Sorrise. «È anche l'amministratore delegato di Cinder ed è piuttosto famoso, credo».

«Giusto, be'... io, lui», balbettai, sentendo le farfalle nello stomaco mentre lui mi premeva la mano contro la parte bassa della schiena. «È il migliore amico di mio fratello. Voglio dire, è più il mio migliore amico, ma...».

«È il mio avversario?», mi interruppe, fissandomi le labbra. «Dovrei essere preoccupato per il fatto che anche lui ti vuole?».

"Che cosa?". Le mie guance si scaldarono di nuovo. «No, per niente. Hayden è come un fratello maggiore per me».

«Bene», disse. «In caso contrario mi sarebbe dispiaciuto doverlo sconfiggere. Ti va di accompagnarmi a cena più tardi?».

Mi morsi la lingua prima di poter sbottare un "Certo!". «No, non posso restare dopo la festa».

«Che sfortuna». Afferrò due bicchieri dal vassoio di un cameriere di passaggio. «In tal caso, andiamo in cima alla nave e sfruttiamo al massimo il tempo che hai».

Lo yacht fece il giro del fiume e io mi appoggiai alla ringhiera mentre Simon l'afferrava avvolgendomi da entrambi i lati.

Gli anni trascorsi lontani crollarono in una conversazione lunga ore e mi sentii come se fossimo di nuovo nella sua vecchia stanza del dormitorio. Le sue labbra sfiorarono le mie un paio di volte, ma non le lasciò mai indugiare per più di qualche secondo e non distolse mai i suoi occhi dai miei.

In un attimo, e senza neppure volerlo, avevo ignorato entrambi i suggerimenti di Hayden.

Sette (B)
Oggi

Hayden

«Oggi abbiamo una seduta di preparazione per la deposizione, avrei giurato di avertelo detto». Nel momento in cui entrai nel mio appartamento, Lawrence mi accolse con un'occhiataccia.

«La violazione di domicilio è un crimine, Lawrence».

«Mi è toccato starmene a sedere lì e chiacchierare del più e del meno con due dei più grandi stronzi di questa città per un'ora intera. Non solo, ma mi hanno anche informato di tutte le news che arriveranno sui giornali domani. Sarà comunque un'impresa impossibile, ma ho radunato un po' di gente disposta a lavorare per le prossime settantadue ore filate, così ripuliremo il più possibile».

Sospirai. «Mi dispiace».

«Come hai detto?». Sembrava sorpreso che avessi pronunciato quelle parole. «Okay, be', a proposito di "scuse", quante lettere hai finito?»

«Una».

«Indirizzata a chi?»

«A te». Presi una lettera dal mio tavolino e gliela passai, ma lui non la lesse nemmeno.

Se la infilò invece in tasca. «La miglior scusa è cambiare comportamento, Hayden. È l'unica cosa che voglio da te. Oltre al mio stipendio e al bonus annuale, ovviamente».

«Certo».

«Quindi cosa stavi facendo?».

“Mi stavo rendendo conto di quanto sia fottutamente sexy Penelope”. «Mi sono fermato al molo sessantadue per schiarirmi le idee».

«In tal caso, la tua lettera di scuse è ufficialmente priva di valore».

«È vero». Sorrisi. «Dovevo godermi il mio ultimo giorno di libertà prima di entrare in quello che sembra un tour di scuse senza fine».

Non sembrava credermi minimamente. Tirò fuori il telefono e toccò lo schermo, poi premette il pulsante del vivavoce mentre gli squilli riempivano la stanza.

«Sono Sarah, come posso…». Fece una pausa. «Oh, sei tu, Lawrence. Di che cosa hai bisogno?»

«Puoi dirmi dove ha passato il pomeriggio il signor Hunter?».

«Si stava schiarendo le idee».

«Non costringermi a chiedertelo di nuovo».

«Era a una festa su uno yacht». Mi tradì in pochi secondi. «Con Penelope e il suo nuovo ragazzo, ma mi ha fatto promettere di non dire nulla e di non nominare nessuna riunione perché non voleva affrontare la questione ed era più preoccupato che Penelope incasinasse le cose». Finalmente prese fiato. «Non gli dirai che te l’ho detto, vero?»

«Non lo farei mai». Terminò la chiamata e socchiuse gli occhi verso di me. «Voglio cinquanta lettere nella mia casella di posta entro la fine di questo fine settimana, e ne voglio trenta lunedì mattina, e così ogni mattina. Non possiamo avere un intero team che lavora per riabilitare la tua immagine se tu non ci credi fino in fondo. Sono stato chiaro, figliolo?»

«Cristallino».

«Bene». Si diresse verso la porta, ma poi si voltò di nuovo. «Penelope ha incasinato le cose?»

«Per nulla».

Lasciò il mio appartamento e io entrai in cucina. Avevo bisogno di un drink.

Non avevo affatto intenzione di presentarmi alla festa sullo yacht, ma mi ero ricordato di quando una volta aveva evitato il ragazzo che voleva per tutta la serata standosene chiusa a pensare in bagno. Dal momento che non aveva risposto a nessuno dei miei messaggi motivazionali, mi era sembrato di non avere altra scelta e mi ero presentato lì.

"E me ne sono pentito, cazzo".

Nel momento in cui l'avevo vista con quel vestito rosso, avevo immaginato le sue gambe avvolte intorno alla mia vita. Le mie mani che afferravano i suoi capelli color castagna mentre lei mi prendeva sempre più in profondità.

Finché non mi ero rimproverato silenziosamente dicendomi: "Stop. È la tua migliore amica e la sorellina di Travis", parole che mi avevano fatto rinsavire.

Curioso, tirai fuori il telefono per vedere se mi aveva risposto e se si stava godendo la festa.

Ancora niente.

Il mio "Ti stai divertendo?" e "Hai bisogno di un passaggio a casa?" non erano stati nemmeno letti.

Proprio mentre stavo per chiamarla, bussarono con forza alla mia porta.

Non riuscendo a capire perché la sicurezza non mi avesse chiamato per avvertirmi, mi avvicinai e guardai dallo spioncino. Penelope era tra le braccia di un tizio, gli occhi persi nel vuoto. Quando era ubriaca aveva sempre quell'espressione.

"Che diavolo…?".

Aprii e vidi meglio l'uomo.

"Il Simon della festa".

«Ehm, ehi», disse. «Ti dispiace se, ehm, la metto giù? Lei ha detto…».

«Gli ho detto io di portarmi qui». Penelope sorrise. «C'era troppo traffico e Tati non risponde al telefono».

Tenni la porta aperta. «Divano bianco vicino alla finestra».

La portò dentro e l'adagiò delicatamente. Poi si girò e mi tese la mano.

«Simon Gaines».

«Hayden Hunter».

«Sono un tuo grande fan», disse. «Ammiro davvero quello che hai creato».

«Capisco». Annuii. Non ero abituato a essere amichevole, né a conoscere un ragazzo di Penelope così presto. Non volevo nemmeno incoraggiarlo a rimanere lì troppo a lungo.

«Perché fa così freddo nel tuo appartamento?». Penelope gemette. «Puoi portarmi una coperta?».

Ignorai la sua domanda nello stesso modo in cui lei ignorava le mie istruzioni. «Quanto ha bevuto stasera?», chiesi a Simon.

«Abbiamo bevuto tre bottiglie di champagne».

"Certo". «Un consiglio per il futuro, limitarsi al vino. Lei non regge lo champagne».

«Me lo ricorderò».

Penelope emise un leggero sospiro senza riuscire a girarsi. «Penso di aver bisogno di un po' d'acqua. Puoi prendermela insieme alla coperta?»

«Posso pensarci io», disse Simon.

«Me ne occuperò io», dissi. «Ora puoi andare».

«Sei sicuro? Voglio dire...».

Sollevai il sopracciglio. «Cosa vuoi dire?»

«Mi sento un po' responsabile, quindi posso restare».

«Oppure puoi andare».

Sembrava tentato di controbattere, ma si limitò a schiarirsi la gola.

«Non ho mai fatto caso a quanto siano sbalorditivi tutti i dettagli nel tuo soffitto, Hayden», disse Penelope. «Di che colore è? Tortora? Beige caramello?».

Simon sorrise e le si avvicinò. Si tolse la giacca e gliela mise sul petto. Poi sussurrò: «Chiamami quando sei sobria. Sempre che non ti chiami io prima».

Si chinò come se stesse per baciarla, ma io mi schiarii la gola.

«Piacere di averti conosciuto, Hayden». Fece un passo indietro. «Speriamo che la prossima volta sarà da sobri».

«Speriamo».

Si avvicinò alla porta e io aspettai di sentire il rumore dell'ascensore prima di guardare Penelope.

Anche così sbronza, era bella da morire.

«Non ti avevo detto di non ubriacarti?», le chiesi.

«Smettila di urlarmi contro».

«L'unica che urla sei tu».

«Perché mi stai giudicando».

«Fidati, non ho nemmeno iniziato a giudicarti», dissi. «Lo farò quando sarai sobrio, però. Te lo ripeto: ti sei persa la parte in cui ti ho detto in modo chiaro di non bere troppo?»

«Lo yacht era così bello». Si sedette e sorrise. «Simon mi ha fatto fare il giro della nave e mi ha mostrato tutte quelle stanze segrete».

«Quindi stai ignorando palesemente la mia domanda?»

«Abbiamo ballato sul terrazzo al ritmo di *New York, New York* di Frank Sinatra. Mi sembrava di vivere in una di quelle commedie romantiche degli anni Novanta».

«Va bene, allora». Appoggiai i suoi piedi su un cuscino e le sfilai i tacchi a spillo.

«A un certo punto, mi sono sentita come se fossimo solo noi due a bordo».

«Appoggia la testa sul bracciolo, per favore».

«A un certo punto, ho pensato che stesse cercando di baciarmi, ma non ne ero sicura, quindi ho preso un altro bicchiere di champagne e l'ho bevuto».

Le sistemai i cuscini dietro la testa mentre continuava a parlare. Mi raccontò dell'argenteria che portava le iniziali di Simon, del modo in cui l'acqua sciabordava contro la nave, e una seconda, terza e quarta volta di come avevano ballato al ritmo di *New York, New York* di Frank Sinatra come in una "commedia romantica degli anni Novanta".

Mentre le stavo spingendo via dalla fronte alcuni capelli, mi premette la mano contro la fibbia della cintura e mi guardò dritto negli occhi.

Sollevai il sopracciglio.

«È brutto che abbia pensato al tuo cazzo per un'ora intera dopo che te ne sei andato?»

«Ti porto una coperta. Puoi raccontarmi il resto della tua serata più tardi».

«Ho pensato di infilarmelo in bocca, ammesso e non concesso che ci entri, e mi sono chiesta se gli occhi mi inizierebbero a lacrimare, provando a prenderlo fino in gola».

«Penelope...». Il mio uccelli si indurì nei pantaloni. «Ho bisogno che tu smetta di parlare».

«Volevi la mia onesta opinione sulle tue foto, giusto?»

«Non in questo momento».

«Ho sempre pensato che tu fossi l'uomo più sexy del mondo, anche ai tempi in cui ti odiavo», disse. «Anche quando pensavo che la tua sfrontatezza fosse semplicemente un'eccessiva compensazione per un pene piccolo». Il suo sguardo si spostò sui miei pantaloni. «Chiaramente ho frainteso».

Le spinsi via delicatamente la mano e mi avviai lungo il corridoio. Aprii l'armadio e tirai fuori una coperta, giurando di dimenticare le sue farneticazioni da ubriaca.

Quando tornai stava sorridendo, come se fosse in attesa di finire i suoi pensieri.

«Lo giuro, il pensiero di venire a letto con te non mi è mai passato per la mente finché non ho visto le tue foto», disse. «Perché non sei mai entrato nel porno?»

«Ho ufficialmente finito di parlarti per stasera». Le sistemai addosso la coperta. «Per favore, fermati».

«Non credo che ti direi mai quelle tre parole se facessimo sesso».

«Penelope Carter, cazzo...». Strinsi gli occhi verso di lei. «Smetti di parlare».

Lei rise e si girò verso le finestre. «Grazie per i consigli che mi hai dato finora su Simon. Sei il migliore, Hayden. Ci sei sempre stato, e ci sei sempre stato *per me*».

Iniziò a russare pochi secondi più tardi, quindi spensi le luci e andai in bagno.

Avevo bisogno di una doccia fredda.

Immediatamente.

Rottura #7

Quello che faceva gli origami

Penelope all'epoca

Soči, Russia

«In che senso non verrai?». Fisso la faccia di Travis sul mio laptop, sperando che sia una specie di scherzo stupido. «Pattinerò alle cavolo di Olimpiadi. *Domani*».

«Lo so, ma ci sono stato alle altre gare. Sono sicuro che vincerai l'oro. È tutto l'anno che ti piazzi sempre al primo posto».

«Travis...». Sento gli occhi riempirsi di lacrime. «Se mi stai facendo uno scherzo, è il momento di dire la battuta finale».

«Ascoltami, Principessa». Avvicina la testa allo schermo. «Ho ricevuto una chiamata da Gatorade all'inizio di questa settimana con un'offerta di sponsorizzazione a sei cifre. Hanno detto che l'accordo sarebbe stato mio se fossi arrivato al loro quartier generale e avessi firmato tutto il prima possibile. Sei cifre, Principessa. Non è fantastico?».

Non dico niente.

Ho un improvviso senso di déjà-vu. È come quando si è perso il Grand Prix di Chicago perché gli hanno organizzato un match di MMA all'ultimo minuto. O forse più come quando non è venuto a vedermi a Los Angeles, perché doveva incontrare il commissario dell'UFC e "chiarire che aveva tutta l'intenzione di combattere a lungo".

Tutte le volte in cui sono rimasta sveglia fino a tardi a guardare i suoi match, tutte le volte che ho saltato gli allenamenti del fine settimana per correre insieme a Hayden alle sue conferenze stampa: nulla di tutto ciò importa. La sua carriera sta decollando, ora guadagna bene e dunque il suo sport è l'unico che conta.

«Devo solo assicurarmi di battere Marquez il 15». La sua voce interrompe i miei pensieri. «Sono sicuro che a quel punto avrò la fila di sponsor alla mia porta». Sorride come se non stesse calpestando il mio cuore. «Gatorade è solo l'inizio per noi, Principessa».

"Noi?". «Sono sicura che Gatorade avrebbe capito che volevi esserci per la tua sorella minore».

«Io sono lì per te». Socchiude gli occhi. «Se non sbaglio sono io a comprare i biglietti aerei per te e il tuo allenatore ogni volta che devi prendere un volo. Sto anche pagando per farti avere la migliore terapia fisica del paese e le sponsorizzazioni che stai ricevendo... Oh, aspetta. Le tue non sono allo stesso livello, quindi qualcun altro deve prendersi cura di te».

«L'avevi promesso, Travis».

«No, ho detto che ci avrei pensato». Mente. «E adesso basta parlarne. Ho bisogno che tu capisca. Sto facendo del mio meglio, e se la mia assenza in mezzo alla folla influisce sulla tua performance, allora forse...».

Gli riaggancio in faccia e chiudo il mio laptop, impedendogli di richiamarmi con un "Mi dispiace, Principessa. Sai che sono più logico che emotivo. Mi dispiace tanto...".

Non voglio sentire le sue scuse questa volta. Devo parlare con qualcuno a cui importi davvero.

"Jackson...".

Sono grata che il mio ragazzo sia qui. Fa sci acrobatico ed è il primo a capire quanta dedizione sia davvero necessaria per farcela.

Anche se ho un "coprifuoco consigliato per la squadra", esco di soppiatto ogni notte per chiacchierare con lui nella vasca idromassaggio per alcune ore.

Alzandomi dal letto, mi infilo gli stivali e indosso un cappotto. Mi avvicino all'origami che mi ha dato ieri sera: una torre di rose rosa e cigni bianchi, con messaggi nascosti tra le pieghe.

Ne prendo uno rosa che dice: "So che siamo qui per concentrarci sulla competizione, ma sono sempre qui per te. Lascerò stare tutto e ascolterò".

Socchiudo la porta, guardo prima da una parte e poi dall'altra e mi dirigo verso l'ascensore.

«Be', guarda chi c'è». Il diavolo in carne e ossa, cioè Tatiana Brave, mi passa davanti.

Alzo gli occhi al cielo e premo il pulsante per la discesa.

«Il coprifuoco inizia tra quindici minuti», dice. «Sarebbe un peccato se dovessi dire all'allenatore che la mia compagna americana sta uscendo di nascosto per vedere il suo ragazzo. Con dei punteggi così alti, immagino che avrai bisogno di tutto il riposo possibile».

«Se vuoi fare la spia, accomodati pure. Non farà la minima differenza».

«Vuoi scommettere?»

«Assolutamente». Scrollo le spalle. «È un peccato che tu abbia fatto tutta questa strada per l'argento o il bronzo. Sappiamo entrambe che non hai la minima possibilità di vincere l'oro contro di me, ma adoro il modo in cui alimenti le tue speranze. È dolce».

«Sei una stronza».

«Mai quanto te».

Se ne va senza un'altra parola e le porte si chiudono.

Arrivo al piano di sotto, attraverso l'atrio, esco dalla porta e attraverso il campus verso le vasche idromassaggio.

La musica rock risuona a tutto volume dagli altoparlanti e riconosco senza problemi l'hard metal della playlist di Jackson.

Mi avvicino al portasciugamani, ma poi noto che Jackson non è da solo. È con un altro ragazzo nella vasca idromassaggio e si stanno baciando.

Osservo mentre prende quel tizio in grembo, mentre le loro lingue si scontrano, e solo quando la canzone finisce, Jackson guarda verso di me.

«Oh, merda». I suoi occhi si spalancano. «Penelope, resta lì. Posso spiegare».

«Non preoccuparti». Mi giro e corro verso il mio albergo.

Di nuovo nella mia stanza, mi butto sul letto. Cerco di non piangere ma è inutile.

Accendo la TV e metto su una versione doppiata di *Harry ti presento Sally*.

Nel bel mezzo del loro appuntamento, bussano alla mia porta.

«È finita, Jackson!», urlo, avvicinandomi. «Non mi interessa nemmeno che tu sia gay. Sono le bugie e il…».

Smetto di parlare. Hayden è in piedi nel corridoio.

«Quindi il tuo ragazzo è gay, proprio come ti avevo detto io?». Sorride.

«No». Evito i suoi occhi. «No, stavo recitando le battute di uno show televisivo ad alta voce».

Guarda alle mie spalle. «C'è la pubblicità in questo momento».

Le mie guance avvampano. Non so cosa ribattere.

Sono passati tre giorni dall'ultima volta che ci siamo parlati e dovrebbe essere in California a presentare la sua app di appuntamenti a degli investitori.

«Perché non sei a Los Angeles?», chiedo, cambiando argomento. «Avevo intenzione di restare sveglia altre cinque ore per chiamarti».

«Non ammetterai mai che avevo ragione e lo so benissimo, quindi…». Apre lo zaino e tira fuori un tubo di biscotti con gocce di cioccolato e un cucchiaio di plastica rosa. «Te l'avevo detto, cazzo».

Prima che io possa sbattergli la porta in faccia, si avvicina per abbracciarmi.

«Grazie per aver deciso di non infierire». Sorrido.

«Ah, infierirò. Voglio solo darti qualche ora in più prima di iniziare ufficialmente».

«Hai davvero fatto una viaggio di dodici ore solo per ridere di me?»

«Ovviamente no».

«Stai sorridendo, Hayden».

«Davvero? Non lo sto facendo di proposito». Le sue fossette si accentuano. «Non ci vedo niente di divertente in questa situazione. Ti ho fatto notare che il tuo ragazzo passa più tempo a chiedere di me che di te, ma a parte questo cosa vuoi che ne sappia io?»

«C'è un uomo in corridoio?». Sento la voce del mio allenatore da dietro l'angolo. «Chi è?».

Trascino Hayden nella stanza e chiudo la porta.

«Quindi ti sei svegliato stamattina e hai deciso casualmente di venire a Soči?»

«No. Ma quando Travis mi ha detto che non ci sarebbe stato, ho pensato che non dovevi stare da sola. Ho prenotato una suite nell'hotel dall'altra parte della strada».

Sorrido. «Grazie per essere venuto, per il tuo sostegno».

«È quello che fanno gli amici». Fa spallucce. «E poi mi aspetto qualcosa in cambio».

«Avrei dovuto saperlo».

«Ti ho preso una cosa», dice, tirando fuori una scatola blu dalla tasca. «L'ho vista a Los Angeles e ho pensato che l'avresti apprezzata».

Apro la scatola e fisso due meravigliosi pattini intrecciati che pendono da una collana d'argento.

Sul davanti sono incise le lettere CDH.

«CDH?». Chiedo. «Che cosa significa?»

«Significa che puoi evitare di chiamarmi così spesso. Basta che ti chieda: "Cosa direbbe Hayden?"». Mi indica di girare il ciondolo. «E poi, una volta che avrai ignorato quel consiglio e dunque fallito, puoi avere in anteprima il mio: "Te l'avevo detto"».

«Grazie per avermi fatto ufficialmente il peggior regalo che abbia mai ricevuto».

«Prego». Mi fa cenno di voltarmi e mi allaccia la collana. Poi i suoi occhi incontrano i miei nello specchio.

«Sei l'unico argomento di conversazione di Travis», dice. «Pondera davvero ogni mossa che fa pensando a te e credo che dovresti dargli un po' di respiro. Erano anche i suoi genitori».

Annuisco. «Okay».

«Bene». Si avvicina alla torre e prende uno dei cigni, leggendo le parole ad alta voce. «"A volte mi sento combattuto con me stesso perché mi piace una donna bella come te. Una persona che è così vicina a lui. Mi piaci davvero e apprezzo il modo in cui lo porti con te. Sempre"».

«Sul serio, Penelope?». Scuote la testa. «Come diavolo hai potuto non accorgerti che era gay dopo aver letto questa merda?».

Otto

Oggi

Penelope

Mi svegliai nella suite degli ospiti di Hayden con un mal di testa martellante e la gola secca. I ricordi della sera precedente mi attraversavano la mente in un'imbarazzante tonalità di rosa che si abbinava allo champagne di cui avevo abusato.

L'immagine di Simon che mi aiutava a salire su un'auto nera e mi portava oltre gli addetti alla sicurezza di Hayden continuava a girare in loop nel mio cervello. Il fatto che mi avesse vista completamente ubriaca e fuori di testa doveva essere per forza un sogno. Mi aggrappai a questa speranza con tutte le mie forze.

"Non posso credere di aver bevuto così tanto".

«Uffa, perché». Gemetti e mi girai per guardare fuori dalla finestra. Il cielo era scuro e il sole doveva ancora spuntare sul ponte di Triborough.

Sul comodino accanto a me c'erano due bottiglie fredde di succo d'arancia, un'aspirina e un biglietto scritto a mano.

> Sarò al lavoro sulle lettere di scuse tutto il giorno.
> Unisciti a me quando ti svegli, perché abbiamo un accordo.
> (solo se sei sobria al 100%).
>
> Hayden

Gettai via le lenzuola e mi tolsi il vestito, lasciando che la seta cadesse sul pavimento.

Dopo aver fatto una lunga doccia, frugai nel cassetto che era riservato a me. Mi infilai un paio di leggings e una felpa del Team USA, poi seguii il profumo del caffè appena fatto in cucina.

Circondato da fogli stampati e buste, Hayden stava sorseggiando da una tazza al bancone della colazione.

«Ehi». Mi schiarii la gola e lui mi guardò.

«Ehi. Sei già sobria?»

«Se dico di no, posso dormire per il resto della giornata?»

«No». Mi fece cenno di sedermi accanto a lui. Quindi fece scivolare una pila di carte verso di me. «Queste le ho già finite. Ho solo bisogno che le guardi».

«Mi dispiace di non aver seguito i tuoi consigli per filo e per segno, ieri sera».

«Non c'è problema», disse. «Fai sempre così con tutti i tuoi ragazzi, quindi sarei stato sorpreso se fosse andata diversamente».

«Ho detto qualcosa di imbarazzante mentre era qui?»

«Di imbarazzante? No». Le sue labbra si curvarono in un sorrisetto. «Di inappropriato? Sì».

«Che diavolo ho detto?»

«Niente che saprà mai».

«Pensi che richiamerà, visto come ho rovinato il nostro primo appuntamento?»

«Non sembrava turbato quando ha cercato di baciarti».

«Bene, ottimo». Lasciai andare un respiro. «Cosa ne pensi di lui? Onestamente».

«Ha bisogno di un sarto migliore».

«Dico sul serio, Hayden». Gli diedi un pugnetto amichevole sulla spalla.

«Non abbiamo parlato molto, ma sembra okay».

«Grande. Ho bisogno di parlarti di alcune cose che ha detto mentre eravamo...».

«Non credo». Premette un dito contro le mie labbra, e il mio cuore perse un battito al suo tocco.

Evidentemente avevo ancora alcol nelle vene.

«Parleremo solo delle mie lettere nelle prossime ore». Mi guardò negli occhi. «E poi ti lascerò parlare tutto il tempo del Principe Azzurro. Andata?»

«Andata».

Otto (B)
Oggi

Penelope

Poche ore dopo, cerchiai un errore di battitura e guardai Hayden.

«Quindi, hai distrutto un attico al Marriott quando non ci parlavamo… tanto che il direttore ha dovuto sostituire tutto tranne le tende?». Mi assicurai di aver letto correttamente il suo elenco *Motivi per cui ho bisogno di scusarmi*. «Perché avresti fatto una cosa del genere?»

«È una lunga storia». Mi consegnò un assegno. «Metti questo dentro prima di sigillarla».

«Va bene. Sai, penso che potrebbe essere meglio se scrivessi una serie di lettere tipo che potresti adattare in modo da non dover perdere così tanto tempo a inventare sempre nuove cose da dire».

«Se due persone ricevono la stessa lettera, si arrabbieranno ancora di più».

«Farò in modo che le parole non si ripetano». Aprii il mio portatile. «L'ho imparato in una lezione di conversazione motivazionale. Fidati di me».

«A patto che Lawrence non lo scopra».

«Non lo scoprirà».

Stavo per prendermi un altro caffè, quando il mio telefono suonò. Simon.

Fissai lo schermo, mentre il cellulare ronzava sul tavolo. «Devo rispondere?»

«Dipende». Incrociò le braccia. «Prometti di accettare i miei suggerimenti?».

«Sì».

«Bene». Prese il telefono e lo gettò sul divano. «No. Non rispondi la prima volta che ti chiama. Potrai farlo se ti chiama una seconda volta, però».

«Perché non dovrebbe aspettare che lo richiami?».

Mi lanciò uno sguardo di sfida.

«Va bene». Alzai le mani in segno di resa. «Non rispondo a meno che non chiami una seconda volta».

«Brava ragazza». Indicò la sua lista. «Torna al lavoro».

Nelle successive due ore creai quaranta modelli diversi e buttai giù un intero termos di caffè. Non guardai il mio telefono né osai raccoglierlo, anche le volte in cui Hayden spariva per rispondere a una chiamata.

Fu solo quando Sarah arrivò con il pranzo che la mia impazienza ebbe quasi la meglio.

«Simon Gaines è davvero sexy», disse, porgendomi un vassoio coperto. «Però non puoi avere due ragazzi sexy pazzi di te allo stesso tempo. È davvero ingiusto, ora che ci penso. Sei carina, ma non così carina».

«Di che diavolo stai parlando, Sarah?»

«Niente». Sorrise. «Mi godo come posso il fine settimana in cui ricevo un ordine per un pranzo personalizzato per il mio capo e la sua migliore amica. Non è che ho una vita tutta mia».

«Puoi avere il resto della giornata libera». Hayden rivolse lo sguardo all'insù. «Grazie per esserti lamentata del tuo lavoro come al solito».

«È un piacere, signor Hunter». Si precipitò fuori dalla stanza.

«Devi licenziarla». «Devo licenziarla». Lo dicemmo all'unisono, ridendo.

Mentre prendevo una forchetta, il mio telefono ronzò contro il divano.

Senza pensarci, mi alzai e corsi a vedere chi fosse. Simon, di nuovo.

«Pronto?», risposi.

«Ehi, bellissima». La sua voce era allegra. «Ti stai ancora riprendendo dalla sbornia?»

«Forse».

Rise. «Be', in tal caso, ti sto chiamando per chiederti in ginocchio un secondo appuntamento».

«Davvero?». Sentii le farfalle nello stomaco. «Quando?»

«Domani, se puoi. Sto organizzando una seconda festa di benvenuto negli Hamptons. Ti andrebbe di venire?»

«Uhm...». Guardai Hayden. «Aspetta un secondo, fammi controllare una cosa».

«Certo».

Mi assicurai di premere il pulsante "Muto". «Vuole portarmi a un secondo appuntamento negli Hamptons domani. Cosa dovrei dire?»

«Che le persone normali hanno un lavoro e non possono festeggiare con vecchi amici ogni notte».

«Sai che è superipocrita detto da te, il Selvaggio playboy di Manhattan, vero?».

Si appoggiò allo schienale della sedia e rise. «Dovresti andarci. Digli di sì».

Riattivai la chiamata. «Scusa. Posso venire».

«Grande. Mi offrirei di venirti a prendere, ma ho promesso ai miei ragazzi che avrei guidato. Posso farti venire a prendere da un'auto?»

«No, non serve. Mi accompagnerà Hayden».

«Mmm». Fece una pausa. «Va bene. Ti scrivo indirizzo e orario».

«Mi sono divertita molto con te sullo yacht», dissi, sperando che il suo "Mmm" non conducesse su una strada familiare che non volevo percorrere.

«Anch'io», disse. «Ma devo avvertirti. Una volta che si sarà sparsa la voce che siamo qui, potresti vedere alcuni fotografi che ci seguono qua o là. Voglio dire, se uscirai ancora con me, sarà così».

«Non mi daranno fastidio». Mi morsi la lingua prima di dire: "Sono abituato ai fotografi con Hayden". «Credimi».

«Dimmi, perché la tua ultima relazione non ha funzionato?», chiese all'improvviso, prendendomi alla sprovvista.

«Che cosa?»

«La tua ultima relazione», ripeté. «Sono curioso di sapere perché un ragazzo sano di mente ti lascerebbe andare».

«È complicato», dissi arrossendo. «Ed è una lunga storia».

«Ho tutto il giorno».

Arrossii di nuovo. «Semplicemente non era adatto a me. Siamo usciti per sei mesi e per tutto il tempo ha nutrito risentimenti per qualcosa di stupido. Qualcosa di cui era a conoscenza fin dall'inizio».

«Vuoi dire il fatto che il tuo migliore amico sia un CEO di grande successo con una reputazione da cattivo ragazzo?»

«Sì». Sorrisi. «Quello».

«Be', allora sappi che la cosa non mi infastidisce minimamente».

«Davvero?»

«Sì. Quasi tutti i miei amici sono scomparsi quando ho iniziato a essere ossessionato dal mio lavoro ed è stato difficile trovarne dei nuovi. Penso che sia bello avere un amico leale come lui».

«Penso che la mia ossessione per il pattinaggio mi sia costata la possibilità di farmi molti amici. Non me ne pento per nulla, però».

«Fai bene. Hai avuto quasi tutto ciò che volevi dalla tua carriera, giusto?».

Proprio come alla festa sullo yacht, una semplice domanda si trasformò in una conversazione lunga ore in cui parlammo di tutto e niente. Non dovevo ponderare le mie risposte né pormi dei limiti come facevo di solito quando frequentavo qualcuno di nuovo.

Era tutto naturale e facile, liscio e dolce.

Non mi importava nemmeno che Hayden avesse mangiato il mio pranzo e mi avesse letteralmente sollevata per riportarmi nella suite degli ospiti in modo che potesse concentrarsi.

Proprio mentre Simon mi raccontava dei suoi ristoranti preferiti in Florida, il suo assistente lo interruppe.

«Posso richiamarti tra un'ora?», chiese. «Farò in fretta, giuro».

«Assolutamente». Terminai la telefonata e tornai in cucina, fermandomi quando vidi Hayden vestito solo con un paio di slip neri.

Era in piedi davanti alla stufa, le gocce d'acqua gli scendevano dai capelli appena lavati e finivano sul petto perfettamente cesellato.

«Sì?». Girò un pancake prima di guardarmi. «Hai finalmente finito di parlare con Simon dei tuoi film Disney preferiti, o c'è una seconda parte per quell'avvincente argomento di discussione?»

«Stavi origliando?»

«Sono passato per chiudere la porta. Vuoi tre o quattro pancake?»

«Voglio che ti metta dei vestiti».

«In casa mia?». Sorrise. «Tre o quattro?»

«Quattro. E sì, in casa tua».

Rise, afferrò un paio di pantaloni della tuta da una sedia e li indossò. «Meglio?»

«Molto». Tirai fuori lo sciroppo. «Ho bisogno di un favore».

«Allora devi scrivere altre lettere per me».

«Puoi accompagnarmi agli Hamptons domani? Preferibilmente al mattino presto, così evitiamo il traffico?».

Mi guardò come se avessi perso la testa.

«Ti do i soldi per la benzina», dissi.

«Un pieno di benzina della mia Maserati costa duecento dollari».

«Non è la tua unica macchina».

«La Bugatti costa di più. Sono le opzioni più economiche».

«Non puoi comprarti una Honda o una Prius per le prossime volte?».

Rise. «Pensavo avessi un allenamento domani, con quella nuova promessa olimpica».

«Chiederò di rimandarlo». Sollevai le spalle. «Ha solo bisogno di un parere sul suo esercizio».

«Ti accompagno, ma a condizione che non rimandi l'allenamento», disse. «Detestavi quando i tuoi allenatori lo facevano con te, e ho ancora i tuoi messaggi pieni di rabbia e i messaggi vocali a dimostrarlo».

Lo fissai, odiando il fatto che mi conoscesse così maledettamente bene. Che mi stesse provocando un meritato senso di colpa.

«Chiederò a Tatiana di presentarsi al mio posto», dissi. «È da un po' ha voglia di vedere del buon pattinaggio».

«Ottima idea». Spense i fornelli. «Preparati a partire per le quattro. Tra quanto tempo potrai tornare alle lettere?»

«Simon mi chiama tra un'ora».

«Va bene, niente pancake per te. Solo lettere finché non telefona». Diede un morso alla mia pila e fece scivolare una penna verso di me. «Prego».

Nove

Oggi

Hayden, la mattina dopo

«Ti ho mai detto che sei un pessimo pilota?». Penelope mi guardò mentre guidavo la mia Audi per delle strade secondarie. «Il limite di velocità è novanta e tu sei andato a centocinquanta per tutto il tempo».

«Se vuoi, possiamo scambiarci di posto e puoi guidare tu».

«In realtà mi piacerebbe».

«Cazzo, era sarcasmo». Risi e cambiai corsia.

«Per quanto tempo tu e il tuo innamorato siete stati al telefono ieri sera?».

«Tre ore. Gli hanno spezzato il cuore in modi terribili come me. Vuoi sentirli?»

«Certo», dissi, senza alcuna intenzione di ascoltare una sola parola.

Credevo che lavorare a quelle lettere e parlare del Principe Azzurro sarebbe stato sufficiente a fermare le immagini sporche che ancora mi inondavano il cervello dalla sera prima, ma mi sbagliavo.

Sbagliavo di grosso.

A peggiorare le cose, aveva deciso di salire sulla mia macchina indossando il top di un bikini rosso acceso e dei pantaloncini di jeans chiari che avrebbero potuto anche essere delle mutandine.

Facevo del mio meglio per trattenermi a ogni curva, chiedendomi dove diavolo fosse finita la mia migliore amica che in precedenza indossava magliette e jeans oversize alle feste. La mia migliore amica che non mi eccitava ogni volta che la guardavo...

«Cosa ne pensi di questo?». La sua voce interruppe i miei pensieri. «Una sua ex lo ha scaricato durante i preparativi per le nozze».

«Sembra terribile».

«Sì, è davvero triste».

«Impegnarsi a lungo termine porta solo delusioni», dissi. «Uno come lui dovrebbe saperlo bene».

«Certo». Alzò gli occhi al cielo. «Immagino sia questo che ti rende... te. Sei una buona musa ispiratrice per un orgasmo serale, ma un modello terribile per un fidanzato».

«Ti tocchi pensando a me?»

«Era un'analogia, Hayden».

«Credo che ci fosse un significato nascosto dietro». Guardai verso di lei mentre ci fermavamo al semaforo rosso. «Puoi essere onesta con me, lo sai».

«Onestamente penso che tu sia troppo pieno di te. Se avessi saputo che avevi più di mille lettere di scuse da scrivere non avrei mai accettato di aiutarti».

«Allora probabilmente avresti passato l'intera festa nel bagno di quello yacht. Prego, comunque».

Non ribatté.

Girai l'angolo e pigiai il freno quando vidi cosa c'era davanti.

«Che diavolo...?». Penelope emise un verso strozzato.

Chilometri di traffico ci attendevano: macchine piene di persone che avevano avuto la stessa idea, stroncando il suo piano di arrivare presto.

"O in tempo".

«Devo mandare un messaggio a Simon e dirgli che sarò in ritardo di tre ore?». Sospirò. «Almeno».

«No», dissi, facendo un'inversione a U. «Lascio la macchina in garage e andiamo a piedi in una delle mie case sulla spiaggia. Dirò a Roger di prendere l'elicottero, e poi mi farò portare un'auto per tornare a casa».

«Ti fermi mai a pensare a quanto sei assurdamente ricco?»

«Sì, ma la mia migliore amica non è per nulla impressionata dalla cosa». Sorrisi. Guidai sotto il sottopassaggio che portava a un garage privato. Penelope afferrò il mio berretto da baseball e gli occhiali da sole dal sedile posteriore e me li porse. «Tieni. Non voglio che le donne cerchino di distrarti».

«La spiaggia da questo lato è vuota». Le feci cenno di seguirmi attraverso il viottolo e giù per la sabbia.

Camminammo per il primo chilometro scarso in un silenzio interrotto solo dal suono delle onde che schiaffeggiavano la riva.

«Dovresti scopare», disse dal nulla.

«Scusami?»

«Non fai sesso da mesi e penso che la cosa stia avendo delle conseguenze su di te a livelli profondi».

«Lo dice una donna che finge sempre a letto?»

«I miei gemiti sono reali».

«I tuoi orgasmi no».

«Sto solo dicendo», sollevò lo sguardo verso di me, «che sei molto più accomodante quando scopi. A proposito, la tua regola dei sette appuntamenti vale per me e Simon anche se ci conosciamo già?»

«Credo che tu possa scopartelo quando vuoi», dissi. «Tuttavia, conoscendoti, probabilmente aspetterai finché non ti dirà che tiene a te».

«Se fosse così, sarei venuta a letto con te molto tempo fa».

«Penelope, io e te non saremmo compatibili tra le lenzuola».

«Perché il tuo ego sarebbe ferito se ti rendessi conto che sto fingendo?»

«Non fingeresti con me».

«Penso sia quello che dice ogni ragazzo».

«Penso di *saperlo*». Smisi di camminare e la fissai. Poi, poiché avevo bisogno di una ragione per entrare nell'oceano e nascondere la mia erezione, la presi in braccio e la lanciai verso un'onda in arrivo.

«Sul serio?». Rise e urlò, ingoiando un sorso di acqua salata.

«Te lo sei meritato», dissi. «Hai altri terribili consigli hot da condividere?»

«Penso che tu sia come un cane che abbaia e non morde quando si tratta di quanto sei bravo a letto».

La spinsi di nuovo tra le onde e la raggiunsi.

Mentre mi attaccava a furia di schizzi, mi resi conto che buttarla in acqua era stata un'idea terribile.

Il suo bikini era abbastanza sottile da permettermi di vederle i capezzoli attraverso il tessuto.

"Merda".

Improvvisamente un enorme spruzzo d'acqua mi centrò in piena faccia, scacciando i miei pensieri.

«Te ne farò pentire». La presi in braccio e la sollevai sopra la mia spalla con facilità. Poi la buttai in acqua ancora e ancora.

Quando alla fine si arrese, mi salì sulla schiena.

«Non riuscirai mai a farmi cadere così, Penelope».

«Non ci sto provando». Avvolse le gambe intorno alla mia vita da dietro. Poi premette i suoi seni contro la mia schiena.

«Penso di essermi slogata la caviglia», disse. «Puoi portarmi in braccio per un po'?».

"E tu prometti di smetterla di essere così fottutamente sexy?".

«Certo».

Quando arrivammo alla mia casa delle vacanze, eravamo entrambi fradici e il mio contatto agli Hamptons stava trascinando un'auto nel vialetto per il mio ritorno a New York.

Posando Penelope vicino alla piscina, le diedi degli asciugamani.

«A meno che tu non voglia presentarti al suo evento inzuppata, c'è un'asciugatrice sul retro».

«Lo so». Si asciugò il viso. «Farò una doccia prima».

«Se non ti può accompagnare a casa, chiamami e torno», dissi. «Ma poi dovrai smettere immediatamente di parlargli. Se è veramente preso, vorrà trascorrere con te più tempo possibile».

«Me lo annoto». Fece un passo indietro e io cercai di non fissarle i capezzoli con troppa insistenza.

"Sono induriti?".

«Inoltre», dissi, incrociando le braccia «nel caso ti riaccompagnasse a casa e tu iniziassi a ripensare alla favola che stai vivendo, stasera, non chiamarmi per raccontarmi della festa».

«Che cosa? Perché no?»

«Perché ogni volta che siamo al telefono, a metà del riepilogo, il ragazzo con cui esci di solito ti chiama, Penelope», dissi, dirigendomi verso la porta. «Lascia che lo faccia e parla con lui. Ti telefono io domani».

«Bene. Bene, grazie per tutto. Oggi sei un vero gentiluomo».

"No, mi sto solo trattenendo in un modo incredibile".

Nove (B)
Oggi

Penelope

La mattina seguente mi scrollai la sabbia dalle scarpe, sorridendo al ricordo di quanto fosse stato dolce Simon con me il giorno prima.

Onestamente, non c'era molto da dire sulla sua seconda festa. Tutti i suoi amici dirigenti bevevano birra e si rilassavano sulle sdraio mentre lui me li presentava uno per uno.

La sua insistenza sulle presentazioni era quel tipo di approccio non troppo sottile che Hayden chiamava spesso la mossa del "Vedi quanto è sexy la mia ragazza?". Era un gioco di potere silenzioso, ma era di buon auspicio per noi: mi aveva mostrato che non aveva intenzione di sminuire il suo interesse per me di fronte ai suoi amici.

Assicurandomi che anche l'ultimo granello di sabbia fosse andato via, mi misi le scarpe e presi la borsa.

«Sono tornata, Tatiana!». Gridai. «Vado a prenderti un muffin!».

«Al mirtillo, per favore!».

Aprii la porta d'ingresso e mi trovai faccia a faccia con Simon e una bella composizione di rose rosse.

«Ehm, ehi, Simon». Arrossii.

«Ehi, Penelope». Sorrise. «Spero che non la prenda come se ti stessi perseguitando o altro, ma mi chiedevo: ti andrebbe di uscire per un caffè? Mi sembra di aver passato più tempo a parlare di te con la mia squadra che a parlare con te ieri».

Ero completamente senza parole.
«Voglio dire, se non puoi unirti a me, capisco perfettamente. Possiamo rimandare a un altro giorno».
«No, vengo volentieri». Mi allungai per prendere i fiori. «Lascia che metta questi in cucina e arrivo subito».
«Va bene, fantastico».
Mi precipitai dentro e scattai una foto delle rose. Poi telefonai ad Hayden.
«Sì, Penelope?», rispose al primo squillo.
«Indovina chi mi ha dato i fiori?»
«Indovina chi mi deve delle lettere di scuse?»
«Il Principe Azzurro». Evitai il suo sarcasmo. «Ti ho mandato una foto. Cosa ne pensi?»
«Penso che abbia speso più di cento dollari, quindi non è tirchio come Quello che pensava che i noodles fossero italiani».
«Penso che Quello che ha rubato a Starbucks fosse peggio».
Scoppiammo entrambi a ridere.
«Si è appena presentato a casa mia e mi ha chiesto di uscire per un caffè», dissi. «Ho accettato prima di rendermi conto che non ti avevo domandato se fosse una buona idea».
«È una grande idea», disse. «È solo un caffè. In effetti hai davvero un cliente tra poche ore, quindi non puoi rimanere a lungo comunque».
«Giusto. Cosa stai facendo?»
«Osservo Lawrence che mi guarda torvo per aver risposto alla tua chiamata nel bel mezzo di un incontro importante».
«Perché non ti entra in testa che puoi non puoi disturbare Hayden prima delle cinque del pomeriggio, Penelope?», gridò Lawrence. «Devo comprarti un orologio? Il tuo telefono non segna l'ora?».
Sbuffai. «Scusate. Ti lascio tornare da lui».
«Aspetta», disse. «Una cosa veloce. Dato che dirige un fondo speculativo, potrebbe essere il tipo che legge e-mail

e messaggi tutto il giorno, quindi non farlo con lui. Almeno, non troppo».

«Perché no?»

«Devi fare in modo che sia lui a impegnarsi con te», disse. «Ha bisogno di chiamare e presentarsi di persona. Inoltre, per qualsiasi motivo, tu e le e-mail tendete a non andare bene quando si tratta di relazioni».

«Con te funzionano».

«Io sono un'eccezione». Rise. «Non mandargli e-mail e cerca di non esagerare coi messaggini almeno per le prime settimane, okay? Fidati di me».

«Bene. Ti chiamo dopo». Terminai la chiamata e tornai fuori da Simon.

«Pronta per il caffè?», chiese.

«Sì».

«Sai», disse mentre mettevamo piede sul marciapiede, «volevo scriverti prima di venire qui, ma in fondo sono un ragazzo della vecchia scuola e non mi piacciono troppo i mezzi digitali in una relazione reale. Spero che la cosa non ti dia fastidio».

Sorrisi. Non vedevo l'ora di dirlo a Hayden. «Sono più che d'accordo».

Rottura #9

Quello che inviava e-mail/Quello che ha quasi fatto una cena italiana

Penelope all'epoca

OGGETTO: Noi

Cara Penelope,

Ultimamente ho pensato MOLTO, e questi ultimi mesi con te sono stati fottutamente fantastici.

Mi piaci molto, ma non credo che questa cosa a distanza potrà funzionare per me.

Trascorri più tempo ad allenarti sul ghiaccio di quanto ne passi con me, e non credo di essere fatto per tutti i viaggi che fai, quindi sì…

Non voglio ASSOLUTAMENTE che ci lasciamo, ma ti sto chiedendo un po' di spazio finché non avrai più tempo per me.

Buona fortuna per la gara in Canada del prossimo mese.

Ryan

OGGETTO: Fwd: Noi

Ehi.

Pensi che questo messaggio vada bene per chiudere con la signorina "Troppo bella per scopare"?

Mi spiace un po' perché è una brava ragazza, ma ha quella stronzata della "Regola dei sette appuntamenti" e non si è nemmeno offerta di succhiarmi il cazzo mentre aspettavo che mi desse la figa. L'ho portata fuori a cena cinque volte e non ha nemmeno pensato di prendermelo in bocca.

Se lo avesse fatto, forse sarei più incentivato a smettere di fare il cretino con Maya.

Fammi sapere se hai ancora intenzione di andare all'Alpha Party stasera.

Prima passo a quella di Maya.

Ryan

Le labbra di Hayden si piegarono in un sorrisetto mentre leggeva per la terza volta consecutiva l'e-mail che il mio ex mi aveva inviato per errore. La leggeva ogni volta con un accento diverso: russo, britannico e italiano, come se questo in qualche modo ammorbidisse l'impatto delle parole.

«Va bene», dice, restituendomi il telefono. «Penso che sia abbastanza. Mi resta solo una cosa da dire su questa rottura».

«Non osare, Hayden». Lo fulmino con un'occhiata. «Tieni per te quella stronzata di commento».

«Perché?». Sorride. «Ha parlato di "relazione a distanza" quando vivete a trenta minuti l'uno dall'altra. Avrebbe dovuto essere fin da subito un campanello d'allarme».

«Non voglio ancora sentirtelo dire. Non adesso».

«Va bene, bene...». Batte le dita sul volante. «Non oserò più ferire i tuoi sentimenti ricordandoti che te l'avevo detto, cazzo».

«Uffa». Alzo gli occhi al cielo. «Grazie per essere così maturo».

«Prego. Per la cronaca, la prossima volta che un ragazzo ti dice che ha bisogno di spazio, sta solo cercando di essere gentile nel rompere con te».

«Me lo segno». Guardo fuori dal finestrino, chiedendomi se metterà mai in moto la macchina.

Siamo seduti qui da ore.

«Per quanto ancora dobbiamo rimanere qui a fissare la casa della tua ex ragazza?»

«Non è mai stata la mia ragazza», dice. «Mi piaceva solo molto».

Batto il piede.

La tizia in questione è (be', era) un membro del team che lavora alla sua app. Ed è la prima donna che riesce a convincerlo a uscire per dieci appuntamenti di fila.

Un record che probabilmente non verrà mai battuto.

«Semplicemente non capisco perché siamo seduti qui a fissare una casa», dico. «Come...».

«È lì a scopare il nuovo tizio che ho assunto». Mi interrompe. «Lui è fidanzato e lei lo scopa. Avevo i miei sospetti, ma dovevo vederlo con i miei occhi».

Mi guardo intorno e noto che il fuoristrada rosso dell'altro suo collega è parcheggiato sul lato della strada.

«Avevo intenzione di prepararle una cena italiana se mi sbagliavo», dice. «Oh, bene».

«Tutti quei sacchetti della spesa sul retro erano per lei? Non per te?».

Non mi risponde.

«Vuoi che ti dia qualche consiglio per rompere con lei?»

«Assolutamente no, Penelope».

«Lo farò lo stesso». Mi schiarisco la gola e lo guardo. «Andiamo da Walmart e acquistiamo taglierini della migliore marca. A quel punto tagliamo le gomme a lei e al tizio. Dopodiché invierai un messaggio anonimo alla sua fidanzata, dall'app Block Sender, con la foto della macchina del suo ragazzo parcheggiata in questo vialetto. Poi dovresti licenziare lei con un messaggio, mostrandole la stessa considerazione che ha avuto nei tuoi confronti, e dopo potrai usare tutta la roba che hai comprato per prepararmi una cena italiana. Probabilmente a quel punto avrò una fame da lupi».

«Dici sul serio, Pen?». Mi guarda come se avessi perso la testa. «Questo è di gran lunga il consiglio più meschino, immaturo e ridicolo che potresti mai dare a qualcuno in questa situazione».

«Non volevo che la prendessi così. So che non lo faresti mai. Stavo cercando di alleggerire l'atmosfera e farti ridere».

«Non c'è niente di divertente», dice, facendo una pausa. «Perché non abbiamo bisogno di andare da Walmart per un buon taglierino. La stazione di servizio dietro l'angolo ne vende un sacco».

«Davvero?». Sorrido. «Allora hai già l'app Block Sender?»

«L'avrò tra pochi secondi». Mi porge il suo cellulare. «Scaricala per me, per favore».

«Okay. Ehm, questo significa che mi preparerai la cena italiana una volta che avremo finito? Seguiremo anche quella parte del mio suggerimento?»

«Non esagerare».

Dieci

Oggi

Hayden

La fine del mondo è arrivata: Hayden Hunter si sta davvero scusando

Hayden Hunter, il Playboy selvaggio di Manhattan, le cui foto senza veli sono ormai ovunque, vuole farci sapere che è "dispiaciuto"

Il fascino delle lettere scritte a mano: come Hayden Hunter lo sta riportando in vita

Resa pubblica la lettera di scuse di Hayden Hunter all'hotel Hilton: dettagli all'interno!

Dieci motivi per cui siamo scettici sulle scuse di Hayden Hunter (dacci solo altre foto del tuo pene!)

Undici

Oggi

Hayden

«Sarah, hai sentito Penelope oggi?», domandai nel momento in cui entrava nel mio ufficio, lunedì mattina, sollevando lo sguardo per fissarla.

«Perché mai dovrebbe chiamare me quando parla con lei venti volte al giorno?»

«È una domanda: sì o no?»

«È una domanda piuttosto stupida». Sorrise e posò l'ultima copia del «New York Post» sulla mia scrivania. «Il CEO della Williams Company ha fatto trapelare la lettera che lei gli ha scritto questa mattina. La odia ancora, ma vuole comunicarle che è perdonato per essersi comportato da stronzo anni fa».

«È una domanda: sì o no?», ripetei.

«Il signor Walsh di Tinder ha appena rilasciato una nuova intervista a *Good Morning America*: dice che non vuole una lettera di scuse. Vuole una confessione».

«Quel tizio non è sulla mia lista».

«Grazie per essersi finalmente unito a me in questa conversazione». Alzò gli occhi al cielo. «Ho inviato personalmente i pacchetti di ringraziamento a tutti coloro che hanno confermato la loro presenza al suo gala di beneficenza e ne ho inviato uno a me stessa poiché ha problemi a dirmi quella parola».

«La tua busta paga lo dice forte e chiaro».

«L'addetto ai fuochi d'artificio mi chiamerà tra un'ora tramite chat video per darmi un'anteprima dello spettacolo basato sugli spunti che gli ha dato. Vorrebbe unirsi a noi?»

«Assolutamente no».

«Immaginavo». Scrollò le spalle. «Be', non c'è altro per il momento».

La fissai.

«È cominciato un favoloso lunedì qui a Cinder, signor Hunter», disse. «È bello avere faccende di lavoro reali nella mia agenda invece di faccende personali, tanto per cambiare. Naturalmente, però, mi assicurerò che il secondo guardaroba venga consegnato a casa di Penelope questo pomeriggio. Non c'è bisogno che me lo chieda».

"No, davvero. Perché non ti ho ancora licenziata?".

Picchiettai le dita contro la scrivania mentre lei sorrideva e in silenzio mi sfidava a farlo.

«Ah, e mi sono ricordata di una cosa...». Tirò fuori dalla tasca un post-it giallo. «Penelope mi ha chiamata un'ora fa perché quando prova a chiamarla parte sempre la segreteria. Ha detto che ha bisogno di rimandare la cena di stasera perché Simon la porterà a...». Strizzò gli occhi, poi mi gettò il foglietto. «Non riesco a leggere il resto. Immagino di averlo scarabocchiato troppo in fretta».

«Perché non me l'hai detto prima?»

«Perché sto aspettando disperatamente che lei minacci di licenziarmi. A quel punto Lawrence dovrà offrirmi un altro grosso bonus per tornare». Sorrise. «C'è qualcos'altro che posso fare per lei oggi?».

Mi ci volle tutto il mio autocontrollo per non esclamare ad alta voce quello che avrei voluto dirle. «No, grazie, Sarah. Per favore, assicurati che la prossima serie di lettere venga inviata oggi».

«Va bene, signor Hunter». Si prese del tempo per uscire dal mio ufficio.

Diedi un'occhiata al post-it e lessi la sua calligrafia.

Per favore, di' a Hayden che ho bisogno di rimandare la nostra solita cena stasera.

Simon si è presentato alla pista e mi ha invitata a cena a Miami.

P.S. Potresti per favore NON fare finta di nulla e comunicargli che ti ho chiamata e il motivo per cui l'ho fatto? Per una volta... potresti NON rendere le cose difficili?

Dodici
Oggi

Penelope, qualche giorno dopo

IO: Ehi! Perché ho la sensazione che non parliamo da un secolo?
HAYDEN: Perché sono passati cinque giorni. È un record per noi. Com'era Miami?
IO: Mooolto bella. Possiede un edificio residenziale proprio sulla spiaggia e mi ha fatto fare un tour privato. Voleva rimanere qualche notte (suite separate), ma ho pensato che non volevo correre così tanto. Giusto?
HAYDEN: Giusto.
HAYDEN: Più tardi ci vediamo a Central Park, così mi aggiorni?
IO: Non posso. Simon ha organizzato una festa in cima all'Empire State Building. È un evento di ringraziamento per i suoi dirigenti, e mi ha invitata come sua accompagnatrice *emoji che arrossisce*
HAYDEN: Sei sicuro che Simon non sia disoccupato? Quando lavora esattamente, se ha tutto questo tempo libero per te e organizzare feste?
IO: Questo non è all'altezza della tua solita ironia (hai ricevuto le venti lettere di scuse che ho inviato via e-mail?).
HAYDEN: Dici? Sono un uomo cambiato ora (sì).
IO: Sei cambiato, ma sei ancora uno stronzo donnaiolo. LOL. Ti chiamo quando arrivo a casa. Ti racconterò tutto.

Dodici (B)

Oggi

Hayden

Non chiamò.

Non mi scrisse.

Continuo a mandarmi e-mail per rinviare.

Tre giorni di seguito.

Non era proprio il record dei cinque giorni che avevamo appena stabilito, ma era comunque insolito. Gli altri fidanzati non le avevano mai preso così tanto tempo neanche all'inizio della relazione.

Occupavano le sue mattine o i suoi pomeriggi, e a me rimaneva il resto. Il *meglio*.

Non ero sicuro del motivo, ma cominciavo a sentire, per la prima volta da quando eravamo amici, i primi sintomi di una crisi di astinenza.

E non mi piaceva affatto.

Tredici

Oggi

Hayden

Un paio di anni prima, mi ero fatto inconsapevolmente uno dei miei nemici principali a New York. Stavo partecipando a una prima al Gershwin Theatre e parlavo con un giornalista in incognito.

All'intervallo mi chiese: «Cosa ne pensi?». Io risposi: «Ho visto recite delle superiori migliori». Il giorno dopo, il «New York Times» pubblicò la mia foto e un articolo intitolato *Hayden Hunter storce il naso alla prima*, che divenne virale.

Lo spettacolo morì sul nascere e la produzione perse centinaia di migliaia di dollari.

Il regista a quel punto acquistò l'intera pagina sul retro del «Post», vi fece pubblicare la scritta "Hayden Hunter è uno stronzo" e una mia foto.

Sospirando, esaminai le ultime righe della lettera per lui prima di infilarla in una busta. Mentre mi stavo assicurando che l'indirizzo fosse corretto, il mio telefono vibrò. Era un messaggio di Penelope.

PENELOPE: Possiamo rimandare l'appuntamento di stasera?
IO: Di nuovo?
PENELOPE: Ti ho appena inviato venti lettere.
IO: In tal caso, rimandiamo tutte le volte che vuoi.

Chiusi la mia casella di posta e decisi di consegnare personalmente la lettera al teatro.

I fotografi mi urlarono dietro mentre uscivo dalla macchina: «Hayden! Guarda qui!», «Qualche commento sulle tue foto?», «Qualche dichiarazione su Tinder?».

Li ignorai e mi diressi verso l'entrata VIP. Prima che potessi chiedere indicazioni per il palco dei dirigenti, il signor Lewis mi si parò davanti.

«Bene, bene, bene», disse, incrociando le braccia. «Sono felice che tu sia qui a insultare di nuovo il mio lavoro. Abbiamo il tutto esaurito stasera e il secondo atto è quasi finito».

«Non sono qui per lo spettacolo». Tirai fuori la busta dal taschino. «Sono qui per chiedere scusa».

Indietreggiò di un passo, come spaventato all'idea di prenderla. «Che tipo di veleno ci hai messo sopra?»

«Nessuno». Sollevai gli occhi al cielo. «Sono delle dannate scuse, ed è una di quelle che ho scritto a mano. All'epoca non volevo influenzare la tua produzione, anche se era una commedia di merda con la recitazione più terribile che avessi mai visto».

«Sei serio?»

«Non avrei dovuto dire nulla pubblicamente al riguardo». Allungai di nuovo la lettera. «Mi dispiace».

Mi fissò per alcuni secondi prima di prendere la busta. «Possiamo seppellire l'ascia di guerra senza che io legga una parola?»

«Perché?»

«Be', ehm...». Sembrava nervoso. «Finora stiamo andando bene al botteghino, ma penso che andrebbe ancora meglio se ti vedessero qui. Magari potresti farti sentire mentre dici che lo spettacolo ti è piaciuto così tanto che hai voluto fermarti solo per rivedere la tua parte preferita».

«Andata». Mi ripresi la busta. «Farò un'apparizione al bar durante l'intervallo».

«Grazie». Fece schioccare le dita. «Brenda, puoi portare da bere al signor Hunter e accompagnarlo nell'area del bar?»

«Assolutamente». Una rossa apparve all'improvviso al mio fianco. «Mi segua, signor Hunter».

«Sta andando bene questa commedia?», le chiesi. «Onestamente».

Arrossì, ignorando la mia domanda. «Ho visto le sue foto online».

«Che bello. La commedia va bene?»

«Le ho salvate sul telefono». Abbassò la voce. «Mi masturbo guardandole di notte. In genere, i video porno dopo alcune visualizzazioni mi annoiano, ma sto usando le sue foto da due settimane di fila. Ha un vero dono. Avrebbe voglia di condividerlo con me più tardi?».

La ignorai finché non arrivammo in cima ai gradini.

«Le porto da bere». Tirò fuori il telefono, scattò un selfie con me senza permesso e scomparve.

Sapevo che il drink non sarebbe arrivato presto, quindi feci segno al barista.

«Sì, signore? Cosa posso portarle?»

«Scotch on the rocks, per favore. Sul conto del proprietario».

Lui annuì e lo preparò in pochi secondi.

Le porte del teatro si aprirono per l'intervallo poco dopo, riversando il pubblico nell'area del bar.

Girai la testa e per poco non lasciai cadere il mio drink quando scorsi Penelope. Era una visione celestiale, con la profonda scollatura del top aderente che si insinuava tra i suoi seni.

Era completamente ignara del modo in cui ogni uomo la guardava, totalmente inconsapevole di essere al centro dell'attenzione.

"Non mi ha detto che sarebbe stata qui stasera".

Presi il mio drink e mi avvicinai a lei.

«Ehi», le sussurrai all'orecchio da dietro. «Stai benissimo».

«Grazie». Si girò per guardarmi. «Anche tu. Voglio dire, come sempre».

Silenzio.

«Sei da sola?»

«No, è stata un'altra delle iniziative di Simon», disse. «Stavamo parlando di Broadway e gli ho detto che ho sempre voluto vedere *Wicked*».

"Non me l'hai mai detto".

«Si è presentato con delle rose gialle e mi ha detto che avevo un'ora per prepararmi. Non ho avuto il tempo di truccarmi».

«Non ne hai mai avuto bisogno». La guardai da capo a piedi e lei arrossì. «Ti sei dimenticata di fare qualcos'altro, però».

«Che cosa?»

«Qui». Le presi delicatamente il polso e la tirai in un angolo. Le feci scivolare la mano attorno al collo, sentendo la sua pelle riscaldarsi al mio tocco.

«Hayden...». Mi guardò negli occhi e le sue guance arrossirono. «Cosa stai facendo?».

Strappai il piccolo cartellino del prezzo dalla sua maglietta e lo accartocciai. Poi lo infilai in fondo nella tasca dei pantaloni.

«Ah». Deglutii. «Perché sei qui? Questo regista ti odia».

«Lo so bene». Trattenni una risata. «Sono venuto qui per porgere le mie scuse, invece mi ha chiesto un favore».

«Che carino da parte tua». Abbassò la voce. «La sua prima commedia faceva davvero schifo, però».

«Lo so. Questa è meglio?»

«È incredibile».

«Stai davvero bene, Penelope». Non riuscivo a pensare a nient'altro da dire. «Davvero».

Rimanemmo a fissarci in silenzio. Per qualche motivo non riuscivamo a trovare nulla di cui parlare. I pensieri che mi scorrevano per la testa erano un insulto alla parola "inappropriato". Non la stavo certo guardando come avrei dovuto guardare "la mia migliore amica".

"È la sorella minore del tuo migliore amico... La sorella minore del tuo migliore amico... La sorellina di Travis...".

«Signor Hunter?». All'improvviso una donna ci si piazzò davanti. «Scusi l'interruzione, ma sono Myra Tate di "Vanity Fair" e sono mesi che cerco di ottenere un commento da lei sulla nuova causa contro Tinder. So che non è molto appropriato, ma devo chiederle se posso prendere in prestito qualche minuto del suo tempo stasera».

Penelope le lanciò un'occhiataccia. Sembrava seccata quanto me da quell'intrusione.

«Ecco», dissi, tirando fuori la busta dalla tasca. «Ho una storia migliore per lei. È un'esclusiva».

La prese dalle mie mani e si allontanò velocemente com'era apparsa.

Riportai la mia attenzione su Penelope, eccitandomi di nuovo alle vista delle sue labbra rosa carnose.

«Torni a casa sua stasera?», le chiesi.

«Probabilmente». Si avvicinò e abbassò la voce. «Non abbiamo fatto sesso».

«Lo so».

«Come?»

«Me l'avresti detto».

Prima che potessi chiederle altro, Simon si mise in mezzo a noi e le fece scivolare un braccio intorno alla vita. Le baciò la guancia e sussurrò: «Scusa per averti lasciata sola».

«Buonasera, Hayden». Mi sorrise. «Che bello rivederti».

«Lo stesso per me». Gli tesi la mano. «Ho sentito delle belle cose».

«La maggior parte sono vere». Sorrise. «Abbiamo una prenotazione al Murray, dall'altra parte della città, dopo. Ti inviterei a unirti a noi, ma ho sentito che sono davvero pignoli sulle prenotazioni».

«Sono sicuro che faranno un'eccezione per il proprietario».

«Ah. In questo caso…». Premette un bacio sulla guancia di Penelope. «Ti andrebbe di unirti a noi dopo lo spettacolo?»

«Non vedo l'ora».

Arrivai al Murray e chiesi il tavolo accanto alla vetrata. Non ero sicuro del motivo per cui avevo accettato. Di solito mi tenevo alla larga dai suoi fidanzati.

"Probabilmente solo per rivedere le sue labbra".

Mentre facevo portare dell'acqua per tutti e tre, un ruggito risuonò alla mia sinistra. Una Ferrari rosso fuoco fece un'inversione a U in mezzo alla strada e si infilò in un posto libero.

Simon scese dall'auto e si avvicinò a Penelope.

I clienti guardavano oltre il vetro con i loro "Oooh" mentre lui l'aiutava ad uscire. I fotografi scattavano foto mentre il resto della gente sussurrava e si chiedeva chi fossero.

Gli occhi di Penelope incontrarono i miei.

"Sei davvero meravigliosa, cazzo". Rimasi a fissarla mentre camminava.

Mi alzai per tirare fuori la sedia accanto a me, ma Simon fece lo stesso con l'altra. Quella più lontana.

Lui si sistemò in mezzo a noi.

«La seconda metà dello spettacolo è stata piacevole come la prima?», chiesi.

«È stato tutto fenomenale», disse Pen. «Spettacolo da dieci stelle».

«Buono a sapersi. Dovrò procurarmi i biglietti».

«Penelope mi stava dicendo che possiedi l'IMAX Theater a Times Square», disse Simon, ma in tono interrogativo. «Ti diletti anche nel settore immobiliare e nelle catene di ristoranti?»

«Sì», dissi. «Il mio consulente mi ha suggerito di farlo anni fa».

«Vorrei potermi ramificare così anch'io». Sorrise. «I miei investitori vogliono che mi concentri sul fondo e nient'altro, ma forse un giorno me lo permetteranno».

Per fortuna, la cameriera apparve prima che potessi rispondere. Posò i menu e un cesto di pane, descrivendo i piatti del giorno.

«Conto unico o conti separati, signor Hunter?», chiese.

«*Unico*», dicemmo io e Simon all'unisono.

«Dovresti lasciar pagare me», disse, mettendo un panino nel piatto di Penelope. «Voglio dire, avevo comunque intenzione di offrire la cena a Penelope».

«Giusto». Guardai la cameriera. «Conto unico».

«Tornerò presto per le vostre ordinazioni». Si allontanò.

«Vorrei le ostriche», disse Penelope alzandosi in piedi. «Torno presto». Mi fece due strizzatine d'occhio e un sorriso, il nostro segnale condiviso per "Studialo mentre io sono via", prima di allontanarsi dal tavolo.

Entrambi la fissammo finché non scomparve dietro l'angolo.

«Allora», disse Simon, schiarendosi la gola. «Penelope mi ha detto che hai un'ossessione per gli orologi. Non ho potuto fare a meno di notare lo Yachtmaster al tuo polso. È uno dei tuoi preferiti?»

«Sì». Presi il mio bicchiere d'acqua. «Perché, piacciono anche a te?»

«Tantissimo». Tese il polso. Il suo orologio era uguale al mio, ma aveva alcune modifiche minime.

«Molto bello». Ero colpito. «Quanto tempo hanno impiegato i designer per realizzarlo?»

«Più di quanto mi aspettassi, ma il loro nuovo designer è una mia amica», disse. «Mi permette di avere accesso a tutte le versioni più recenti prima del rilascio».

Sollevai il sopracciglio. Nessuno dei designer di orologi che conoscevo avrebbe permesso a qualsiasi cliente di richiedere modifiche prima che l'accessorio fosse rilasciato. Non importava quanto fosse benestante lui o lei.

«Non dirlo a nessuno». Doveva avermi nel pensiero. «Non dovrebbe e l'azienda la licenzierebbe se venisse fuori».

«Non oserei mai fare una cosa del genere», dissi. «È disposta a rischiare il posto, solo perché siete amici?»

«Perché suo marito è mio amico e io sono la ragione per cui

sono sposati», disse. «Un rapporto rigorosamente platonico. Tu e Penelope siete così?»

«Sposati?»

«Platonici».

«Esce con te, no?».

Prese il bicchiere e bevve un sorso lentamente.

«Bella Ferrari», dissi, per cambiare argomento.

«Grazie. Ho visto la tua collezione di auto su "GQ" questo mese. Sono rimasto scioccato dal fatto che tu non ne abbia fatta fare nessuna personalizzata».

«Mi piace essere discreto».

«Giusto». Rise. «Be', io non potrei mai condividere nulla con un altro uomo. Mi piace avere tutto personalizzato e tenere le mie cose a distanza dagli altri».

Battei le dita contro il tavolo. Maledizione, speravo che Penelope si sbrigasse a tornare prima che quello tra me e Simon si trasformasse in uno scontro vero e proprio.

«Su "Esquire" ho letto che ti piacciono gli investimenti aggressivi», disse Simon. «Se sei interessato a investire parte dei tuoi soldi in un hedge fund con piccoli rendimenti ma ottime strategie a lungo termine, fammi sapere. Gestisco tre miliardi, che è un po' più di quanto vale la tua azienda, ma prendo anche clienti più piccoli». Tirò fuori il suo biglietto da visita e io esitai qualche secondo.

"Sta insinuando che guadagna più soldi di me?".

«Grazie per l'offerta», dissi, prendendo il biglietto. «Mi assicurerò di darci un'occhiata in settimana, Simeon».

«È *Simon*».

«È quello che ho detto».

Silenzio.

«Scusate, ci ho messo una vita». Penelope tornò al tavolo. «Mi sono persa qualcosa di eccitante?»

«No», dicemmo io e Simon all'unisono.

Mi schiarii la gola e mi alzai dal tavolo. «Mi sono reso conto che ho una cosa da fare per Lawrence», dissi. «È stato un piacere conoscerti, Simon. Penelope, ci vediamo domani mattina per il brunch da Wagner's».

«Forse verrò anch'io». Simon sorrise. «Ha detto che vuole farmi vedere il posto e domani per me andrebbe benissimo».

Uscii prima di rispondere.

Quattordici

Oggi

Penelope

Bussai alla porta d'ingresso di Wagner's la mattina dopo, sperando che gli uomini della sicurezza di Hayden fossero le uniche persone all'interno, così avrei avuto qualche minuto da sola per ricompormi.

"Ne ho bisogno, cazzo…".

Nel momento in cui avevo visto Hayden a teatro la sera precedente, i sentimenti di burro che provavo per Simon erano stati sconfitti da qualcosa di molto più potente nel mio petto. Vederlo con l'abito a tre pezzi nero su misura era letale per me anche quando sapevo che l'avrebbe indossato. Ma se mi prendeva alla sprovvista?

Non c'erano parole per descriverlo.

Mi aveva rovinato il resto dello spettacolo.

Durante il secondo atto, non avevo prestato attenzione a ciò che stava accadendo sul palcoscenico: stavo immaginando Hayden che mi tirava di nuovo in quell'angolo. Premeva le sue labbra contro le mie e stringendomi alla vita, reclamandomi davanti a tutti, e non mi interessava se qualche fotografo ci avesse immortalati.

"È il migliore amico di tuo fratello, il tuo migliore amico e un playboy incallito. Lascialo perdere, Penelope".

Quelle parole erano le uniche che sembravano avere un senso nel mio cervello.

Espirando, bussai di nuovo alla porta.

«Mi dispiace, signorina Penelope». La guardia del corpo di Hayden aprì la porta. «Buon sabato».

«Buon sabato». Mi tolsi gli occhiali da sole e notai Hayden seduto, sexy come sempre in jeans e maglietta nera.

Aveva già preso per me quello che ordinavo di solito – bignè e fragole – e stava sorseggiando una tazza di caffè.

«Ehi». I suoi occhi incontrarono i miei mentre mi avvicinavo.

«Ehi».

«Dov'è Simon?»

«Ha avuto una riunione all'ultimo minuto».

Mentre mi sedevo, la sua guardia del corpo mise un mazzo di rose e un biglietto tra di noi.

«Per te, signorina Penelope», disse. «Dal signor Gaines». Tirò fuori una ricevuta dalla tasca e la porse a Hayden. «Inoltre, lui, ehm, ha pagato per voi oggi».

«Gentile da parte sua», disse Hayden, e rimanemmo seduti in silenzio per alcuni secondi dopo che l'uomo si fu allontanato.

«Com'è andata il resto della serata con Simeon?», chiese.

«È Simon». Presi una forchetta. «È stata bella. Come è andato il resto della tua?»

«Bene… Non mi hai chiamato quando sei arrivata a casa».

«Non penso fossi sveglio. Abbiamo fatto un giro sulla sua Ferrari e non mi ha mollata fino alle tre».

«Da quando non rispondo alle tue chiamate a tarda notte?».

«Giusto». Deglutii. «Aspetta. Riguardo a ieri sera…».

«Riguardo a cosa?»

«Credo di non averti mai detto che volevo vedere *Wicked*», dissi. «Continuavo a pensarci durante la cena e sento che avrei dovuto. Ci saresti venuto con me?».

Mi lanciò uno sguardo che bastava a rispondere a quella domanda retorica.

«Penso che dovremmo passare un po' di tempo insieme. Non ci siamo visti molto ultimamente».

«No». Batté le dita contro il tavolo. «Però il mio tour di scuse e la pianificazione del gala sono stati intensi. Probabilmente è per questo».

«Oh, certo». Mi ero quasi dimenticata del gala. «Be', questa settimana Simon mi porterà a Miami per uscire a Sunny Isles Beach, quindi che ne dici del giorno dopo il nostro ritorno?»

«Ti ho portato a Sunny Isles l'anno scorso»

«Non lo saprà mai». Sorrisi. «Faccio finta di non sapere nulla, come hai detto tu, ogni volta che mi suggerisce qualcosa che ho già fatto con te prima. Del resto, sarà la prima volta che ci vado con lui, giusto?»

«Giusto». Buttò giù il suo caffè.

«Non mi ha ancora chiesto di metterci insieme ufficialmente», dissi. «Ci stiamo solo frequentando».

«Lo so».

«Era una domanda».

«Non ho sentito il punto interrogativo».

«Ah». Mi schiarii la gola. «È un problema che non me l'abbia ancora domandato?»

«No». Scosse la testa. «Lo so che vi conoscete già da prima, ma sono passate solo poche settimane. Dovresti concedergli un po' di tempo in più. Dovresti anche ricordarti di mantenere la tua metà del nostro accordo».

«Lo faccio». Tirai fuori alcune lettere dalla mia borsa. «Tredici, per tutti i membri di una band di strada che hai insultato per aver suonato canzoni d'amore che non ti piacevano. Avevi chiesto *Clean* di Taylor Swift e loro hanno suonato *Blank Space*. In tutta franchezza, probabilmente avrei perso la testa anch'io».

Un sorriso si allargò sul suo volto e quella strana tensione tra noi si dissolse lentamente.

«Non è quello che è successo», disse. «Ma grazie».

«Non sono sicura di voler sapere nient'altro di quello che hai fatto durante la nostra Guerra Fredda». Presi un bignè. «Sei sempre stato piuttosto meschino, ma ogni serie di scuse sta diventando sempre più folle».

«L'unica cosa che devi sapere sulla nostra Guerra Fredda è che l'hai iniziata tu».

«No, sei stato tu». Gli puntai il dito contro. «Ma ti perdono».

Rise e sorseggiò il suo caffè. «Tuo fratello sta arrivando in città. Vuoi portare Simon a pranzo?»

«Mai». Sollevai gli occhi al cielo. «La prima volta che gli presenterò Travis sarà a un incontro a Las Vegas, dove sarà troppo distratto. Ecco perché sono felice di averti. Sei molto più comprensivo riguardo ai ragazzi di quanto non lo sarà mai Travis».

«Capisco», disse. «Questo è ciò che i migliori amici fanno l'uno per l'altro, giusto?».

Non ero sicura del perché, ma sembrava che ci fosse un po' di ironia nella sua voce quando diceva "migliori amici", e sentivo che non credeva alle sue parole.

Una parte di me, una che non potevo negare e nemmeno spiegare, non voleva che ci credesse.

«Cena domani sera a Central Park?», dissi, scacciando quel pensiero.

«Che ne dici di dopodomani? Lawrence mi sta facendo fare una finta deposizione e non so per quanto tempo mi farà restare».

«Perfetto», dissi. «Central Park. Martedì sera».

Quindici

Oggi

Hayden

Martedì sera

«Devi davvero migliorare nei travestimenti», disse una voce familiare e profonda dietro di me. «Ho capito che eri tu a chilometri di distanza».

Mi girai per vedere Travis nell'ombra con felpa e cappuccio. «No, devo solo licenziare Sarah perché continui a sfuggirle».

Rise e si sedette sulla panchina accanto a me. «In tal caso fammelo sapere, così potrò chiederle di lavorare per me».

«Costa troppo per te», dissi. «Come mai sei già in città?»

«Tutto il clamore di Las Vegas mi pesa». Si tolse il cappuccio e sospirò. «Tutto questo stress e gli allenamenti per il combattimento sono un po' opprimenti, sai? Sento che potrei ritirarmi dopo questo, però».

Non mi degnai di rispondere. Ognuno dei suoi combattimenti era quello dopo il quale "si sarebbe potuto ritirare", ma non c'era modo che rinunciasse senza una buona ragione. O la morte.

«Volevo darti una cosa di persona», disse. «Dov'è Principessa?».

"Con Simon". «In ritardo, come sempre».

«Avrei dovuto saperlo». Tirò fuori dalla tasca alcuni cordini glitterati con distintivi scintillanti. Su un lato c'era la sua faccia, sull'altro la scritta THE PUNISHER, FOREVER UNDEFEATED. «Questi sono per te, per Principessa e per la sua coinquilina che non posso nominare».

«Tatiana odiava anche te, un tempo, giusto?»

«E faceva bene». Sorrise. «Ognuno può portare un ospite, se lo desidera, ma dovete inserire i loro nomi nell'elenco una settimana prima o non possono venire».

«Me lo segno».

«Ho sentito del tuo tour di scuse». Incrociò le braccia. «Ne riceverò presto una anch'io?»

«Anche subito», dissi. «Mi dispiace che tu abbia anche solo pensato di ricevere delle scuse dal sottoscritto».

Ridemmo entrambi.

Rimanemmo seduti su quella panchina a parlare per ore, come ai vecchi tempi, e prima che me ne rendessi conto era quasi mezzanotte.

«Merda». Guardò l'orologio. «Devo tornare al mio hotel. Ti è permesso stare fuori o Lawrence ti tiene ancora in punizione?»

«Non è una punizione. È riabilitazione dell'immagine».

«Come preferisci». Si alzò in piedi. «Raggiungimi a pranzo quando hai del tempo libero questa settimana. Sono qui fino a sabato. A questo punto immagino che Penelope non verrà, giusto?»

«Probabilmente». Mi alzai anch'io.

«Avrei dovuto chiederle se avesse un ragazzo prima di arrivare in città», disse ridendo. «Spero di riuscirla a vedere prima di Las Vegas».

Non mi unii alla sua risata. Camminammo fianco a fianco, superammo le mie guardie del corpo e raggiungemmo le rispettive macchine.

Quando il mio autista si fermò, tirai fuori il telefono e vidi che Penelope mi aveva mandato un messaggio ore prima. Ancora prima che Travis arrivasse alla panchina.

PENELOPE: Possiamo rimandare per stasera? Simon mi ha fatto un'altra sorpresa.
PENELOPE: Mi farò perdonare, te lo prometto.
PENELOPE: Hayden?

Feci un sospiro e le risposi.

IO: Non c'è problema. Comunque ho passato la maggior parte della serata a parlare con tuo fratello.
PENELOPE: Ho bisogno di chiederti una cosa dopo. Posso chiamarti tra un'ora?
IO: Certo.

Quindici (B)
Oggi

Hayden

Era mattina presto quando sentii la suoneria personalizzata di Penelope provenire dal mio cellulare. Mi girai e guardai l'ora. Le cinque e un quarto.

"Che diavolo...?". Presi il telefono e scorsi lo schermo.

«Penelope?», risposi.

«Stavi dormendo».

«Ovviamente», brontolai. «Che succede?»

«Sarò veloce. Aspetta. Mi sposto».

Sentii in sottofondo il debole suono dell'ascensore e alcune risate.

«Hai mai mangiato il tartufo?», chiese. «Penso che sia un po' sopravvalutato».

«So che non è di questo che vuoi parlare».

«Ti ho chiamato per dirti che mi sembra di vivere nelle pagine di un romanzo d'amore», disse. «Simon è perfetto. Ha sorpreso me e Tatiana con questo invito a una degustazione privata di tartufo. A metà, mi ha scritto un biglietto in cui diceva che è davvero felice che ci siamo ritrovati».

«Hai bisogno di un consiglio a questo proposito?»

«Vuole portarmi alle Bahamas per una settimana. Dormiremmo in suite separate, dato che sarà lì per affari, ma non è troppo presto?».

Non dissi nulla.

Non ero abituato al fatto che uscisse con qualcuno dai mezzi finanziari così importanti, qualcuno che aveva accesso a così tanto ed era disposto a usarlo così presto.

«Quando esattamente cercherà di portarti via da me?»

«*Che cosa?*»

«Quando ti porterà via?»

«Alla fine del prossimo mese», disse. «Dopo il tuo gala».

«Mmm».

«"Mmm" va bene, o "Mmm" non va bene?»

«"Mmm" è interessante».

«Be', non vuole una risposta immediata. Quindi, quando decidi, fammi sapere».

«Lo farò».

Il silenzio si protrasse per diversi secondi.

«È che non ci parliamo da un po'», dicemmo all'unisono.

Lei rise. «Buono a sapersi che la pensiamo allo stesso modo. Come vanno le tue lettere? Ho visto la direttrice di "Vogue" che la leggeva ad alta voce ai suoi fan sui social media».

«Non ha detto loro che mi ha inviato una lettera dicendo che avrebbe accettato le mie scuse solo se avessi raddoppiato il suo assegno e le avessi dato dieci biglietti in più per il gala».

«Hai accettato?»

«Solo perché non avevo scelta».

«Certo». Lei rise di nuovo. «Lawrence è felice per la risposta positiva della stampa?»

«Lawrence non è mai felice, ma penso che sarà meno stressato dopo la cosa di Tinder».

«Potresti semplicemente mentire e dire che hai rubato, così sistemi la questione una volta per tutte».

«A quel punto mi farebbero causa per l'eternità». Avevo bisogno di cambiare argomento. «Ti piace davvero Simon?»

«Sì. Penso che sia la persona migliore con cui sia mai uscita. Oltre a essere il primo sinceramente convinto che siamo solo migliori amici».

«Cosa vorresti dire?». Mi misi seduto, certo di non aver capito.

«Oh, solo che...». Lei emise un sospiro. «Tendo a dimenticare quante volte ti chiamo o quanto spesso esco con te».

«Non ci siamo frequentati molto ultimamente».

«È questo il punto».

«Puoi sforzarti un po' di più?», le chiesi. «Continuo a non capire».

La sua risata leggera e roca arrivò dal telefono. «Torna a dormire. Stai facendo il burbero».

«Va bene». Mi sdraio di nuovo. «Di nuovo, però. Ti piace davvero?»

«Sì, certamente. Buonanotte».

«Buonanotte».

Sedici

Oggi

Penelope

OGGETTO: Per Hayden

Ehi, Sara.

Quando chiamo Hayden scatta di nuovo la segreteria telefonica e non ha "letto" il mio messaggio. Puoi dirgli che devo rimandare il nostro appuntamento a Central Park di stasera?

P.S. Puoi dirgli anche che ho bisogno di qualche consiglio su cosa indossare per la cerimonia di inaugurazione di un hotel?

Penelope

OGGETTO: Wagner's + Chiamata persa

Scusa *emoji faccina triste*.

Ho dimenticato di scriverti nella foga del momento. Simon si è presentato e mi ha portata a fare un giro per Hudson.

Inoltre, sono svenuta ieri sera, ecco perché mi sono persa la tua chiamata.

P.S. Ho ancora bisogno della tua opinione sul viaggio alle Bahamas. Sì? No? Aspetto?

OGGETTO: ???!!!

Ehi.

Hai ricevuto qualcuno dei miei messaggi ultimamente? Risultano ancora tutti da leggere.

Comunque abbiamo finalmente superato la fase dei dolci baci e delle pomiciate sul suo divano. Faceva abbastanza caldo in effetti. :-)

A ogni modo, questo giovedì ho bisogno di nuovo di rimandare Central Park. Te ne parlerò più tardi.

Pen

P.S. Davvero, il tuo telefono è rotto o qualcosa del genere?

OGGETTO: Richiesta di rimandare appuntamento in anticipo
Dunque ogni giorno di questa settimana ci sarà un messaggio per rimandare qualche appuntamento?
Mi risparmierei volentieri delle conversazioni inutili con il mio capo.
Grazie.

Sarah

P.S. Il suo telefono non è assolutamente rotto...

Diciassette
Oggi

Hayden

Nessun messaggio di disdetta quel giorno. Nessuna richiesta di rimandare il nostro appuntamento. Solo un banale "Sono in ritardo", la prima cosa normale da settimane.

Secondo Lawrence, il mio personal brand andava meglio di giorno in giorno e non sentiva più il bisogno di prendere una doppia dose della medicina per la pressione.

Il suo quotidiano «Sono così fiero di te, figliolo!», i suoi messaggi e le e-mail avrebbero dovuto essere incoraggianti, ma erano semplicemente il risultato del mio duro lavoro per *non* pensare a Penelope.

Speravo che il nostro pranzo da Tully's di quel giorno l'avrebbe riportata nella mia orbita e che le nostre vite potessero allinearsi come prima.

Prima di Simon.

Mi sedetti nella sala sul retro e sorseggiai la mia acqua.

«Mario?», chiamai il direttore. «Puoi accendere la TV?»

«Certo, signor Hunter. Quale canale?»

«Non importa».

Saltò da un programma in cui ristrutturavano case al telegiornale, sintonizzandosi infine su una trasmissione di borsa.

«Si senta libero di cambiare, signore». Mise il telecomando davanti a me e mi riempì il bicchiere.

Cercai di prestare attenzione ai loro abiti noiosi e alle loro previsioni, ma non dicevano nulla di importante. Tirai fuori il telefono e mi misi a guardare il tempo che scorreva.

Passarono quindici minuti e di Penelope non c'era ancora traccia.

«Siamo qui con Simon Gaines della Gaines & Associates». La voce della giornalista mi fece alzare di nuovo lo sguardo. «Il fondo speculativo più grande e di maggior successo in questo momento. Di recente hanno trasferito il loro quartier generale dalla Florida a New York».

Simon sorrise e le strinse la mano.

Sbirciai lo sfondo, rendendomi conto che era al Park Bay Café sul fiume Hudson. Indossava un altro abito su misura e quell'orologio personalizzato di cui si era vantato a cena.

Buttai giù il mio bicchiere e ne ordinai un altro.

«Si sta godendo la Grande Mela, signor Gaines?», chiese la giornalista.

«Finora è stato meraviglioso. Mi sento già come a casa. Le mie auto di lusso non sono mai state trattate meglio».

"Cosa c'entrano le tue auto?".

«Avete tonnellate di clienti di alto profilo e di grandi nomi», disse la giornalista. «Secondo lei qual è la ragione?»

«La mia esperienza e il mio curriculum, in particolare l'arrivo nella lista di "Forbes" in così giovane età, parlano da sé», disse. «Ero più che soddisfatto in Florida, ma i clienti volevano che mi stabilissi in un posto più grande, quindi sono arrivato qui».

Feci per cambiare canale, ma la donna più sexy del mondo apparve improvvisamente su una barca dietro di lui.

Penelope guardò verso Simon con gli occhi che le brillavano, vestita con una camicetta bianca e dei jeans.

«Di recente è stato avvistato con Hayden Hunter», continuò a parlare la giornalista. «È lui che sta valutando un investimento nella sua azienda o è lei che sta investendo in Cinder?»

«Non posso discutere pubblicamente di affari». Sorrise.

«Ma, per la cronaca, è stata una cena in amicizia. Io e lui condividiamo un bellissimo interesse comune. Credo ormai sappia quanto sono protettivo verso le cose a cui tengo, tutto qui».

Strinsi la mascella, cogliendo il doppio senso.

Buzz! Buzz! Buzz!

Risposi al telefono senza guardare lo schermo. «Sì?».

«Come?». Penelope rise. «Ti disturbo?».

«No». La guardai di nuovo sullo schermo, mentre scendeva dalla barca con il telefono all'orecchio. «Credo che tu mi stia prendendo in giro, però».

«Come mai?»

«Hai detto che ci saremmo visti da Tully's».

«Sì, martedì», disse. «È giovedì, Hayden».

"Eh?". Guardai il mio orologio.

Aveva ragione lei.

«Scusami». Lasciai andare un respiro.

«Va bene. Anch'io perdo la cognizione del tempo in questi giorni». Scese sulla sponda del fiume, sedendosi a un tavolo.

Un cameriere le si avvicinò e mi bloccò la visuale.

«Ci sei, Hayden?», chiese Penelope.

«Sì». Guardai il cameriere che finalmente si spostava e cercai di cogliere qualcosa del discorso interminabile di Simon. «Sono qui».

«Per quel che vale, apprezzo molto il fatto che concordi le interviste in anticipo», disse. «Sto letteralmente assistendo a quello che accade quando non lo si fa».

«Cosa intendi?»

«Una specie di giornalista della finanza ha notato me e Simon che camminavamo. Guarda caso, aveva a portata di mano la sua troupe televisiva al completo con tanto di set di illuminazione pronto. Ha chiesto un'intervista e Simon ha davvero creduto alla sua sciocchezza sulla coincidenza».

«È solo nuovo», dissi. «Si adatterà presto. Non dovresti arrabbiarti».

Si piegò in avanti sui gomiti. «Perché?»

«Perché durante la nostra Guerra Fredda ero così anch'io. Mi fermavo e parlavo con chiunque me lo chiedesse. L'eccessiva attenzione all'inizio può creare dipendenza. Se questa è la cosa peggiore che ha fatto, inoltre, vuol dire è un bravo ragazzo, giusto?».

Sorrise e onestamente non potevo credere di aver appena detto una cosa del genere.

«Giusto», disse. «Questa è la prima volta che sono infastidita. Tutto il resto è stato meraviglioso».

«Bene, archiviala come una cosa *una tantum* e riprendi da dove avevi lasciato. Se è serio con te, troverà comunque un modo per rimediare presto».

"Ho bisogno di una cazzo di lobotomia".

«Grazie, Hayden». Le sue labbra si curvarono di nuovo in un sorriso. «Sei il migliore».

«Prego».

Aprì la bocca per dire qualcos'altro, ma all'improvviso lo schermo svanì in una pubblicità di acqua in bottiglia.

«Penso che ora abbia smesso di parlare con la giornalista», disse. «Ti chiamo più tardi. Stanotte, magari?»

«Sicuro».

Diciotto
Oggi

Penelope

IO: Rimandiamo l'uscita a Central Park di stasera? Il ghiaccio sulla pista è di nuovo rotto sui bordi, quindi dovrò essere lì stasera con il personale finché non sarà riparato.

IO: A proposito, stamattina Simon mi ha mandato cioccolatini e fiori alla pista per rimediare (avevi ragione).

IO: Cosa devo rispondere al suo messaggio? (Screenshot allegato) Vorrebbe che andassi in Napa Valley con lui questo fine settimana.

IO: Scusa, ho perso la tua chiamata! Ti chiamo più tardi. Grazie per i consigli via segreteria [smile emoji].

Diciannove

Oggi

Hayden

Stavo iniziando a essere infastidito per tutti i consigli che le davo per conquistare quel tizio. E con "infastidito" intendo geloso.

Gelosia di livello 10. Fottutamente geloso.

A peggiorare le cose, le fantasie che scorrevano nella mia mente si facevano ogni giorno più perverse. Pronunciare le parole: "Stop. È la sorella del tuo migliore amico", non mi impediva più di pensare a tutti i modi in cui avrei voluto vederla nel mio letto mentre mi infilavo dentro di lei.

Più pensavo ai nostri incontri mancati a Central Park e alle conversazioni notturne che si erano interrotte, più iniziavo a pensare che forse, solo forse, sarebbe stata meglio con me.

PENELOPE: Sei a casa? Avrei bisogno di un consiglio su una cosa.

Non le risposi.

Me ne andai invece al piano di sotto, nella mia palestra privata. Mi ero fatto cinque docce fredde quel giorno e avevo bisogno di adottare un nuovo metodo per togliermela dalla testa.

Prendendo fiato, regolai i pesi sulla mia barra e mi sistemai sulla panca.

Il mio telefono vibrò, segnalando l'arrivo di altri messaggi da parte sua, ma li ignorai tutti.

Mentre sollevavo la sbarra, sentii il rumore di passi sul pavimento. E poi Penelope fu improvvisamente sopra di me. Vedendola in un vestito grigio attillato, così dannatamente vicina a me, mi lasciai cadere il peso sul petto.

«Hai un minuto?», mi chiese.

«Sono chiaramente occupato in questo momento». Cercai di non fissare le sue labbra, ma non potei farne a meno. Risistemai lentamente il peso al suo posto e mi misi a sedere.

Osservai i suoi tacchi a spillo rosso intenso e sapevo esattamente quale nuova immagine mi sarebbe passata per la mente nel momento in cui se ne fosse andata.

«Fa' in fretta», dissi. «Vorrei finire».

«Bene. Perché mi stai evitando?»

«Perché pensi che ti stia evitando?»

«Non sono stupida, Hayden». Incrociò le braccia. «Non rispondi ai miei messaggi da tre giorni».

"Sono passati solo tre giorni?". «Sono stato impegnato con le ultime novità su Tinder». A quel punto le offrii una mezza verità. «E non sto dormendo bene».

«Ah». Sembrava alquanto sollevata. «Be', l'altro giorno Simon mi ha comprato questo fantastico aiuto per dormire. Vuoi averlo in prestito?»

"Cazzo, no". «Me lo comprerò. Per cosa hai bisogno di aiuto?».

«Voglio sapere la tua posizione preferita a letto».

«Come, scusami?»

«Qual è la tua posizione preferita a letto?». I suoi occhi incontrarono i miei. «E non intendo il posto dove fai sesso».

«Non sono affari tuoi. Sembra qualcosa di cui dovresti discutere con Simeon».

«Si chiama Simon». Alzò gli occhi al cielo. «Chiedo il tuo aiuto perché mi ha scritto una cosa spinta e ho bisogno di una risposta superspinta».

«Va' a prendere un romanzo rosa».

«Dico sul serio». Sorrise. «Aiutami, per favore».

«Va bene. Quali sono le sue parole esatte?»

«Come?». Le sue guance s'imporporarono. «Non posso dirtelo».

«E io non posso aiutarti se non ho tutti i dettagli».

Sospirò e batté sul telefono, evitando di guardarmi mentre leggeva. «"Mi hai detto che vorresti prendere le cose con calma, quindi è esattamente così che ti scoperò quando saremo da soli. Ti prenderò piano e bene"».

«Questo è tutto?». Sbattei le palpebre. «O c'è dell'altro?».

«Questo è tutto». Alzò lo sguardo verso di me. «Spinto, vero?»

«Certo...». Cercai di non ridere. Non aveva senso suggerirle una delle frasi che avrei usato io; non aveva bisogno di mostrargli la propria preparazione in fatto di conversazioni erotiche in questa fase del gioco.

«Digli che quando ti scoperà, lo vorrai sopra di te, in stile missionario. Di' qualcosa sul fatto che lo vuoi sentire fino in fondo».

«È questo che diresti tu?»

«No». Scrollai le spalle. «Ma non stai facendo sesso con me, quindi...». Mi fermai e mi schiarii la gola. «Mandagli quello che ti ho detto e non ti preoccupare».

Toccò lo schermo. «Aspetta. Quindi, ipoteticamente, se tu fossi interessato a venire a letto con me, cosa scriveresti?».

"Non osare rispondere. È una trappola".

«Devo finire di allenarmi e tornare alle mie lettere, Penelope. Dobbiamo rimandare questo gioco ipotetico».

«Dimmi solo cosa diresti. Non riderò delle tue capacità o nulla del genere».

«L'unica cosa di cui rideresti è di quanto sono più bravo del tuo ragazzo».

«Non è ancora il mio ragazzo».

"Non credo che dovrebbe mai esserlo". «Fidati e basta».

«Inizierò a fidarmi quando tornerai a essere l'Hayden che conosco». Si avvicinò. «Quello che si comporta come un migliore amico e non si dà per disperso solo perché Tinder gli fa causa per l'ennesima volta. Ormai dovresti essere abituato, quindi se pensi che mi beva questa scusa...».

«Non sto cercando di farti bere nulla». Le lanciai un'occhiataccia. Mi aveva esasperato. «Se vuoi che risponda alla tua stupida domanda, lo farò».

«Prima smetti di insultarmi, magari».

«Se ci stessimo messaggiando e stessimo discutendo delle tue posizioni preferite, non sprecherei mai il mio tempo con le parole. Mi presenterei a casa tua, ti butterei sul divano e te le mostrerei».

«Non sarebbe barare?»

«Quando scoperemo, ti tirerò indietro per i capelli mentre farò scivolare il mio cazzo così in profondità nella tua figa che non vorrai mai più scopare con nessun altro. Ecco cosa scriverei». Guardai di nuovo il suo vestito. «Comincerei così».

Le sue guance arrossirono e fece un passo indietro. «Ehm. Grazie».

«Prego».

«Penso che dovrei andare ora».

«Lo penso anch'io».

Venti
Oggi

Penelope

Rimasi ancora a fissare Hayden, immobilizzata dal suo sguardo infuocato.

«La porta è dietro di te, Penelope», disse, muovendosi verso di me.

«So esattamente dove si trova».

«Allora perché non la raggiungi?»

«Perché comincio a pensare che dobbiamo mettere qualche paletto alla nostra amicizia».

«Sono d'accordo», disse. «Puoi inviarmene un elenco via e-mail o per messaggio. Devi lasciare il mio appartamento, però. Adesso».

«Non voglio più discutere della mia vita sessuale con Simon».

«Vuoi dire della tua mancanza di una vita sessuale?».

Socchiuse gli occhi.

«I messaggi erotici e il petting sul divano non sono sesso. Anzi, forse è quello che hai fatto con tutti i tuoi ragazzi».

«Non voglio nemmeno discutere del sesso che ho fatto con i miei precedenti fidanzati».

«Neanche a me piace parlare dei fallimenti».

«Nel frattempo», dissi, facendo un passo indietro mentre lui avanzava, «voglio che torni a essere un buon migliore amico e che mi chiami».

«Sarebbe d'aiuto se prendessi davvero in mano quel cazzo di telefono».

«Rispondo ogni volta che telefoni».
«Solo per darmi bidoni».
«Sembri infastidito».
«Non ce n'è motivo».
«Allora, per favore, puoi tornare a essere il mio migliore amico e a darmi consigli quando te li chiedo? Abbiamo un accordo».
«Prima dobbiamo modificarlo». Mi guardò da capo a piedi. «Non hai mantenuto la tua parte».
«Dici davvero? Ti mando dieci cazzo di lettere al giorno, almeno. Ho realizzato più di cento modelli e...».
«Non riesci a trovare un'ora al giorno per vedermi di persona».
«Per fortuna che non sei infastidito...».
«Non ho mai negato di esserlo». Colmò il divario tra noi. «Ho detto che non dovrei».
Silenzio.
«Questa è la parte in cui lasci il mio appartamento, Penelope». Alzò la mano e sistemò alcune ciocche di capelli sfuggenti dietro il mio orecchio. «Altrimenti...».
«Altrimenti, *cosa*?».
Non rispose.
Sbatté le labbra contro le mie, facendo scivolare l'altro braccio intorno alla mia vita e tirandomi a sé.
Persi l'equilibrio mentre lui dominava la mia bocca con la sua... domando la mia lingua tra un respiro e l'altro. Lottai per tenere il passo con il suo ritmo, graffiandogli i fianchi per un certo senso di controllo, ma non cedeva di un centimetro.
La mia schiena colpì la parete mentre lui mi sosteneva, e il suo cazzo si indurì contro le mie cosce.
Dio mio...
«Apri un po' di più la bocca per me...», sussurrò. «Sappiamo entrambi che non ci entrerò mai in questo modo».
Come in trance, volontariamente gli obbedii e lui intrappo-

lò il mio labbro inferiore tra i denti, mordendolo così forte che non potei fare a meno di gridare.

Tenendo gli occhi fissi sui miei, liberò il mio labbro e fece scivolare due dita dentro la mia bocca, spingendole lentamente dentro e fuori.

Gemetti mentre mi sfiorava delicatamente la gola, sentendo la mia figa bagnarsi a ogni colpo provocante.

Usò i suoi fianchi per stuzzicarmi con un altro ritmo, mostrandomi quanto potevamo essere bravi.

Sorridendo, staccò lentamente la sua mano dalla mia bocca, trascinando il polpastrello delle sue dita bagnate contro le mie labbra.

«Il tuo ragazzo ti fa bagnare così?». Fece scivolare una mano sotto il mio vestito e spinse le mie mutandine di lato, strimpellando le dita contro il mio clitoride bagnato fradicio. Le sue dita si fecero strada dentro di me, e io mi appoggiai alla sua mano.

Attutì di nuovo i miei gemiti con un bacio, dandomi piacere tutto in una volta con facilità.

Nessun uomo mi aveva mai baciata così. Nessun uomo aveva mai…

Improvvisamente realizzai cosa diavolo stavo facendo. Chi diavolo stavo baciando.

"Dio mio!".

Mi spinsi via e lui fece un passo indietro.

Ci fissavamo e ansimavamo pesantemente, lasciando che la tensione residua soffocasse ogni possibilità di conversazione.

«Dovrei andare ora», fu tutto ciò che riuscii a dire.

Non rispose. Mi fissò e basta.

Deglutendo, lo superai e mi diressi verso la porta.

Presi l'ascensore al piano di sotto e feci segno a una delle sue limousine.

Quando fui a metà strada, con il sapore della sua bocca ancora sulle labbra, gli mandai un messaggio.

IO: Quel bacio non c'è mai stato, giusto?
HAYDEN E BASTA: Cancella questa conversazione prima che il tuo ragazzo la veda.
IO: Sei d'accordo sul fatto che quel bacio non sia mai avvenuto?

NON RISPOSE.

Ventuno

Oggi

Hayden

Non le scrissi e non la chiamai per una settimana intera.

Non *potevo* farlo.

Ventidue
Oggi

Penelope

I sedili in pelle riscaldati della Ferrari di Simon mi scaldavano le cosce mentre attraversavamo il ponte di Brooklyn. Le gocce di pioggia infuriavano contro il parabrezza e lui mi stringeva la mano sulla leva del cambio.

Per la seconda sera consecutiva, lo stavo portando a fare il tour delle pasticcerie, mostrandogli i miei *bagel café* preferiti.

Quell'uomo racchiudeva in sé tutto ciò che avevo sempre desiderato in un fidanzato, ma il bacio che mi avevano regalato le labbra di Hayden continuava a tormentarmi. Spuntava dai recessi della mia mente ogni volta che pensavo di averlo dimenticato.

Era stato molto più hot di tutti gli ultimi "baci Disney" e delle pomiciate che Simon mi stava dando.

"È un bene che non ci siamo parlati questa settimana".

«Ehi». Simon fece un cenno con la mano davanti al mio viso. «Ci sei, Penelope?».

Ritornai in me, rendendomi conto che eravamo parcheggiati davanti a TJ's Bagels. «Scusami. Stavo sognando a occhi aperti».

«Spero che il sogno fosse su di me». Sorrise, togliendomi alcune ciocche di capelli dal viso. «Mi piaci davvero molto».

«Anche tu mi piaci».

«Non posso credere che chiudano così presto», disse, allungando una mano per prendere la giacca. «Torno subito».

«Prendi gli auricolari». Gli indicai il cruscotto. «Fidati».

Mi stampò un bacio leggero sulle labbra e li afferrò. «Ti credo sulla parola».

Lo guardai camminare sotto la pioggia e tenere la porta aperta per far entrare una coppia prima di entrare.

Mi mandò un bacio dal finestrino che io ricambiai subito.

La-da-da-da-da-daaa...

Il mio telefono suonò all'improvviso con la suoneria di Hayden e mi misi gli airpod prima di rispondere.

«Ehi», dissi.

«Ehi». La sua voce profonda arrivò dall'altra parte della linea. «Sei in un brutto momento?»

«Sono fuori con Simon».

«Non è quello che ho chiesto».

«No». Non ero sicura del motivo per cui il mio cuore stava rallentando.

«Non è un brutto momento. Simon è dentro TJ's a prendere dei bagel».

«L'hai avvertito che i fornai sono molto lenti perché sono perfezionisti?»

«Penso che se ne renderà conto molto presto». Trattenni una risata.

«È una specie di rito di passaggio».

«Sono d'accordo. Mentre lui è lì, ho bisogno del tuo aiuto con una lettera a qualcuno che conosci personalmente. Be', qualcuno che conoscevi».

«Va bene». Slacciai la cintura di sicurezza. «Ti ascolto».

«"Caro Spencer Turner..."». Si schiarì la voce. «"Vorrei scusarmi ufficialmente per quell'incidente accaduto diversi anni fa. Senza dilungarmi troppo, è colpa mia se non sei mai arrivato a cena al Falls nel tuo giorno speciale. Mi voglio scusare solo perché avevo intenzione di romperti semplicemente la mascella, non la cassa toracica. Ti chiedo scusa, Hayden Hunter". Che ne pensi?»

«Penso che tu debba lavorarci ancora un po'. Anzi, non

azzardarti a inviarla senza riscriverla completamente. Per nessuna ragione».

La sua profonda risata risuonò e il mio stomaco si strinse al sentirla.

«Non è la vera lettera», disse. «Volevo solo fare un tentativo e capire se avrei potuto cavarmela con quello che vorrei dirgli davvero».

«Quindi hai o non hai picchiato "Quello che ha fatto un podcast"?»

«L'ho picchiato perché hai passato un'intera settimana a piangere per quello che ti aveva fatto», disse. «C'è una bella differenza».

«C'è qualcos'altro che vuoi ammettere?». Sorrisi. «Delle altre scuse di cui mi vuoi parlare?»

«No, ma ho una lettera di scuse anche per te. Ho il tempo di leggerla?».

Guardai in avanti e vidi che la fila all'interno del negozio non si era mossa di molto. «Sì».

«"Cara Penelope..."», disse, poi fece una pausa. «"Ti chiedo scusa per la conversazione altamente inappropriata sul come toccarti che abbiamo avuto anni fa. È successo quando tu avevi diciotto anni e io ventiquattro. Avrei dovuto comportarmi meglio"».

«Non hai bisogno di scusarti con me per questo».

«Credo di sì, invece», disse. «L'adulto ero io».

«Eri un amico che rispondeva a una domanda». Mi fermai. «E i tuoi consigli sono tornati sicuramente utili nel corso degli anni. A parte gli scherzi».

Emise una risata sommessa e i miei capezzoli si indurirono sotto la mia camicetta.

«Dico sul serio, Hayden». Deglutii, incerta se stesse scherzando o meno. «Non ho bisogno che ti scusi».

«Lascia comunque che te la legga».

«Va bene».

«"Come tuo migliore amico, a volte dimentico quanto siamo vicini l'uno all'altra, quante volte ci sei stata per me come io ci sono stato per te. Negli anni ho iniziato a rendermi conto che…"».

Mi concentrai sulle sue parole, sul suono profondo della sua voce, sul modo in cui risultava complementare al calore sotto il mio sedile.

Senza pensarci, mi infilai le mani tra le cosce, fingendo che fossimo di nuovo nel suo appartamento, che ci stessimo baciando e che la sua mano fosse ancora sotto il mio vestito.

«"Sappiamo entrambi che non ci entrerò mai in questo modo…"».

Allargai le gambe mentre lui continuava a parlare, mordendomi il labbro inferiore con la stessa forza con la quale lo aveva fatto lui per impedirmi di emettere alcun suono.

Spingendo di lato il pizzo delle mie mutandine, premetti due dita contro il mio clitoride bagnato fradicio, strofinandolo in un cerchio lento e sensuale. Proprio come lui mi aveva insegnato al telefono anni prima.

La sua voce risuonava ancora nel mio orecchio, l'inconsapevole conduttore della piacevole e pulsante sinfonia tra le mie cosce; il calore del sedile rendeva il tutto ancora più intenso.

«"Penelope…"», disse il mio nome, e io chiusi gli occhi mentre la mia figa iniziava a pulsare contro la punta delle dita.

Non mi importava cosa stesse dicendo, ma a ogni parola che usciva dalle sue labbra, i miei fianchi scivolavano un po' di più sul sedile.

"Per favore continua a parlare…".

«"E poi…"», obbedì lui. La mia lettera conteneva più parole di quante ne avesse scritte per chiunque altro.

Emisi un respiro lento e irregolare mentre mi avvicinavo sempre di più al clou.

L'immagine degli occhi azzurri di Hayden che guardavano in profondità nei miei si scontrò con la fantasia delle sue labbra che possedevano la mia bocca. Desideri proibiti che non avrebbero mai potuto essere esauditi mi inondarono il cervello.

Lui che mi baciava, mi scopava, mi *voleva*.

"Cazzo...".

Mi morsi il labbro e afferrai il bordo del sedile della macchina di Simon mentre venivo. «"Le mie scuse. Per sempre tuo, Hayden Hunter"». Le sue parole si fecero più chiare ora.

«Penelope? Penelope?»

«Sì?»

«Com'è stato?»

«Completamente inaspettato».

«Lo so», disse, con un sorriso nella voce. «Mi devo ancora abituare a chiedere scusa. Mi perdoni?», chiese.

Annuii come se potesse vedermi. «Sì».

«Va bene, fantastico», disse. «Ti darò la tua lettera di persona. Be', quando ti vedrò».

"Chiedigli di quel bacio nel suo appartamento adesso. Chiedigli se ha sentito quello che hai sentito tu".

«Aspetta, Hayden». Sospirai. «Riguardo a quel bacio nel tuo appartamento l'altra sera...».

«È acqua passata». Non mi lasciò finire la frase. «L'ho già dimenticato».

Il mio cuore affondò. «Ah, okay. Bene, Simon tornerà presto in macchina, quindi...».

«Buona serata». Mise fine alla chiamata prima che potessi dire una parola, e feci del mio meglio per ignorare la strana fitta al petto che avvertivo.

«Pronta per la parte migliore della serata?». Simon tornò in macchina. «Non vedo l'ora di provarlo insieme a te».

«Vale lo stesso per me». Mi promisi di concentrarmi completamente su quello che stavo costruendo con lui da quel momento in poi.

Hayden era solo un amico. Avevamo passato un "bel momento" insieme, niente di più. «Che gusti hai preso?».

Ventidue (B)
Oggi

Hayden

“Simon Gaines”, “Simon G Fund”, “Simon Gaines, Forbes 500”.

Le mie ricerche su Google erano uguali a quelle del giorno precedente.

Quasi tutto quello di cui si era vantato lo avevo verificato, tranne per una cosa. Non ero riuscito a trovare il suo nome nella lista dei cinquecento di «Forbes», anche se lo aveva messo sul suo sito web con tanto di logo ufficiale.

Gli editori della rivista «Forbes» mi avevano lasciato fuori dalla loro lista un anno per pura meschinità (avevo dimenticato di dare loro i biglietti per il mio gala), ma Simon era una *new entry*, e dubitavo che avesse già bruciato qualche ponte a quel punto della sua carriera.

“Magari è un errore?”.

Cercai di fingere che si trattasse di una nobile causa, quando in realtà stavo semplicemente cercando qualsiasi cosa in grado di sminuirlo e renderlo meno stellare agli occhi di Penelope. Qualsiasi cosa potesse riportarla a passare più tempo con me.

«Ha una visita». Sarah entrò nel mio ufficio. «Una faccenda importante».

«È Penelope?»

«No». Alzò gli occhi al cielo. «È un tizio di…».

«Mandalo a casa. Non mi interessa».

«Vuole donare due milioni di dollari in anticipo per il suo gala di beneficenza».

«Chiedigli come prende il caffè e fallo accomodare».

«Immaginavo». Si allontanò e io mi lisciai la cravatta.

Dopo sarei andato a casa. Avevo bisogno di un po' di tempo per pensare. La porta si aprì pochi secondi dopo e Simon entrò. «Buon pomeriggio, Hayden». Sorrise. «Spero non ti dispiaccia se ho deciso di passare».

«Ci mancherebbe». Gli feci cenno di sedersi, ma lui rimase in piedi.

«Credo molto nel tuo lavoro di beneficenza», disse. «Non riesco a immaginare come sia stato avere un padre che ti ha mollato a soli tredici anni. Vederlo mentre si faceva un'altra famiglia, come se tu non fossi mai esistito, dev'essere stata davvero dura».

«Vacci piano, Simon».

«E tua madre...». Scosse la testa. «Nel mondo degli affari si dice che l'abbandono di tuo padre l'abbia sconvolta: si è data all'alcol e tu sei praticamente cresciuto da solo».

Serrai la mascella. «Ti consiglio vivamente di cambiare argomento di conversazione se vuoi rimanere nelle mie grazie, Simeon».

«Si pronuncia *Simon*».

«Non sarai più in grado di pronunciare nulla se non cambi argomento».

Sorrise e tirò fuori una busta dal taschino. «Voglio fare una donazione per la tua causa. Credo sinceramente nell'aiutare i bambini che crescono in situazioni disagiate».

«Grazie». Gli feci cenno di metterla sulla mia scrivania. «Ora puoi lasciare il mio ufficio».

«In realtà, no». Stava ancora sorridendo come se quella fosse una conversazione piacevole. «A dire la verità sono passato anche per parlare di Penelope».

«Sta bene?»

«Sta più che bene», gli rispose. «Lei è felice. Con me. E

apprezzerei se il suo migliore amico, che è solo un amico, si astenesse dal chiamarla a tarda notte quando siamo insieme».

«Scusa?»

«Presto saremo fidanzati, quindi voglio farti sapere che non sono il tipo a cui piace condividere».

Sbattei le palpebre.

«Ho fatto delle ricerche su di te», disse. «Non hai mai avuto una vera relazione, quindi non posso biasimarti se non sai come funzionano».

«Devo aprirti la porta per farti andar via, o sei in grado di farlo da solo?»

«Il fidanzato, cioè io, occupa la maggior parte del tempo della ragazza. Il migliore amico, cioè tu, passa in secondo piano finché non è necessario». Socchiuse gli occhi verso di me. «Dato che stiamo programmando dei viaggi per i prossimi mesi, in base ai suoi allenamenti e alle sue conferenze, non sarai necessario. Ho pensato di avvisarti».

«Quindi devo aprirtela io». Mi avvicinai alla porta e la tenni spalancata. «Accomodati, cazzo».

Si lasciò andare a una risata e uscì nel corridoio. «Sono contento che abbiamo potuto avere questa conversazione, Hayden».

«L'uscita ti aspetta».

«Un'ultima cosa», disse. «Spero che non prenderai niente di ciò che ho detto sul personale. Sembri un migliore amico buono e maturo che sa stare al suo posto, giusto?».

Gli sbattei la porta in faccia.

Ventitré
Oggi

Hayden

La mattina dopo

Non ero riuscito a dormire.

La visita indesiderata di Simon al mio ufficio mi aveva scosso i nervi e l'invidia che già provavo si intensificava ogni secondo. Quindi, da "migliore amico buono e maturo" che mi aveva chiesto di essere, decisi di fare qualche ricerca su di lui.

"Stalkerandolo".

Accostai dall'altro lato della strada della casa di Penelope con una Prius argentata.

Mi assicurai di avere il berretto da baseball ben calcato sulla mia testa, e poi aspettai che arrivasse il Principe Azzurro.

Dai recenti messaggi senza risposta che Penelope mi aveva mandato, sapevo che aveva iniziato una nuova routine mattutina: le portava una tazza di caffè Starbucks, insieme a un bouquet di fiori freschi alle sette e quarantacinque in punto.

Era "sempre puntuale", ma a meno che il mio orologio non fosse sbagliato, stava per arrivare in ritardo.

"Cinque… quattro… tre…".

La Ferrari rossa di Simon ruggì all'improvviso lungo la corsia centrale, proprio davanti a me. Come se fosse il proprietario della strada, si ficcò dove c'era il divieto di sosta, proprio di fronte a casa di Penelope.

Scese con una tazza di caffè e un mazzo di rose rosse in

mano. In jeans e blazer nero, sembrava più un venditore di assicurazioni che un "miliardario in divenire".

Bussò alla sua porta e lei l'aprì nel giro di pochi secondi. Mentre le dava un bacio sulla fronte, disse qualcosa che la fece sorridere e le consegnò i suoi doni.

Attesi che la baciasse sulle labbra, incapace di resistere alla sua bocca sexy, ma non lo fece. Le afferrò invece la mano, come l'eroe di un film Disney, e le diede tre baci dolci.

"Wow".

Accesi il motore mentre lui le mandava un bacio volante e tornava alla macchina. Quando si allontanò, lo seguii a distanza, tenendo sempre quattro macchine tra di noi.

Mezz'ora dopo, lo seguii nel parcheggio di una scuola elementare privata.

Picchiettando il volante, lo guardai aprire il bagagliaio e afferrare una manciata di palloncini blu brillante e un'enorme scatola bianca. Poi varcò le porte della scuola.

Mentre nella mia mente vorticavano le teorie, notai il cartellone sul lato dell'edificio.

GRAZIE AL FONDO SIMON G. PER AVER SPONSORIZZATO IL SAGGIO DI DANZA DELLA QUARTA ELEMENTARE!

CON AFFETTO,

ELM SCHOOL PER BAMBINI DI TALENTO

"Mmm. Probabilmente lo fa per le detrazioni fiscali".

Simon tornò a mani vuote pochi minuti dopo e si precipitò in strada.

Ripresi a pedinarlo e, per le successive cinque ore, lo osservai come avrebbe fatto un esperto giocatore di scacchi, memorizzando ogni sua mossa.

Offrì a tutta la sua squadra la colazione al Four Seasons e li premiò concedendo loro ferie per il resto della settimana. Guidò lungo i sobborghi di Wall Street per effettuare depositi presso le banche dei suoi clienti. Ogni volta che qualcuno lo salutava o si complimentava per la sua macchina, gli sorrideva e gli porgeva una banconota da cento dollari.

Dopo pranzo, passò da Tiffany & Co. e acquistò un braccialetto con una P tempestata di diamanti e una collana in stile "Sei bellissima".

A metà pomeriggio, mentre parcheggiava davanti a Audemars Piguet, ero ormai convinto che cacasse fiori.

Sapevo anche che il primo giorno della mia missione era stato un completo e assoluto fallimento.

Sentendomi sconfitto, aspettai che se ne andasse prima di entrare.

«Buon pomeriggio, signore». Un uomo dai capelli grigi sorrise mentre mi avvicinavo. «Come posso aiutarla oggi?»

«Ho bisogno di un nuovo orologio». Non potei fare a meno di provare ancora un pizzico di invidia per Simon che conosceva il designer. «Lo stesso che ha comprato il mio amico che è appena stato qui».

«Oh, è uno di *quei* tizi». Tossì e aggiunse: «Mi segua».

«Che diavolo vuol dire, uno di *quei* tizi?».

Non rispose. Mi fece cenno di seguirlo in una stanza laterale.

«Per favore, si assicuri di dire agli altri del suo gruppo che il vostro accordo a fine mese scadrà», disse. «Non è stato minimamente vantaggioso e non posso credere che il mio capo ci sia cascato».

«Potrei seguire questa conversazione molto meglio se sapessi a quale accordo si riferisce».

«Non faccia lo gnorri con me, signore». Sventolò la mano. «Lei e i suoi amici noleggiate i nostri orologi perché non potete comprarli. E avete anche il coraggio di richiedere i modelli delle collezioni più raffinate ed esclusive, solo perché qualcuno nel CDA di quest'azienda era un vostro compagno di scuola».

Sollevai il sopracciglio. «*Che cosa?*»

«Su, conosce la procedura». Indicò il mio polso. «Non so

perché diavolo gliel'ho fatto affittare, ma non potrà prenderlo di nuovo in prestito. Questo è di una collezione molto al di sopra delle sue possibilità».

«Non l'ho affittato affatto». Sganciai il cinturino, appoggiandolo sul dorso. «C'è il mio nome inciso sopra. E, per la cronaca, non mi verrebbe mai in mente di noleggiare un orologio».

«Hayden Hunter?». I suoi occhi si spalancarono. «Non ho… Oh, non l'ho riconosciuta, signore». Inforcò gli occhiali. «Mi dispiace tanto di averla coinvolta in questa conversazione. Come posso servirla?»

«Voglio che continui a parlarmi di quell'accordo e che mi riveli ogni informazione in suo possesso sul tizio che era qui prima di me».

«Be', io…». Indietreggiò di un passo, confuso. «Essendo uno dei nostri clienti più stimati, sa benissimo che non posso condividere informazioni private su un altro cliente».

«I veri clienti non affittano».

Sorrise, e per un momento sembrò ben felice di accontentarmi, ma poi il sorriso svanì.

«Mi dispiace, signore», disse. «Non mi è permesso farlo».

«Comprerò dieci orologi dalla collezione firmata e spenderò un minimo di centomila dollari per ciascuno».

«Si sieda e sarò da lei tra due minuti».

Ventiquattro

Oggi

Hayden

Più tardi quella sera

Beccai Simon al Citi Field, lo stadio del baseball. Mentre i Mets stavano lottando contro i Dodgers nella parte bassa del nono inning, lui chiacchierava con un addetto alla sicurezza al botteghino.

Avevo intenzione di continuare a pedinarlo il giorno successivo, ma le parole con cui mi aveva congedato il commesso del negozio di orologi non smettevano di scorrermi nella testa.

«Paga sempre con la carta di credito di qualcun altro, signore. E so che va e viene dal Colorado, ma trovo strano che non acquisti l'assicurazione aggiuntiva per gli agenti atmosferici. Chiunque conosca un po' gli orologi non oserebbe indossarli in quelle condizioni».

Era stato quell'accenno al Colorado ad attirare la mia attenzione. Penelope mi aveva detto che andava avanti e indietro dalla Florida ogni settimana.

Avevo chiesto al venditore perché avesse parlato del Colorado, e lui mi aveva mostrato il "regalo" che Simon gli aveva lasciato di recente per ringraziarlo: un portachiavi BENVENUTO IN COLORADO con lo sfondo di una capanna innevata.

Mi chiedevo su cos'altro potesse aver mentito.

Mentre si metteva in posa per una foto con l'addetto alla sicurezza, il mio telefono ronzò. Era Penelope che mi scriveva.

PENELOPE: Ehi. Sono indecisa tra due vestiti per il tuo gala. Cosa ne pensi? [foto] [foto]

PENELOPE: Inoltre, ho detto a Simon che in genere hai un posto speciale riservato a me e a te per fare due chiacchiere quando sei bombardato dagli ospiti. Spero che avremo qualche minuto a disposizione anche quest'anno. Dobbiamo parlare.

PENELOPE: O saresti libero già adesso? Simon ha degli amici che vengono in città stasera. Per favore, rispondimi.

I miei polpastrelli indugiarono per qualche istante sulle icone delle immagini, ma non riuscii a cliccare.

Sapevo che vedere Penelope in quel momento mi avrebbe scombussolato.

Cancellati i suoi messaggi, misi in moto la macchina mentre Simon scivolava al volante della sua Ferrari.

Lo vidi comprare un altro mazzo di rose bianche e rosse, e poi lo seguii all'aeroporto John F. Kennedy nell'area degli arrivi.

Quella sarebbe stata la mia ultima tappa, mi dissi. Avrei chiamato Penelope nel momento in cui lui e gli altri suoi amici che affittavano orologi fossero arrivati in città.

Mantenendomi a distanza, attesi che il gruppo di uomini in giacca e cravatta davanti a lui entrasse in macchina, ma non si mossero.

Invece, Simon scese dall'auto e si diresse verso le porte della sala d'attesa.

Prima che potesse entrare, una bruna con un vestito blu corse tra le sue braccia.

La baciò come se non ci fosse un domani, afferrandole ciocche di capelli con una mano e accarezzandole il culo con l'altra.

"Che diavolo...":

Erano ignari delle persone intorno, come se quell'aeroporto fosse tutto loro.

Quando alla fine Simon staccò la propria bocca da quella della donna, la condusse al bagagliaio della sua macchina, consegnandole le rose e la busta Tiffany & Co. di quella mattina.

Sbattei le palpebre un paio di volte per assicurarmi che i miei occhi non mi stessero ingannando. Il Principe Azzurro non poteva essere davvero uno stronzo doppiogiochista.

"No, cazzo, ci vedo benissimo...".

Il nome di Lawrence improvvisamente comparve sul monitor dell'auto. Premetti "Accetta" per abitudine.

«Sì?», risposi.

«Oh, fantastico», disse. «Sei vivo. Ho una notizia buona, una ottima e, be', una notizia su *Tinder*. Quale vuoi sentire prima?»

«Non mi interessa».

«Inizierò con l'ottima notizia, allora».

Non feci nemmeno finta di ascoltare. Ero troppo concentrato su Simon che baciava quell'altra donna.

Fece scivolare la mano sotto il suo vestito e lei gliela spinse giocosamente via.

In risposta lui le schiaffeggiò il culo.

Se i "baci da favola" e le pomiciate sul divano erano frustranti per Penelope, era probabilmente perché Simon riservava il resto a qualcun'altra.

«Ehm, Hayden?», chiese Lawrence. «Dove sei?».

«In missione segreta».

«Come, scusami?»

«Mi hai sentito. Sto facendo una ricognizione indispensabile».

«Va bene, okay. Una volta per tutte: quali droghe stai assumendo?»

«Invece di fare il simpatico, dovresti offrirti di aiutarmi».

«Non ho idea di cosa tu stia facendo, Hayden. Quando esattamente avresti bisogno del mio aiuto?»

«Domani e tutte le mattine di questa settimana. Si esce all'alba».

Silenzio.

«Puoi essere onesto con me?». Emise un lungo respiro. «È cocaina o eroina?»

«Ti passo a prendere alle quattro del mattino. Fatti trovare pronto». Terminai la chiamata e inviai un'e-mail a Sarah.

Volevo che facesse più di una semplice ricerca su Google. Volevo che mi mandasse tutto quello che riusciva a trovare su Simon, in ogni database, e volevo averlo tra le mani entro mezzanotte.

E volevo – anzi, mi serviva come l'aria – sapere se quella Ferrari fosse davvero sua.

Mentre lasciavo il parcheggio e sfrecciavo via, sul monitor dell'auto apparve un nuovo messaggio di Penelope.

PENELOPE: Quindi continuerai a leggere i miei messaggi e a ignorarmi? A essere incazzato senza motivo? È così che ti definisci il mio migliore amico? Che diavolo hai fatto in questi giorni?

"Quello che faccio sempre. Mi prendo cura di te".

Rottura #12

Quello che restava la notte

Penelope all'epoca

Ottawa, Canada

IO: Ho perso la verginità stasera. Ho pensato che dovessi saperlo.
HAYDEN: Ti comprerò un biglietto di congratulazioni ai grandi magazzini.
IO: Preferirei che ne prendessi uno di pronta guarigione.
HAYDEN: [emoji faccia confusa] In che senso?

Non gli rispondo. Infilo la medaglia della gara in Canada sotto la giacca ed esco dalla stanza d'albergo.

Senza voltarmi indietro, corro di sotto e dall'altra parte della strada verso l'Hilton.

Grata che non ci sia nessun altro in fila alla reception, metto la mia borsa sul bancone.

«Ho bisogno di una stanza, per favore», dico. «Non mi interessa quanto costa».

«Mi dispiace». L'addetta alla reception mi guarda. «Tutte le camere sono occupate per la gara di pattinaggio, signorina».

Per una frazione di secondo, sembra che stia per riconoscermi, quindi guardo in basso.

«È sicura di non avere niente?», chiedo.

«Al cento per cento. Penso che gli hotel del centro siano quasi tutti pieni per il fine settimana».

«Capisco». Sono tentata di chiedere se posso fare un pisolino sul divano dell'atrio.

«Puoi prendere la mia suite», dice una voce familiare alle mie spalle. «Non ci sono ancora entrata».

"Tatiana?". Mi volto del tutto incredula.

Oggi siamo arrivate prime a pari merito e non più di qualche ora fa ci scambiavamo insulti sul podio.

«Ho la stanza 1242», dice. «Posso dormire insieme ai miei genitori nella loro stanza».

«Sei sicura?»

«Sì». Mi lancia uno sguardo carico di empatia e sembra sul punto di chiedermi cosa c'è che non va, ma si allontana senza dire una parola.

L'addetta alla reception batte sui tasti e poi mi porge un mazzo di chiavi. «Gli ascensori sono in fondo al corridoio a destra».

La ringrazio e vado dalla parte opposta. Voglio evitare la folla di persone che sciama in quella direzione per un po'.

Mentre sto girando intorno alla fontana, il mio telefono vibra per una chiamata. Hayden.

«Sì?», rispondo.

«In che senso un biglietto di pronta guarigione?».

Non dico niente.

«Penelope, parlami».

«Avevo detto a Joshua di no», dico. «Gli avevo detto che non ero pronta e che avevo cambiato idea, so che è una cosa davvero stupida da dire nel momento in cui lui è già sopra di me e si è infilato il preservativo, ma non volevo. Avevo detto no…».

Silenzio.

«Ha detto che ero solo nervosa e poi…». Sussulto ripensando a Joshua che mi scivolava dentro tutto in una volta, mi tappava la bocca con la mano e mi diceva: «Calmati e prendi questo cazzo».

«Mi ha scopata senza alcuna pietà e non gli importava delle mie lacrime». Riesco a malapena a tirare fuori le parole. «Ha lasciato la stanza per andare a prendere lo champagne, ma non potevo restare lì, quindi ho attraversato la strada per passare la notte in un altro posto».

Lui emette un leggero sospiro.

«L'unica volta che mi ha guardata negli occhi è stato quando ha detto il nome della sua ex. Il resto del tempo è stato...». Non riesco nemmeno a finire la frase. «Ho bisogno di dormire e di iniziare a dimenticarmi di quanto successo il prima possibile. Puoi dire a Travis che ho bisogno di rimandare la nostra videochiamata per la colazione di domani? Lo apprezzerei davvero».

«Penelope, aspetta».

Chiudo la chiamata. Non voglio che mi senta piangere e mi sono trattenuta già abbastanza a lungo.

Dopo essermi accertata che il corridoio si sia svuotato, torno agli ascensori. Prima di entrarci spengo il telefono.

Ricontrollo il numero della camera sul mazzo delle chiavi e osservo con ansia i numeri scorrere mentre l'ascensore sale.

Nel momento in cui le porte si aprono, mi precipito lungo il corridoio e mi chiudo nella stanza.

Crollo sul letto e i singhiozzi scuotono il mio corpo a ondate. Chiudo gli occhi e provo a addormentarmi, ma non serve.

"Sei ancora una stupida ragazzina".

Non riesco a smettere di pensare a quanto mi è accaduto nell'ultima ora. So che lascerà una cicatrice nel mio cervello per il resto della mia vita. Non ha senso dare una definizione a questa rottura, perché non voglio ricordarla affatto.

Tirando su con il naso, uso l'angolo di una coperta per asciugarmi gli occhi e chiamo il servizio in camera. Ordino due bottiglie d'acqua che non desidero affatto e una caraffa di caffè di cui non ho bisogno.

Alcuni minuti dopo, bussano con forza alla porta.

Prendo qualche dollaro prima di avvicinarmi per aprirla.

Ma dall'altra parte non c'è un inserviente.

"Hayden?".

Mi aspetto che mi guardi come si guarderebbe una pazza, ma nei suoi occhi leggo solo sincerità e affetto.

Mi prende il viso tra le mani e preme la fronte contro la mia, senza parlare.

«Ha detto il nome della sua ex quando è venuto. Due volte». Non posso fare a meno di ripetere quella parte. «Che cazzo c'è che non va in me, Hayden? Perché non riesco a trovare un ragazzo normale?».

Non mi dà una risposta. Fa scorrere delicatamente le dita tra i miei capelli, premendomi un bacio sulla fronte. Poi mi prende tra le braccia e mi tiene stretta.

Provo a ricacciare indietro le lacrime, ma è tutto inutile.

Senza commentare o giudicarmi, mi accompagna verso il letto. Tirandomi contro il suo petto, mi bacia la fronte ancora un paio di volte e mi stringe più forte.

«Va tutto bene», sussurra. «Va tutto bene».

Rimane tutta la notte, consolandomi a ogni lacrima che verso.

Quando il sole filtra attraverso le persiane, la mattina seguente, Hayden mi prepara un bagno caldo con la schiuma.

Sono restia ad alzarmi dal letto per godermelo, quindi fa scivolare le mani sotto le mie gambe e mi porta in bagno.

Da perfetto gentiluomo, mi spoglia lasciandomi il reggiseno e le mutandine, il tutto tenendo gli occhi fissi nei miei.

«Penso che tu possa occuparti del resto da sola», sussurra. «Altrimenti mi trovi proprio qua fuori».

Quando chiude la porta, mi tolgo la biancheria e mi prendo tutto il tempo per scivolare dentro la schiuma calda.

Mi aspetto che se ne sia andato quando esco, dato che resto in ammollo per due ore, ma quando apro la porta è lì sul letto.

Spostandomi accanto a lui, mi appoggio al suo petto e lui mi avvolge di nuovo tra le sue braccia.

Passa con me un'altra notte.

Il lunedì mattina, sono da sola nel mio letto. Le tende sono aperte e c'è un biglietto sul cuscino accanto a me.

Sono uscito per prendere la colazione.

Hayden

P.S. Ho detto a Travis che hai deciso di trascorrere il fine settimana con Tatiana.
(Non mi veniva in mente nient'altro, ma lui ci ha creduto. :-))

Rido e prendo il cellulare dal comodino. Scorro verso il basso, alla ricerca del contatto di Joshua, perché voglio che sappia quanto mi ha fatta stare male. Eppure non lo trovo.

Non c'è tra i miei messaggi, né tra le chiamate recenti e quando digito il suo numero, viene visualizzato il messaggio "Errore: non consentito".

"Che diamine…?".

La porta della stanza si apre e Hayden entra portando con sé due sacchetti marroni.

«Bene. Sei sveglia», dice. «Ti lascerò scegliere il bagel».

«Cos'hai fatto al mio telefono? Non riesco a contattare Joshua».

«Cannella o senza?». Ignora la mia domanda.

«Cannella».

«Bene». Apre un sacchetto e sistema un vassoio di fronte a me.

Non posso fare a meno di notare che ha le nocche piene di tagli e lividi. Tagli e lividi che non c'erano ieri sera o la sera prima ancora.

«Cosa è successo alle tue mani?»

«Niente». Mi porge una forchetta. «Si sono appena scontrate con uno stupido».

«Un essere umano?».

Non risponde nemmeno a questa domanda. Mi mette un cuscino dietro la testa e mi porge un bicchiere di succo.

«Hayden, cos'è successo?»

«Mi sono solo preso cura di te», dice.

Poi cambia argomento e lo sguardo che mi lancia è eloquente: la nave per quella conversazione è salpata. «Parliamo della tua prossima gara. È in North Carolina, giusto?».

Venticinque

Oggi

Hayden

Simon Gaines era un cazzo di truffatore.

Le prove erano davanti a me, nero su bianco, e i numeri non mentivano.

I trucchi che aveva impiegato per creare il suo personaggio sarebbero bastati a riempire un romanzo di novecento pagine, anche se nessun scrittore sano di mente avrebbe mai pubblicato una storia con una trama così folle. Ma secondo il suo sito web era anche «autore besteller del "New York Times"», quindi forse aveva semplicemente preso ispirazione da uno dei suoi libri inesistenti.

Oltre ad affittare la sua Ferrari, i suoi orologi e i suoi abiti, usciva con una donna diversa in ogni città (cinque e oltre), con un guardaroba e una personalità complementari da abbinare.

A Los Angeles era un vedovo affettuoso che usciva con un'infermiera di nome Shelby. A Las Vegas scalava montagne e conduceva sessioni di yoga spirituale con un'amante dell'adrenalina di nome Ana. In Indiana, aveva un lavoro part-time come mediatore finanziario e "odiava l'idea" di dover passare i fine settimana lontano da Yasmine, la sua ragazza.

Le variazioni del suo cognome – Gines, Gains, Giannis – erano pensate in modo tale da tenere in piedi la sua farsa e le sue bugie.

Se fosse stato un qualunque altro fidanzato, avrei chiamato immediatamente Penelope e le avrei detto cosa avevo scoperto. Le avrei detto: “Dobbiamo parlare del tuo ragazzo. Devi rompere con lui stasera”.

In quel caso, però, dovevo adottare un approccio diverso, perché volevo che lei non si limitasse a rompere con lui.

Volevo che lei rompesse con lui, *per me*.

Versandomi un bicchierino di scotch, pensai a come gestire la cosa. Tirai fuori un foglio e feci *clic* con la penna.

“Aspetta. Che diavolo sto facendo?”.

Presi il telefono e andai al suo nome. Poi finalmente aprii la serie di messaggi che avevo evitato negli ultimi giorni.

PENELOPE: Ehi. Non ho capito se le mie foto con i vestiti ti siano arrivate o meno. Quale devo indossare? Puoi rispondere anche agli altri miei messaggi? Mi serve il tuo aiuto.

PENELOPE: Ti ho visto mentre ti intervistavano alla TV. Hai guardato il telefono quando ti ho mandato un messaggio. Perché non mi rispondi?!

PENELOPE: Va bene, diciamo che hai avuto una serie di brutte giornate e che poi mi spiegherai tutto. *Tabula rasa?* *Okay, fantastico* Sto pensando di andare a letto con Simon dopo il tuo gala, visto che le cose si stanno scaldando. Fammi sapere cosa ne pensi dei miei messaggi sconci e della lingerie. [foto] [foto]

“’Fanculo”.

Cliccai sul suo nome e premetti chiama.

Suonò una volta. Due volte.

«Per favore, lascia il tuo messaggio dopo il segnale acustico». Partì la segreteria telefonica.

Bip!

«Penelope, so che sono le tre del mattino, ma devo togliermi questo peso». Buttai fuori un respiro. «Non posso darti altri consigli su come comportarti con Simon, non posso dirti un’altra cosa sexy che dovresti fare o suggerirti un messaggio erotico da mandargli a tarda notte». Mi fermai. «Come tuo migliore amico, ho raggiunto il limite e posso onestamente dire che non ti merita. Non dico tutto questo perché sono fottutamente geloso, o perché ha avuto il coraggio di dire che fa più soldi di me. A proposito, non riesco ancora a trovare il suo nome nella lista dei cinquecento di "Forbes", e sono strasicuro che quella Ferrari sia noleggiata, ma questa è un'altra storia. Non è l'uomo che pensi che sia», dissi. «E l'uomo migliore per te ti è sempre stato proprio di fronte... Hai tutte le ragioni per non darmi mai una possibilità, dal momento che mi conosci meglio di chiunque altro, e sei d'accordo con tutti i tabloid che mi chiamano il Re del sesso di New York o il Selvaggio playboy di Manhattan. Ma onestamente credo che tu non possa stare meglio con nessun altro, e ho bisogno che tu lo capisca. Non sto chiedendo troppo, voglio solo che tu...».

«Pronto?». Simon rispose alla chiamata prima che potessi salvare il messaggio in segreteria.

«Pronto?»

"Che cazzo...?". «Avevo chiamato per parlare con Penelope».

«Ne sono certo», disse. «Sta dormendo con me in questo momento, però».

«In tal caso, non è di certo soddisfatta», dissi. «Passale il telefono».

«Sta dormendo, Hayden», sibilò. «Lei è la mia ragazza, come ti ho già detto prima, e le tre del mattino non è l'orario giusto per chiamarla».

«Non ti chiederò di nuovo di passarle il telefono».

«Sul suo cellulare adesso sei memorizzato come "Momentaneamente stronzo", quindi non penso che voi due siate in buoni rapporti. Mi ha detto che non la chiami e che non le mandi messaggi da settimane. Perché?»

«Non sono affari tuoi, cazzo».

«Giusto. Be', dal momento che non hai afferrato il punto quando sono passato dal tuo ufficio, permettimi di ribadirlo: sei solo un suo amico, non il suo ragazzo. Fatti da parte, cazzo».

Mi riattaccò in faccia, ma non mi degnai di richiamare.

"Preferisco gestire questa faccenda di persona".

Ventisei

Oggi

Penelope

Negli anni precedenti Hayden mi chiamava alle sei, la sera prima del suo gala. Mi diceva che era fuori casa mia e che era pronto a rapirmi in modo che potessi dare una sbirciatina al tema della festa prima di chiunque altro.

I primi erano stati piuttosto semplici: "La vecchia Hollywood", "Una notte sotto le stelle" e "Una fuga da favola". Con il passare degli anni, però, aveva architettato temi più complessi che mi avevano sempre lasciata impressionata.

Dato che era uno dei momenti più belli dell'anno per me, speravo che accantonasse qualunque cosa lo stesse turbando e che continuasse quella tradizione.

Venerdì sera me ne stavo a guardare l'orologio, osservando la lancetta dei minuti che ticchettava: le sei e un minuto, le sei e due minuti.

Sentii una fitta al cuore quando furono le sei e un quarto.

Aggiornai lo schermo del mio telefono: forse mi aveva avvisata che era in ritardo.

Niente.

Nessun nuovo messaggio o e-mail. Nessuna chiamata persa. Mi stava ancora evitando.

"'Fanculo".

La sera successiva, fissai il mio riflesso nello specchio del soggiorno. Dal momento che Hayden non si era preso la briga di aiutarmi a scegliere un vestito, avevo optato per un abito color malva monospalla che mi stringeva in vita ed era lungo fino al pavimento. Lo spacco sulla coscia sul lato destro rivelava un paio di scintillanti stiletti in stile Cenerentola.

«Oh». Tatiana entrò nella stanza in pigiama, una coppa di gelato in mano. «Pensavo che Simon venisse a prenderti alle otto e mezzo».

«Le nove e mezzo», dissi. «Il suo volo dalla Florida è in ritardo. Perché non sei vestita?»

«Perché piove. Non voglio bagnarmi».

«Il gala è all'interno, Tatiana».

«Davvero?». Lei sorrise. «Bene, aspetta. Concedimi un attimo, devo pensare a un'altra scusa per non voler passare la serata insieme a un branco di ricchi che pensano di essere migliori di tutti». Si batté il cucchiaio contro il labbro inferiore. «Oh, no. Tutto a un tratto mi sento male».

«Sei una stronza». Risi. «Grazie per avermi avvisata in anticipo che non verrai».

«Prego». Prese la mia borsa e me la portò. «Fammi sapere come va il sesso. Voglio conoscere ogni dettaglio esplicito, anche la lunghezza di ogni singolo bacio».

«Ti dirò *se* faremo sesso».

«Sarà meglio che lo facciate», mi schernì. «Ormai è un'eternità che uscite insieme».

«Lo so». Mi assicurai che i preservativi fossero ancora infilati nella mia borsa.

Proprio in quel momento, suonò il campanello.

«Addio, Cenerentola». Tatiana si lasciò cadere sul divano e io mi avvicinai alla porta.

Quando l'aprii e mi trovai davanti Simon, non potei fare a meno di sorridere. Indossava uno smoking nero immacolato e reggeva due rose rosse a stelo lungo.

«Ehi». Mi guardò per diversi secondi, come incapace di trovare le parole. Mi strinse la mano e la sollevò, facendomi cenno di girarmi.

«Sei sbalorditiva», disse. «Forse dovrò guardarmi le spalle, stasera, perché penso che tutta l'attenzione sarà su di te e su questo vestito».

Arrossii. «Grazie per il complimento. Vedi più di una donna?»

«Che cosa?». Corrugò la fronte. «Perché questa domanda?»

«Hai due rose giganti tra le mani, ma io sono solo una».

«Ah, queste». Mi baciò le labbra. «Una è per la tua coinquilina. Non viene con noi?»

«No, mi ha appena comunicato che ha un malessere causato dal batterio "Non ne ho voglia". È una persona orribile».

«Ti ho sentito!», urlò Tatiana dall'interno.

«Allora puoi averle entrambe», commentò Simon con una risata, poi sollevò l'ombrello. «Pronta?»

«Prontissima».

Premette la mano contro la mia schiena, accompagnandomi alla sua Ferrari.

Per qualche ragione, l'interno sembrava un po' diverso dal giorno prima. Le personalizzazioni erano sparite e c'era uno strano codice a barre stampato sul cruscotto.

«Il concessionario mi ha dato un'auto in prestito perché la mia non era personalizzata come volevo io». Simon doveva aver notato la mia espressione. «Spero che non ti dispiaccia andare in giro con questa per un po'».

«Affatto». Allacciai la cintura di sicurezza mentre lui chiudeva la portiera.

Mentre si avvicinava al lato del guidatore, il mio telefono suonò con una suoneria che non sentivo da un sacco di tempo. Un messaggio di Hayden.

MOMENTANEAMENTE STRONZO: Chiamami prima di lasciare il gala. Dobbiamo parlare.

E nient'altro.

Nessun "Mi dispiace di essere un idiota e di averti ignorata", nessun "Sono stato un pessimo migliore amico ultimamente", nemmeno un "Per favore, perdonami".

Silenziai le notifiche e guardai Simon mentre accendeva il motore. Non volevo pensare a Hayden per il resto della notte, e non lo avrei chiamato affatto.

«Raccontami del tuo ultimo viaggio in Florida, Simon...».

Ventisette

Oggi

Penelope

I flash delle macchine fotografiche quasi ci accecarono mentre uscivamo dall'auto.

Come sempre, un lussuoso tappeto rosso era steso sotto il tendone che collegava il parcheggio all'ingresso alberato del gala.

«Benvenuti al gala annuale di beneficenza in favore dei bambini di Hayden Hunter», ci accolse un uomo in smoking. «Nome e invito, per favore».

«Simon Gaines». Simon mi strinse la mano. «Sono uno dei principali finanziatori».

«Ne è sicuro?». L'uomo scosse la testa. «Non è in lista, signore. Forse è indicato il nome della sua azienda?»

«Il fondo Simon G., magari». Simon mi lanciò uno sguardo confuso.

«Non trovo nemmeno quello, temo».

«Provi Penelope Carter», dissi, e i suoi occhi incontrarono i miei.

«Ma certo, lei è la signorina Carter. È su tutte le liste del signor Hunter». Sorrise e sollevò la corda di velluto. «Lei e il suo accompagnatore potete seguire le indicazioni d'argento. Vi porteranno alla sezione VIP».

«Grazie».

«È strano», sussurrò Simon. «Ho consegnato personalmente il mio assegno a Hayden».

Quand'era successo? «Probabilmente si è dimenticato di dire a Sarah di aggiungerti», dissi. «O è così, oppure lei l'ha scritto troppo in fretta e poi non è riuscita a interpretare la propria calligrafia. Le succede spesso».

«Ti credo sulla parola».

Ci facemmo strada attraverso i corridoi a specchio e la mia mascella si spalancò una volta che mettemmo piede nella sala da ballo.

Migliaia di luci bianche scintillanti pendevano dal soffitto di vetro, perfettamente disposte per incorniciare una pista di pattinaggio sul ghiaccio.

Le parole con il tema della serata – "I sogni sono per sempre" – erano incise sulle flûte di champagne sui vassoi dei camerieri di passaggio.

«È fenomenale». Simon sembrava sbalordito quanto me. «Lo hai aiutato tu?»

«No». Notai un corridoio di sculture di ghiaccio in pose da pattinatori. «Hayden non mi ha detto niente».

«Ci sono fiocchi di neve che cadono sulla pista da ballo», sottolineò. «Be', forse sono glitter. Vado a prendere qualcosa di più forte per noi da uno dei bar». Mi baciò sulla guancia. «Torno subito».

Notai a malapena che se ne era andato.

Salii sulla "pista di pattinaggio", premendo il tacco su un fiocco di neve intrappolato nel vetro.

Sbirciai le minuscole lettere incastrate sotto il ghiaccio, ma non riuscii a leggere l'intera frase.

"Impareggiabile con ventisette?".

«Eccolo!», «È quello laggiù!», «Fagli una foto!».

Un coro di voci alle mie spalle mi fece sollevare lo sguardo.

Al centro della sala, Hayden stava posando per una foto con Lawrence.

Vestito con un abito nero su misura e gemelli di diamante che avrebbero fatto vergognare ogni altro uomo lì presente, finì immediatamente al centro dell'attenzione.

Mostrava il suo sorriso perfetto, quello per la stampa, mentre Lawrence gli stava accanto.

Osservò per un attimo i fotografi, impegnati a scattare a più non posso, e poi guardò me.

Sbattendo le palpebre un paio di volte, le sue labbra si aprirono mentre scandagliava lentamente il mio vestito. Il suo sguardo vagava su e giù, e il mio corpo reagì a quell'esplorazione visiva tradendomi.

Ogni secondo che passava, il mio cuore batteva a un ritmo nuovo di zecca, accelerando tutte le volte che i suoi occhi tornavano su di me.

Feci del mio meglio per distrarmi, per concentrarmi su qualcos'altro in quella splendida sala, ma Hayden era la cosa più bella.

Lanciandomi un ultimo sguardo, posò per la foto finale e poi mi si avvicinò.

«Buonasera, Penelope», disse. «È bello vederti qui».

«Davvero?». Uscii dallo stato di torpore che mi aveva inebetito, rifiutandomi di perdonare o dimenticare il comportamento da stronzo delle settimane precedenti. «Dato come mi hai trattata ultimamente, sono scioccata che tu mi voglia qui».

«Certo che ti voglio». Abbassò la voce. «Penso di avertelo fatto capire in qualche modo. Hai ricevuto il mio messaggio?»

«Sì, certo». Sollevai le spalle. «Avevo intenzione di risponderti tra qualche settimana, ormai le nostre tempistiche sono queste. Giusto?»

«Dimmelo tu». Socchiuse gli occhi. «Hai iniziato tu quando ti sei trovata il ragazzo».

«Se fossi tu quella fidanzata, sono sicura che sarebbe lo stesso».

«Ti garantisco di no».

Restammo fermi a fissarci l'un l'altra, ignorando le macchine fotografiche che scattavano intorno a noi.

«Ehi, Hayden». Simon ci raggiunse con un drink, attenuando un po' la tensione. «Questo è il tema da gala più bello che abbia mai visto. Sei un vero artista».

«Sì», disse Hayden. «Penso che sia uno dei miei lavori migliori, perché è personale. Grazie mille per i complimenti, *Simeon*».

Questa volta non mi preoccupai di correggere il suo nome. Presi i drink dalle mani di Simon e li buttai giù entrambi.

«Bene, okay allora». Simon avvolse il suo braccio nel mio. «Mi permetti questo ballo, vero?»

«Sì». Lanciai un'occhiata a Hayden. «Penso che allontanarsi da qui sia un'ottima idea».

Hayden strinse la mascella, ma non disse una parola. Il suo sguardo indugiò su di me a lungo dopo che ci fummo allontanati e sentii i suoi occhi seguirmi per la sala.

Ballammo diversi pezzi, Simon mi teneva stretta sussurrandomi parole all'orecchio che riuscivo a sentire solo a metà. Ero troppo impegnata a pensare a Hayden per prestargli attenzione, troppo impegnata a desiderare che non fosse così fottutamente sexy.

"Concentrati su Simon, Penelope. Concentrati su Simon".

«Sei terribilmente silenziosa stasera». Mi baciò il lobo dell'orecchio. «Ti stai divertendo?»

«Sì».

«Vuoi venire a casa mia dopo la serata?»

«Assolutamente». Alzai lo sguardo mentre pronunciavo quella parola, accorgendomi che Hayden ci stava fissando da lontano.

I suoi occhi erano concentrati sulle mie mani, quindi infilai le dita tra i capelli di Simon. Poi le feci scivolare sul suo collo.

Il viso di Hayden arrossì di rabbia. Distolsi lo sguardo.

«Vuoi provare qualcosa dal bar?», dissi a Simon. «È sempre la parte migliore negli eventi di questo genere».

«Mi piacerebbe». Mi lasciò andare la vita e mi prese per mano, conducendomi verso il lato che le sculture di ghiaccio alte sei metri separavano dal resto della sala.

Per recuperare un piatto di antipasti ci mettemmo un po'; prima che potessimo assaggiarli, però, ci si parò davanti l'amministratore delegato di Tinder, Tim Lassing.

«Be', guarda chi c'è». Sorrise. «La complice di Hayden Hunter. Sei stupenda come sempre, Penelope».

Non mi preoccupai di ringraziarlo.

«Ammetterai mai quello che mi ha fatto? O continuerai a berti le sue cazzate per sempre?»

«Ti piacerebbe, vero?». Sollevai gli occhi al cielo. «Mi sorprende che Hayden continui a invitarti».

«Siamo in due, allora». Sorrise. «Ma lui sa come si organizza una cavolo di festa e tu sei sempre intorno a lui, quindi non rinuncerei mai a un'occasione per vederti. Quest'uomo in completo è il tuo accompagnatore?»

«Simon Gaines». Simon gli tese la mano. «Lieto di conoscerti».

Tim non la strinse. Gli diede invece una pacca sulla spalla.

«Stai perdendo tempo», disse. «Scappa finché puoi prima che le coincidenze inizino ad accumularsi». Afferrò una delle fragole dal nostro piatto e se ne andò.

«Non voglio nemmeno sapere di cosa diavolo stesse parlando», disse Simon con una risata.

«Fa sempre così». Scossi la testa, sentendo improvvisamente il bisogno di una pausa. «Mi dai qualche minuto? Devo correre in bagno».

«Certo».

Mi allontanai e mi diressi alla toilette del piano di sopra, di cui solo pochi ospiti conoscevano l'esistenza.

Avevo bisogno di stare da sola.

«Signorina, desidera mentine, acqua, tovaglioli?». L'addetta mi sorrise quando aprii la porta.

«Acqua, per favore».

«Come desidera. Che tipo di…».

«Dobbiamo parlare». Hayden fu improvvisamente dietro di me. «Adesso».

«Non sono dell'umore giusto per parlare con te».

«Non ho chiesto se lo sei». Mi aggirò. «Puoi lasciarci soli per qualche minuto, Martha?».

L'addetta annuì e abbandonò la stanza.

Hayden si avvicinò al lavandino, ma io rimasi immobile contro la parete più vicina alla porta.

Aspettai che si dicesse pentito, che implorasse la mia pietà e si scusasse per essere stato un vero idiota in quelle ultime settimane, ma non sembrava affatto pentito.

«Per la cronaca», disse, incrociando i miei occhi, «sei bellissima».

«Grazie. Mi stai evitando, cazzo».

«Ricordo vividamente di averti parlato poco più di un'ora fa».

«Sai cosa intendo». Mi faceva male il petto. «"Chiamami prima di lasciare il gala"? Questo è l'unico messaggio che mi hai inviato nelle ultime due settimane, Hayden».

«E invece venire qui è il tuo modo per dirmi che stai per partire?»

«No», dissi. «È il mio modo per dirti che sei stato un pessimo migliore amico».

«Davvero?». Alzò un sopracciglio. «È questo che pensi?»

«Posso ripeterlo se vuoi».

«Sentila», disse. «Hai passato molto tempo con il tuo ragazzo».

«Sì, è così che di solito funzionano le relazioni».

«Non è chi pensi che sia. Simeon è coinvolto in faccende poco chiare, e penso che dovresti saperlo».

«Si chiama Simon».

«Il suo nome varia in base allo Stato in cui si trova. Ma non è affatto il Principe Azzurro e ho bisogno che tu lo sappia ora, prima di commettere un grave errore».

«Vuoi dire prima che me lo scopi?»

«Non scoperai con lui. Mai».

«Perché fai tanto il geloso, Hayden?»

«Lasciami finire la mia spiegazione». La sua gola era secca.
«Quando avrai smesso di fare la parte del geloso».
«Non è una parte».
Silenzio.
«Il tuo ragazzo è un truffatore», disse. «È praticamente la versione aggiornata di Jay Gatsby e ti tradisce fin dall'inizio».
Incrociai le braccia, senza dire nulla.
«Ha una donna diversa in sei città differenti, senza includere te». Mi guardò negli occhi. «E vogliamo parlare della sua posizione nella lista di «Forbes»? Ha pagato un amico giornalista per mettere il suo nome sul sito web per un giorno e ha fatto uno screenshot prima che il caporedattore lo correggesse».
«Come fai a sapere tutto questo, Hayden?»
«Quella Ferrari con cui ti accompagna da settimane è a noleggio e non la paga da due mesi».
«Come fai a sapere tutto questo?», ripetei, la mia voce incrinata.
Ancora non rispose a quella domanda. «Penso che dovresti rompere con lui. Prima lo farai, meglio sarà».
«Non mi parli da settimane e ora mi chiedi di lasciare il mio ragazzo?»
«Sì», disse, la sua voce impassibile. «Avrei voluto raccontarti tutto prima, ma non mi avresti creduto», disse. «E lo sai».
«Non ti credo neanche adesso». Scrollai le spalle. «Due settimane fa hai detto che era il tuo preferito tra tutti i miei fidanzati».
«Non ho mai detto nulla del genere di *nessuno* dei tuoi fidanzati».
«L'hai fatto capire. Mi hai anche fatto credere che ci saresti stato per me, ma sembra che tu abbia tralasciato un po' questa parte ultimamente».
«Ho pedinato il tuo ragazzo ogni giorno per settimane, okay?». Mi guardò torvo. «E ho chiesto a Sarah di fare delle

ricerche approfondite. Ecco dove cazzo sono stato. A badare a te».

Deglutii. «Sai una cosa? Mi pento di averti chiesto una mano con Simon».

«A me invece non dispiace», disse lui, avvicinandosi. «La prossima cosa che devi fare è rompere con lui e iniziare a uscire con la persona giusta».

«Davvero?». Lo guardai male. «Quindi, mentre eri in giro a inventarti stronzate su Simon e a stalkerarlo, sei riuscito anche a trovarmi un fidanzato sostitutivo? Sei davvero generoso. Parteciperà a questo gala?»

«È proprio di fronte a te». Sibilò. «Voglio che tu rompa con lui, per me».

Silenzio.

Sbattei le palpebre e lui fece qualche altro passo avanti.

«Ti voglio, Penelope, cazzo», disse. «Tu appartieni a *me*».

La tensione aleggiava su di noi; restammo entrambi zitti.

La musica dal piano di sotto all'improvviso si alzò di volume, così forte che i pavimenti e le pareti cominciarono a tremare.

Feci un passo indietro, mentre il mio cuore batteva all'impazzata e la mia mente girava in un milione di direzioni diverse.

Hayden colmò il divario tra noi e poi premette le mani sulla parete sopra di me.

Intrappolando il mio corpo tra le sue gambe, mi guardò profondamente negli occhi, le sue iridi un misto di desiderio e lussuria. «Dovresti andartene ora, se non credi che ti voglia».

I suoi occhi rimasero fissi nei miei e la tensione soffocante in quella stanza chiedeva di essere affrontata.

Feci scivolare la mano contro la maniglia della porta alla mia sinistra e premetti il pulsante della serratura.

«La prenderò come una risposta», disse, alzandomi il mento con la punta delle dita. Premette la bocca contro la mia, regalandomi un bacio profondo e intenso.

«Ahhh». Gemetti alla sensazione della sua lingua che controllava la mia.

Fece scivolare la mano sotto lo spacco del mio vestito e mi tirò giù le mutandine.

Mi aspettavo che le strappasse via come aveva fatto alla festa sullo yacht, ma all'improvviso si fermò e si staccò dalla mia bocca.

«Voltati di fronte allo specchio», disse. «Voglio che guardi mentre scopiamo».

Mi girai lentamente alla mia destra e lui mi afferrò da dietro.

Il suo sguardo incrociò il mio nello specchio a figura intera e mi fece guardare mentre spingeva lentamente le mie mutandine sul pavimento di marmo.

Se le mise in tasca, si mosse di nuovo dietro di me e mi morse l'orecchio.

«Afferra il lavandino per me».

Obbedii, stringendolo forte e osservando Hayden che mi mordeva il collo e mi tirava su il vestito.

Si slacciò i pantaloni e tirò fuori il suo cazzo. Senza dire una parola, ne premette la grossa punta contro il mio sesso.

I miei occhi si spalancarono e lui emise una risatina mentre lentamente – oh, davvero lentamente – scivolava dentro di me.

"Oh. Mio. Dio".

«Ahhh...», gridai mentre mi adattavo al suo membro lungo e spesso, mentre Hayden con tutta calma si posizionava bene alle mie spalle.

«Lo senti?», mi chiese quando era dentro solo per metà.

«Sì».

«Bene». In un secondo mi aveva penetrata del tutto, facendomi gridare in un misto di dolore e piacere.

«Oddio...». Mantenni i miei occhi fissi sui suoi allo specchio. Adoravo il modo in cui mi riempiva fino in fondo. La maniera in cui gemeva alle mie spalle mentre possedeva il mio corpo con il suo.

Le mie nocche sbiancarono mentre afferravo più forte il lavandino, mentre lui si dondolava contro di me e si spingeva dentro e fuori con un abbandono controllato ma selvaggio allo stesso tempo.

Anni della nostra amicizia si sbrogliavano e svanivano a ogni colpo profondo. A ogni bacio bagnato che mi premeva contro il collo.

Fece scivolare la mano sinistra fino al mio seno e la strinse, sussurrando: «Ti sento così bene, cazzo».

Gemetti quando lui iniziò a spingere più forte.

Il modo in cui mi guardava attraverso lo specchio mentre mi controllava, mentre mi scopava, era più che inebriante. Non avrei mai voluto distogliere lo sguardo.

«Fa' scorrere la mano sul clitoride», sussurrò. «Fammi vedere se ti ho insegnato bene».

Trattenni un respiro mentre lui manteneva il suo ritmo sconsiderato, e la mia mano scivolò lentamente sotto lo spacco del vestito.

Mi stuzzicai il clitoride con i polpastrelli, strofinandolo fino a tracciare un lento cerchio, ottenendo il suo sguardo di approvazione.

Cercai di assecondare il suo ritmo, ma non serviva. Era sempre più eccitato, mentre guardava me che mi toccavo, spingendomi sempre più vicina all'orgasmo.

Non riuscii più a resistere.

Afferrai il lavandino più forte e urlai il suo nome a squarciagola.

Si irrigidì dietro di me e venne a sua volta.

Entrambi ansimanti, i nostri corpi ancora intrecciati, fissammo il nostro riflesso per vedere cosa avevamo appena fatto.

Mi baciò la nuca un'ultima volta prima di staccarsi lentamente da me. E distolse i suoi occhi dai miei mentre rialzava la zip.

Mi lisciò i capelli e sembrò sul punto di dire qualcosa, ma nessuna parola venne fuori dalle sue labbra.

La realizzazione di ciò che era appena accaduto mi raggiunse al rallentatore. A ogni secondo diventava sempre più evidente che non avevamo semplicemente oltrepassato i paletti della nostra amicizia.

Ci eravamo passati sopra con un bulldozer.

«Non posso farlo». Lo respinsi. «Non posso credere che io… che noi…».

Aprii la porta e scappai via.

Ventisette (B)
Oggi

Penelope

Fuggii fuori dall'edificio e sotto la pioggia, correndo verso la prima auto disponibile. Il cartello sul lunotto diceva: AUTISTA PAGATO DAL SIGNOR HUNTER, e un valletto si avvicinò rapidamente e aprì la porta del sedile posteriore.

«Buonanotte, signorina». La chiuse una volta che fui dentro.

«Dove?», mi chiese l'autista.

«Aurora Avenue 555. Il più velocemente possibile, per favore».

«Certamente».

I suoi occhi incontrarono i miei nello specchietto retrovisore mentre si immetteva in strada, ma non iniziò una conversazione. Accese la radio, lasciando che le canzoni completassero le percussioni costanti della pioggia.

Trattenendo le lacrime, mi appoggiai al sedile e cercai di elaborare qualunque cosa fosse successa tra me e Hayden in quel bagno.

Il mio cuore batteva a un ritmo sconosciuto mentre rivivevo ogni istante, e le mie labbra si sentivano piacevolmente doloranti per quanto forte mi aveva baciata.

Per quanto mi aveva scopata…

"Non è chi pensi che sia". "Ti tradisce fin dall'inizio". "Ecco dove cazzo sono stato. A badare a te".

Sapevo che non mi avrebbe mai mentito, ma quelle parole facevano ancora male. E non potevo credere che avesse aspettato anche un solo giorno per dirmi la verità.

"Non mi avresti creduto".

Il mio telefono vibrava contro la mia coscia mentre l'auto attraversava Manhattan, ma lo ignorai.

Solo quando fui a metà strada mi costrinsi ad affrontare lo schermo e a cambiare il nome di Hayden per l'ennesima volta.

HAYDEN: [fig.] [fig.] [fig.] [fig.] [fig.]
HAYDEN: [fig.] [fig.] [fig.] [fig.] [fig.]
HAYDEN: [fig.] [fig.] [fig.] [fig.] [fig.]

Aprii gli allegati uno per uno, sentendo il mio stomaco contrarsi e contorcersi a ogni scorcio rubato delle altre vite di Simon.

Baciava una bionda su una spiaggia di sabbia bianca, abbracciava una mora nel baracchino all'angolo di un *crepe café* e rideva con una bella rossa davanti a un gelato spruzzato di smarties.

Indossava occhiali e una camicia a quadri quando aveva su un badge con scritto "S. Gines", un abito elegante mentre era in piedi davanti a un cartello con la scritta SAM GIANNIS WEALTH BUILDING SEMINAR e jeans e maglietta mentre si prendeva un caffè con il nome di Silas Gains.

"Dio mio".

A ogni nuova foto, un ricordo del tempo che avevamo condiviso negli ultimi mesi finiva in frantumi nella mia mente.

Mentre fissavo l'immagine di lui che palpeggiava il culo di donna nell'area arrivi dell'aeroporto John F. Kennedy, il suo nome comparve sullo schermo del mio cellulare.

Premetti "Ignora".

Ingrandii l'immagine e capii che quella donna non era una persona qualunque. Era la fidanzata che secondo i suoi racconti lo aveva lasciato il giorno del suo matrimonio, la donna che l'aveva trasformato in uno stronzo totale, almeno prima di incontrare me.

"Che cazzo di bugiardo".

Richiamò e io risposi immediatamente.

«Sì?». Non feci nulla per nascondere il mio disprezzo. «Che diavolo vuoi, Simon?»

«Ti ho cercata dappertutto». Non badò minimamente al mio tono. «Volevo che ballassimo di nuovo prima dei fuochi. Speravo anche che volessi andare via presto, così da avere il resto della serata tutto per noi».

Sembrava così dolce e sincero che non potevo biasimarmi per non aver visto al di là della sua maschera.

«Come diavolo fai a dormire la notte, Simon?», gli chiesi. «Voglio saperlo».

«Eh? Cosa intendi?»

«Voglio dire, come diavolo fai a dormire la notte sapendo che hai tutte quelle donne in giro per il Paese?».

Non disse nulla.

Tutto quello che sentii fu il tintinnio dei bicchieri di champagne e una leggera risata in sottofondo.

«Quante sono?», gli domandai. «Qualcuna sa qualcosa?»

«Wow. Non so chi ti abbia messo in testa tutte queste bugie e queste brutte accuse, ma...». La sua voce vacillò per la prima volta da quando ci conoscevamo. «Niente di quello che hai detto è vero. Sono innamorato di te e solo di te».

«Sai, anni fa avrei dato qualsiasi cosa per sentirtelo dire».

«Meglio tardi che mai, giusto?»

«No, meglio mai». Buttai giù il nodo che sentivo in gola. «È finita, Simon. Ti invio alcune foto come regalo d'addio, ma per favore non contattarmi più».

«Penelope, non farci questo». Aveva il fegato di fingersi sincero. «C'è qualcosa di speciale tra noi. L'ho capito nel momento in cui ti ho vista in aeroporto».

«Probabilmente era il senso di colpa per aver tradito le altre ragazze».

Non attesi una risposta. Terminai la chiamata e gli inoltrai ogni singola foto che avevo ricevuto da Hayden.

Una volta che ebbi inviato anche l'ultima, ignorò la richiesta che gli avevo fatto e mi scrisse.

SIMON: Mi dispiace tanto per questa situazione, Penelope. Ho sempre avuto paura di impegnarmi con una persona sola, ma posso onestamente dire che eri sul punto di trasformarmi nell'uomo migliore che voglio essere.
SIMON: Posso lasciarle tutte per te. Lo giuro.
SIMON: Per favore, prenditi tutto il tempo che ti serve per perdonarmi. Non parlerò mai più con nessuna di loro se mi dai un'altra possibilità.

Bloccai il suo numero e spensi il telefono. Avevo qualcuno di molto più importante a cui pensare.

Quando l'autista accostò la macchina davanti alla mia abitazione, si voltò e mi passò un Kleenex.

«Spero che il resto della sua notte migliori, signorina».

«Grazie». Gli diedi la mancia e salii i gradini.

Mentre stavo frugando in cerca delle mie chiavi, notai un biglietto attaccato allo stipite della porta.

Allora...

Sono andata nel New Jersey per una convention su Sailor Moon, resterò là tutto il fine settimana. Non giudicarmi!

Lunedì voglio sapere tutto (e intendo TUTTO).

Tati

P.S. Per favore, non spostare i cristalli di stelle sul mantello.

Accartocciai il biglietto e aprii la porta.

Volendo mettere a tacere i pensieri che mi correvano per la testa, aprii frettolosamente la cerniera del vestito ed evitai di guardare il mio riflesso allo specchio mentre il tessuto cadeva sul pavimento.

Mi chiusi in bagno e lasciai che le lacrime si liberassero mentre entravo nella doccia. Regolai l'acqua perché fosse al massimo del calore, permettendo a quegli spruzzi bollenti di attaccarmi con il loro giudizio spietato.

"Hai fatto sesso con il tuo miglior amico".
"In un bagno pubblico".
"L'hai scopato in un bagno e hai rotto con il ragazzo che ti ha aiutato a conquistare per settimane".
Per quanto volessi negarlo, sapevo che le cose tra noi non sarebbero mai più state le stesse.
Non dopo *quello.*
Cercai di pensare a qualcos'altro, a qualunque altra cosa, ma era inutile. Tutto ciò che potevo sentire al di là dell'acqua che mi schiaffeggiava la pelle era la voce profonda e ruvida di Hayden.
"È proprio di fronte a te".
"E voglio che tu rompa con lui, per me".
Il vapore appannava il vetro e mi assaliva la gola. Non potevo restare lì dentro un minuto di più.
Chiusi l'acqua e mi avvolsi in un asciugamano. Ancora scossa, mi diressi verso la cucina.
Avevo bisogno di un drink.
«Ciao, Penelope». La voce profonda di Hayden mi fermò di colpo.
Mi voltai e lo vidi seduto sul bordo del mio letto. Si era tirato su le maniche della camicia fino ai gomiti e si era allentato la cravatta scura.
Fissandomi con la mascella irrigidita, sembrava non sapere se abbracciarmi o prendermi a sberle per aver lasciato il gala.
«Il tuo ragazzo si unirà a questa conversazione?», chiese.
«Non è più il mio ragazzo». Deglutii. «Dovrò trovare presto una definizione anche per lui».
«"Quello che ci ha fatto perdere tempo" secondo me calza alla perfezione».
«"Ci"?»
«Sì». Annuì. «Ci è stato di ostacolo per troppo tempo, e non ti ho mentito su di lui».
«Lo so».
«E non stavo mentendo neanche su di noi».

«Non c'è un "noi". È la cosa più ridicola che tu mi abbia mai detto. O forse la metto alla pari con te che ammetti di aver pedinato qualcuno per una settimana intera».

«Più a lungo». Un debole sorriso si disegnò sulle sue labbra e svanì subito dopo.

«Non posso più essere solo tuo amico, Penelope». Mi guardò negli occhi. «Mi rifiuto».

«Stai dicendo che è tutto o niente?»

«Sì. Ma sto anche dicendo che voglio essere tuo e voglio che tu sia mia».

Silenzio.

Il mio cuore mi supplicava di accettare e di gettarmi tra le sue braccia, ma la mia mente era di parere diverso.

Hayden non aveva mai avuto una relazione vera nella sua vita.

"Resta sua amica. Resta sua amica".

«E se ti dicessi che ho bisogno di pensarci?»

«Immagino che sia ragionevole». Mi si avvicinò, avvolgendomi un braccio intorno alla vita. «Ma puoi pensarci da domani. Nel frattempo dovremmo riprendere da dove eravamo rimasti al gala».

«Cosa ti fa pensare che sia una buona idea?»

«Perché ti conosco», disse, facendo scorrere le dita tra i miei capelli. «E so che vuoi di più, quindi dimmi come lo vuoi».

Rimasi immobile, completamente senza parole.

«Dimmi, Penelope», sussurrò. «Vuoi che faccia più piano? Vuoi che te la lecchi fino a farti svenire?»

«Sì».

«Puoi dirlo per me?».

Deglutii e lui tirò il bordo del mio asciugamano fino a farlo cadere dal mio corpo. Atterrò sul pavimento in un mucchio inutile.

«Penelope». Mi morse il labbro inferiore, intrappolandolo tra i denti mentre mi fissava negli occhi. «Dimmi cosa vuoi».

«Voglio quello che hai detto». Faticavo a parlare. Ero più che eccitata. «Lo voglio».

La sua risata bassa mi eccitò ancora di più.

Lasciando andare il mio labbro, mi stampò un bacio leggero sulla bocca. Premette i palmi delle mani contro il mio culo, alternando strette e palpatine.

«Ti darò quello che vuoi», disse. «Ma ho bisogno che tu lo dica. Ho bisogno che tu sia molto chiara e diretta con me».

Come se il suo desiderio fosse quello di stuzzicarmi, di darmi un assaggio di come sarebbe stato bravo, si leccò lentamente le labbra prima di chinarsi e succhiare il mio capezzolo destro.

Sfregò la sua lingua lì con un ritmo lento ma efficace, accendendomi con così tanta facilità che probabilmente avrebbe potuto farmi raggiungere l'orgasmo in quel modo.

«Voglio che mi scopi più lentamente e con la tua bocca», dissi, alla fine. «Questo è quello che voglio».

«Brava ragazza». Mi spinse di nuovo sul materasso.

Muovendosi sopra di me, mi lasciò una calda scia di baci tra i seni, spostandosi pian piano fino allo stomaco.

Poi più in basso...

Mi fissava a ogni mossa che faceva, chiedendomi in silenzio di sottomettermi mentre mi stringeva forte le caviglie.

Quando lasciò un lungo bacio contro il clitoride, quasi persi il controllo.

Mi stuzzicò con un altro bacio, facendo scivolare due dita dentro di me e spingendomi in una zona di piacere in cui non mi ero mai avventurata prima.

«Voglio che mi guardi, Penelope», disse. «Guardami mentre te la lecco».

Aprii gli occhi e lui mi sorrise. Poi soffiò un bacio morbido e caldo contro la mia coscia.

Senza alcun preavviso, si dedicò al clitoride e sussultai vedendo che seppelliva la testa tra le mie cosce e mi divorava, annientandomi completamente.

"Cazzo".

«Hayden…». Gli afferrai i capelli e urlai mentre controllava il mio intero corpo con la bocca. Mentre mi possedeva come nessun uomo aveva mai fatto prima.

«Ahhh». Gli graffiai le spalle ma non reagì al dolore. Continuò solo a darmi piacere con ancora più gusto. Sentii i brividi crescere dentro di me, ancora e ancora, mentre continuava a seguire quel ritmo incalzante. Il mio corpo dava più retta a lui che alle mie suppliche interiori di resistere ancora un po'.

Quando fece sfrecciare la lingua contro il mio clitoride alla giusta angolazione, proprio nel punto perfetto, persi del tutto il controllo.

«Oddio, Haydennn!». Urlai il suo nome a squarciagola mentre raggiungevo l'orgasmo e venivo sulla sua bocca.

Non mi lasciò andare. Continuò a far rotolare la lingua contro il mio sesso per diversi minuti, finché i brividi non si placarono del tutto.

Quando finalmente si alzò in piedi, io giacevo sul materasso, ansimante e sudata, cercando di riprendermi da un piacere che non avevo mai sperimentato prima.

Il suono dell'acqua corrente riempì improvvisamente la stanza e dovetti racimolare tutta l'energia che mi era rimasta per alzarmi un po'.

Hayden tornò in camera da letto e mi fissò negli occhi. «Sei fottutamente meravigliosa quando vieni. Lo sai?».

Arrossii. In quel momento non riuscivo a concentrarmi per nulla sulla conversazione.

Gli feci cenno di sdraiarsi accanto a me, ma lui scosse la testa.

«Non ho finito», disse, spostandosi sopra di me. «Ho appena iniziato».

Mi coprì le labbra con le sue, attirandomi sotto il suo incantesimo, e mi persi di nuovo in lui.

Per il resto della notte, esplorò ogni centimetro di me, portandomi a un orgasmo dopo l'altro. Senza mai lasciarmi andare.

Ventotto
Oggi

Hayden

Quando mi svegliai, la mattina successiva, Penelope non era più tra le mie braccia.

Il vestito che indossava al gala giaceva in una pozza di seta sul pavimento e la mia camicia era appesa al davanzale della finestra.

Mi misi a sedere, leggermente disorientato.

Era venuta nella mia bocca più volte, urlando il mio nome così forte che avevo dovuto premerle il palmo contro la bocca per evitare di svegliare i suoi vicini.

La luce nei suoi occhi mentre eravamo intrecciati, mentre ero sepolto dentro di lei, era qualcosa che non avrei mai dimenticato.

Pensai a quant'era bella quando era entrata nella sala da ballo. Ogni uomo che aveva incrociato si girava per lanciarle una seconda occhiata, senza preoccuparsi di dissimularla. Nel momento in cui i suoi occhi avevano incontrato i miei, avevo capito che non l'avrei lasciata andare via con Simon.

Stare a guardare mentre ballava con Simon era stata una tortura. Una conferma di ciò che avevo provato nelle ultime settimane.

Negli ultimi anni, forse.

E visto che la conoscevo come nessun altro, sapevo anche che avrebbe lottato come una matta per scappare da quello che avevamo appena trovato.

Ventinove

Oggi

Penelope

«Su, su». Spinsi la finestra che dava sulla scala antincendio più forte che potevo, ma non si muoveva. «Ti prego».

Avevo bisogno di respirare. E dovevo analizzare ogni singolo secondo dell'ultima notte, preferibilmente da qualche parte da sola, prima che Hayden si svegliasse.

«Hai bisogno di aiuto?». La sua voce profonda fu improvvisamente dietro di me.

«No». Sussultai, ma decisi di non girarmi. «Non sto bene».

Mi baciò sulla nuca e mi superò, aprendo la finestra con facilità.

«Grazie». Provai a uscire, ma lui mi fece scivolare un braccio intorno alla vita e mi costrinse a girarmi verso di lui.

Vedendolo a petto nudo e con indosso i pantaloni della sera prima, mi sentii di nuovo eccitata.

«Vuoi parlarne?». Sorrise.

«Non credo ci sia niente da dire». Incrociai le braccia. «Eravamo ubriachi e ci siamo lasciati trasportare».

«Io ero sobrio al cento per cento».

"Anch'io". «Be', io no, quindi…».

«Quindi?»

«Sono disposta a dimenticare tutto e a comportarmi come se non fosse mai successo, a patto che lo sia anche tu».

Fece una risatina e con un solo movimento fluido mi prese tra le sue braccia, mettendomi sulla scala antincendio. Mi posò delicatamente sul pavimento di ferro e fece scorrere il dito contro la mia clavicola scoperta.

«Va bene?», mi chiese.

«Sì, grazie».

Scomparve per diversi minuti e io cercai di concentrarmi sul lento arrancare del traffico mattutino sotto di me.

Quando tornò, aveva in mano una coperta e due enormi tazze.

Sedendosi accanto a me, mi avvolse il plaid attorno alle spalle.

Restammo seduti in silenzio a sorseggiare i nostri caffè. Mi sforzai di trovare qualcosa da dire. Lo sentivo che mi fissava, osservando ogni mio movimento e aspettando che guardassi nella sua direzione, ma io continuai a osservare le macchine.

«Non vedo l'ora di vedere che foto del gala metteranno in copertina "Page Six" e "Sinful Suit" questo fine settimana. Scommetto una con te in piedi sotto il tendone. O tu che fai il tuo solito discorso dopo i fuochi d'artificio».

«Questa volta non ho tenuto un discorso dopo i fuochi», disse.

«Che cosa?». Finalmente mi voltai verso di lui. «Perché no?»

«C'era qualcosa di molto più importante a cui volevo pensare».

Silenzio.

«Hanno parlato Lawrence e Sarah a mio nome», disse. «Sicuramente se la sono cavata egregiamente anche senza di me».

«Qualcuno dei fotografi ti ha seguito fino a qui?». Ero improvvisamente paranoica per la prima volta. «Cosa succede se…».

«Nessuno mi ha visto andare via», mi rassicurò. «E sono venuto con l'auto di Lawrence. Non mi ha fatto nessuna domanda quando gli ho detto che dovevo andare».

«Gli hai detto perché?»

«Penso che lo sapesse».

«Non posso diventare la tua scopamica». Non riuscii a fare a meno di sputare fuori quelle parole. «Non fa per me. Mi dispiace».

«Penelope...». Sospirò, sollevandomi il mento con la punta delle dita. «Credo a tutto quello che ti ho detto ieri sera. Voglio stare con te e voglio che tu mi appartenga. A me e a nessun altro. Non mi credi?».

"Digli che la scorsa notte è stato solo un errore".

«Non è stato un errore», disse, leggendomi nella mente senza il minimo sforzo. «Cos'altro stai pensando?»

«Sei il mio migliore amico», dissi. «Tipo, il mio cazzo di migliore amico. Anche se ti credo, non posso esaminarti come faccio con chiunque altro e allora mi spaventa a morte».

«Bene». Fece scorrere un dito sulle mie labbra. «Allora esaminami. Dimmi i pro e i contro dell'avere una relazione con il ragazzo con cui hai passato la notte».

«Non riesco a pensare a nessun pro in questo momento».

«Allora dimmi i contro».

«Non ha *mai* avuto una relazione monogama».

«Questo non significa che sia incapace di essere fedele».

«Non dovresti stare dalla sua parte», dissi. «Devi farmi finire e rimanere neutrale».

«Va bene». Mi scostò alcuni capelli sfuggiti dalla fronte. «Continua».

«Questo ragazzo è amico intimo di mio fratello e mio fratello non approverebbe affatto che io esca con lui».

«Non vedo perché all'improvviso dovresti dire qualcosa a tuo fratello. Non sono affari suoi».

«Pensi che dovrei aspettare fino al matrimonio?»

«Il ragazzo in questione ti ha chiesto di sposarlo?». Sorrise. «Credo che voglia solo essere il tuo ragazzo. Prossimo contro».

«È famoso».

«Questo è un dato di fatto, non un contro».

«Non vorrei avere a che fare con la stampa che mi perseguita o essere oggetto di pettegolezzi solo perché esco con lui».

«Penso che la stampa continuerebbe a presumere che non sia cambiato nulla», disse. «Non credo che il ragazzo di cui stiamo parlando ti toccherebbe mai in pubblico. Anche se lo vorrebbe da morire. Ci sono altri contro?»

«Ho una dannata paura di farmi male». Lo guardai negli occhi. «Non lo dirò mai abbastanza. Se mi fai del male, non avrò nessun altro migliore amico con cui parlare della rottura e perderò tutto».

«Posso prometterti che non accadrà mai. Ora che abbiamo finito con i contro, permettimi di elencarti i pro».

Aprii la bocca per intervenire, ma lui mi premette un dito contro le labbra.

«Uno, ti conosco meglio di qualsiasi altro ragazzo con cui sei mai uscita».

«Non sapevi di Simon o della bambola vudù».

«Parleremo di nuovo di solo uno di questi due argomenti». Trattenne una risata. «Due, non ho intenzione di vederti uscire con nessun altro ragazzo».

«Sembra più una minaccia che un pro».

«È una garanzia». Mi baciò la fronte. «Tre, credo che in fondo tu mi voglia tanto quanto io voglio te, e che staremo molto bene insieme».

«Possibile, ma non certo».

«Motivo in più per il quale dovresti cedere».

«Tre pro?». Gli domandai. «È tutto ciò che hai?»

«Non è che le cose cambierebbe poi tanto tra noi, Penelope». Mi fece scorrere le dita tra i capelli. «Ci parliamo già ogni giorno e ci vediamo ogni volta che vogliamo».

«Non facevamo sesso prima».

«E non voglio tornare indietro». Sorrise. «Prometto che non ti farò del male. Dammi una possibilità».

Lo fissai per diversi secondi, senza dire una parola.

«Penelope?». Sembrava preoccupato. «Che ne dici?».

«Okay».

«Okay sì, o okay devi pensarci?»

«Okay, dipende da quanto sarà bello il sesso la prossima volta». Gli sorrisi. «Non sono sicura che sia stato così bello come me lo ricordo».

«Mi sembra giusto». Rise e mi strinse le mani, tirandomi contro di lui. «Domanda veloce. Davvero non hai mai pensato al sesso con me finché non hai visto le mie foto?»

«Sul serio? È a questo che stai pensando in questo momento?».

«Sono solo curioso».

«Sì, Hayden». Riuscii a tirare fuori solo poche parole prima che mi aggredisse con un altro bacio. «Quella è stata la prima volta».

Rottura #13

Quello che era qualcun altro

Penelope all'epoca

«Quello che sto per confessare è davvero inappropriato, quindi qui lo dico e qui lo nego». Il mio allenatore mi mette le mani sulle spalle e mi rivolge uno sguardo intenso. «Hai fatto davvero cagare».

«Ma se mi hai dato un punteggio perfetto solo trenta minuti fa».

«Per vedere se ti avrebbe ispirato, ridando un po' di vita alla tua performance». Scosse la testa. «Non stai migliorando, quindi ti do uno spoiler: domattina perderai e un'altra ragazza sarà in cima a quel podio».

Mi mordo la lingua per impedirmi di dire qualcosa di sarcastico. «Sto davvero facendo del mio meglio, coach».

«No, questo è il tuo peggio», sbotta. «Stai pattinando come se non fossi mai stato scopata».

Spalanco la bocca. «*Che cosa?*»

«Sì, l'ho detto». Fa spallucce. «Hai avuto l'audacia di dirmi che vuoi vincere *ventotto* medaglie in modo da battere il record della tua defunta madre? Be', odio dirtelo, ma te ne mancano ancora otto, e se vuoi anche solo pensare di raggiungere quel record, non puoi perdere per due anni».

Il mio sangue ribolle mentre lui mi rimprovera di fronte ai miei avversari.

Sto per dirgli che non ho più intenzione di starlo a sentire per oggi, ma lui abbassa la voce e addolcisce il tono.

«Sei la migliore pattinatrice che abbia mai avuto l'onore di allenare, ma devi volerlo più di quanto io lo voglia per te, e non puoi permetterti errori... Anche se hai più talento di chiunque altro».

Vorrei spiegargli che ce la sto mettendo tutta, ma in fondo so che non è vero. È dalla gara in Canada che vado avanti con il pilota automatico.

Ho fatto del mio meglio per dimenticarmi di aver fatto sesso per la prima volta in mia con uno stronzo, e sono uscita con altri ragazzi – per una volta, penso di averne trovato uno romantico cane – ma sui pattini in questo periodo sembro un robot.

«Vuoi continuare a essere la numero uno?». Il mio allenatore interrompe i miei pensieri. «Vuoi passare alla storia, dimostrando a tutti che sei fatta per vincere, che sei la migliore pattinatrice sul ghiaccio da quando hanno inventato questo maledetto sport?»

«Sì».

«Allora voglio che tu domattina chiuda gli occhi. Devi immergerti in profondità nei tuoi migliori pensieri su te e il tuo ragazzo Francis...».

«Frankie. Il suo nome è Frankie».

«Veramente? È anche peggio di Francis». Rabbrividisce. «Comunque, va' là fuori e fa' finta che ogni mossa sia un'appassionata supplica per Frankie quando fa l'amore con te. Fino a quel momento, sparisci dalla mia vista».

«Signore e signori, benvenuti a Skate America», annuncia una voce stentorea dagli altoparlanti della Washington Arena la mattina successiva.

Lontano da me, in prima fila, Frankie indossa una felpa azzurro brillante su cui è scritto FORZA PENELOPE!. Diverse file dietro di lui, Hayden sta attirando l'attenzione di ogni donna nel raggio di trenta metri come al solito, ma i suoi occhi sono fissi su di me.

Sillaba: “Travis dice che gli dispiace non poter essere qui”.

“Come al solito”, rispondo allo stesso modo.

Frankie mi manda un bacio e io sorrido ma non ricambio, per paura che Hayden fraintenda. “Non sia mai”.

Per mezz’ora guardo le altre concorrenti ballare sul ghiaccio con il cuore in gola.

È come se tutte avessero notato il mio leggero calo e avessero alzato l’asticella nella speranza di detronizzarmi finalmente.

“Specialmente Tatiana Brave”.

Quando arriva il mio turno, raggiungo il centro della pista e chiudo gli occhi.

“Pensa a Frankie. Sii passionale per Frankie”.

Una versione strumentale di *Time After Time* arriva dagli altoparlanti e io mi spingo indietro, lanciandomi nel mio programma.

La mia gonna azzurra sibila mentre volteggio sul ghiaccio, mentre mi esibisco in un triplo axel e di nuovo quando completo un doppio lutz. Invece di seguire alla lettera il mio già impegnativo programma, sostituisco ogni doppio salto con un triplo salchow o l’ostico quad, che a me però è sempre riuscito facilmente.

La folla sussulta a ogni mia mossa, e continuo a immaginare Frankie che mi bacia nella mia camera da letto, che si toglie lentamente i vestiti e fa l’amore con me.

Ogni movimento è stato perfetto, ne sono certa; nel momento stesso in cui la canzone finisce e completo un giro finale di Hamill, so di non aver commesso il benché minimo errore.

Solo che quando finisco e la folla, inclusi i giudici, si alza in piedi e applaude, mi rendo conto che non era Frankie la persona con cui mi immaginavo fare sesso.

Era Hayden.

Trenta
Oggi

Hayden

Boston, Massachussets

Se non fosse per il fatto che mantengo sempre le mie promesse, avrei trascorso il resto del mio weekend a letto con Penelope invece di prendere il volo a mezzogiorno per Boston.

Purtroppo, l'evento era stato fissato con mesi di anticipo e non mancavo mai alle inaugurazioni della catena di palestre di Travis. Avevamo sempre cercato di farlo, anche nei nostri anni più impegnativi: ci prendevamo il tempo per sostenerci a vicenda.

Tempo di atterrare e di farmi scaricare da un taxi su Newbury Street, ed ero in ritardo di venti minuti.

Presi un ascensore privato fino all'ultimo piano dell'edificio, trovando i soliti abiti già pronti per la foto.

Forzando un sorriso alla stampa ansiosa, presi posto proprio accanto a Travis.

«Grazie per averci benedetto tutti con la tua presenza oggi», mormorò. «Sono così felice di essere degno del tuo tempo».

«Non lo sei», dissi. «Preferirei di gran lunga essere a New York».

Rise. «Penelope mi ha detto che sarebbe venuta, ma a quanto pare è troppo stanca per farcela».

"No, è troppo dolorante". «Andrò a darle un'occhiata quando torno».

«Grazie».

«Al tre, dite: "Congratulazioni per la palestra numero sette, signor Carter", tutti!». Il fotografo mi salvò, impedendo che quella conversazione prendesse una brutta piega.

«Uno, due, tre!».

«Congratulazioni per la palestra numero sette, signor Carter!». Tutti sorrisero mentre Travis impugnava un paio di forbici fuori misura sopra un nastro rosso.

Con i fotografi che seguivano ogni nostra mossa, facemmo il giro della palestra e posammo per degli scatti accuratamente studiati per l'ora e mezzo successiva.

«Quale suite hai prenotato per il weekend?». Travis mi colpì un manubrio dopo che ci scattarono l'ultima foto.

«Nessuna», disse. «Torno a casa».

«Perché così presto?»

«Ho degli affari personali di cui occuparmi».

«Non sei minimamente interessato a uscire con me, prima che mi rinchiuda per il combattimento più importante della mia vita?».

"Sono più interessato a uscire con tua sorella". «Ho degli impegni».

«Che razza di migliore amico che sei». Si finse ferito e tirò fuori un foglio piegato dalla tasca posteriore dei pantaloni. «Indovina chi ho visto sulla copertina di "Page Six" questa mattina?»

«Qualunque cosa abbiano scritto su di me, non è vera».

«Non sei tu quello importante questa volta». Lo aprì, rivelando una splendida foto di Penelope e Simon che si fissavano sulla pista da ballo.

Le parole *Il nuovo scapolo più desiderato di New York balla all'annuale gala di Hayden Hunter* abbellivano la parte superiore della pagina.

«Ho passato un po' di tempo a fare qualche ricerca su di

lui stamattina, e sembra che sia un tipo a posto». Sorrise. «Potrebbe essere il primo fidanzato di Penelope che approvo davvero. A te piace?»

«Si sono già lasciati». Non volevo ammettere mai più l'esistenza di Simon Gaines. «Non era altro che un servizio fotografico. Adesso sta uscendo con qualcun altro».

«Okay... questo "qualcun altro" è meglio?»

«*Molto meglio*».

«Ottimo». Fece spallucce. «Sai, a volte sono un po' geloso del fatto che si confidi più con te che con me».

«Forse perché non ho mai minacciato di uccidere nessuno dei suoi fidanzati».

«È capitato solo una volta».

«È capitato sei volte».

«Finché non vado in prigione, non conta». Ecco la prova: non era minimamente pentito. «Grazie per essere sempre lì per lei ogni volta che io non posso, però».

«Nessun problema».

«Dico davvero, amico». Sembrava sincero. «Ti devo molto e sto ancora cercando di trovare un modo per ripagarti un giorno. Se fossi tu quello che ha perso i genitori e si è ritrovato a crescere una sorellina...».

«Non l'avrei mai lasciata con te nei dintorni».

«Giusto». Rise. «Cosa diavolo mi è saltato in mente? Comunque, ti andrebbe di fare un giro allo strip club prima di partire?»

«Ti ho appena detto che ho degli impegni, Travis».

«Di qualunque cosa si tratti, sono sicuro che Lawrence potrà aspettare qualche ora».

«La mia ragazza non può».

«La tua cosa?». Mi guardò come se avessi parlato in una lingua straniera. «Cos'hai detto?»

«Ho detto che la mia ragazza non può aspettare».

«È un qualche tipo di trucco per la tua immagine o qualcosa del genere?»

«No, è una ragazza vera». Trattenni un sospiro, sapendo che il momento adatto per discutere di Penelope sarebbe giunto decisamente più in là, dopo Las Vegas. «Te la presenterò».

«Ma… Visto il tuo rapporto con la monogamia, probabilmente la storia con questa tizia non durerà a lungo, quindi potremmo andare comunque allo strip club, no?»

«Ciao, Travis». Gli diedi una pacca sulla spalla prima di dirigermi verso la porta. «Ci vediamo a Las Vegas».

Trentuno
Oggi

Penelope

Mi ci vollero quindici orgasmi per rendermi conto che avevo un vero lavoro e non potevo passare il resto della mia vita a letto con Hayden.

Mentre lui entrava nella mia doccia, scivolai via verso la pista di pattinaggio e trovai ad attendermi una lettera dalla US Figure Skating Association sulla mia scrivania.

La fissai per più di un'ora, preparandomi una tazza di caffè dopo l'altra, mentre mi chiedevo cosa ci fosse dentro.

«Aprila e basta», disse Tatiana. «Voglio sapere se è la mia più grande paura che si avvera».

«Perché la US Figure Skating Association dovrebbe mandarmi una lettera su di te?»

«Non lo so, ma a volte ho l'incubo che ti daranno questo grande premio con una cerimonia speciale ed esagerata per la miglior pattinatrice di questo sport».

«Sono contenta che tu abbia finalmente ammesso che ero la migliore». Sorrisi. «Ce ne hai messo di tempo».

«Non è quello che intendevo». Guardò la busta. «Aprila, okay?».

Presi una penna e la passai sulla parte superiore, tirando fuori un foglio blu brillante.

Cara signorina Carter,

In qualità di pattinatrice singola femminile più decorata e due volte medaglia d'oro olimpica, volevamo contattarla in merito a un cambio di regolamento riguardante i prossimi Giochi invernali a Pechino, in Cina.

Secondo il Comitato Olimpico Internazionale, gli allenatori degli atleti impegnati negli sport individuali potranno ora ricevere medaglie.

Purtroppo, l'allenatore di Katie Folds è stato bandito dalla nostra organizzazione e speriamo di sostituirlo con qualcuno che rispecchi il nostro sport ai massimi livelli.

In base alle modifiche strutturali che abbiamo apportato (e alla data precedente per i Campionati del mondo iniziati lo scorso anno), le migliori atlete si alleneranno per quattro mesi all'Edwin Compound di Salt Lake City, nello Utah, prima di recarsi a Pechino.

Se è interessata a questa opportunità, mi contatti al più presto per esaminare le regole e i termini aggiornati per la nostra organizzazione.

Sono sicura che lei li conosca già, ma è una questione burocratica.

La caccia alla medaglia numero ventotto continua…

Deborah Walsh

Feci cadere il foglio sul pavimento e Tatiana lo raccolse subito per leggerlo.

I suoi occhi si spalancarono a ogni parola un po' di più ed emise un respiro una volta raggiunta la fine.

«Wow», disse. «Lo farai, vero?»

«Ho bisogno di pensarci».

«Perché?». Incrociò le braccia. «Passerai alla storia e potrai vantarti per sempre, anche perché Katie Folds salirà sicuramente su quel podio».

«Esattamente». Sorseggiai il caffè. «Se il cambio di regola fosse permanente, preferirei allenare qualcuno che ho davvero aiutato ad arrivare fin lì. Significherebbe di più».

Si avvicinò e premette la mano contro il mio collo. «Sai, stavo per controllarti il battito cardiaco, per assicurarmi che tu sia viva, ma…». Le sue labbra si curvarono in un sorriso. «Hai dei segni rossi su tutto il collo, quindi penso che questo sia il sesso postgala con Simon che parla. Possiamo discutere del momento in cui chiamerai per accettare la loro offerta più tardi». Si lasciò cadere su una sedia. «Dammi tutti i dettagli piccanti, senza risparmiare nulla».

«Non ho fatto sesso con Simon».

«Uffa, dai». Incrociò di nuovo le braccia. «Hai deciso di giocartela così?»

«È la verità. Voglio dire, ho fatto sesso».

«È evidente».

«Non con lui, però».

Sussultò. «Hai conosciuto un altro quella stessa sera? Chi?»

«Ehi». La voce profonda di Hayden riempì improvvisamente la stanza e mi fece guardare verso la porta.

Le mie guance si scaldarono mentre lui entrava e il mio corpo reagì all'istante vedendolo con indosso una felpa grigio scura e una maglietta bianca.

Posò le mie chiavi sulla scrivania, ed ebbi un flashback di quando, qualche ora prima, mi aveva scopata sotto la doccia.

«Potresti averne bisogno», disse. «Non credi?»

«Sì», dissi, schiarendomi la gola. «Grazie per avermele portate, Hayden. Come puoi vedere, al momento sono impegnata a parlare con Tatiana».

«Lo vedo». Le sue labbra si curvarono in un sorrisetto. «Te ne sei andata, quindi volevo controllare che stessi bene».

«Sì, ti ho lasciato al bar perché è lì che eravamo». Cercai di comportarmi in modo naturale. «Ti chiamo più tardi per discuterne».

Sembrava sul punto di chinarsi sulla scrivania e baciarmi, mettendo fine al mio tentativo di depistaggio, ma rise e lasciò la stanza.

«Va bene», disse Tatiana. «Ora, torniamo al ragazzo con cui hai fatto sesso questo fine settimana. Hai detto che non sei mai stata il tipo da una notte, quindi...». Smise di parlare e inclinò la testa di lato. Poi inspirò. «Sei andata a letto con Hayden, vero?»

«No». Le mie guance si imporporarono di nuovo. «No, non sono andata a letto con Hayden».

«E invece sì!». Mi aveva beccata. «Ci è entrato tutto il suo cazzo dentro di te? È stato bello? Non tergiversare. Aspetta, non rispondere. Raccontami tutto, e intendo ogni secondo, da quando Simon è venuto a prenderti fino a questo momento».

«Posso raccontartelo dopo che avrò finito di allenare la mia cliente?»

«Ah ah! No». Indicò la finestra dietro di me, dove la mia "cliente" stava facendo il suo ennesimo video TikTok sul ghiaccio invece di scaldarsi. «È qui solo per via dei suoi genitori ricchi e lo sai. Voglio il riassunto piccante. Adesso».

Due ore dopo, Tatiana si sventolò con un raccoglitore. «Be', dannazione», disse. «Sento l'improvviso bisogno di tornare a casa e vedere il mio vibratore».

«Non avevo bisogno di saperlo».

«Certo che sì». Rise. «Così puoi andare da lui e fare più sesso di cui parlarmi più tardi. Siete una coppia adesso?»

«Sì». Annuii. «Ma per favore non dirlo a nessuno».

«A chi dovrei dirlo?»

«Ottima risposta, mi dispiace. Voglio solo assicurarmi che mio fratello per il momento non sappia nulla». "Per un momento molto lungo".

«Odio tuo fratello, cazzo». Si alzò in piedi. «Mi lasciava messaggi vocali tipo "Non batterai mai mia sorella" e "Come ci si sente a essere di nuovo la numero due?" dopo ogni gara».

«Davvero?». Sorrisi. «Non me l'ha mai detto. Che dolce».

Mi rivolse uno sguardo allibito.

«Voglio dire, non posso credere che l'abbia fatto. Che terribile essere umano».

Lei rise e prese la borsa. «Brunch domani, se non scoperai di nuovo con Hayden?»

«Sicuro». Annuii e aspettai che se ne andasse.

Rilessi la lettera un paio di volte, sperando che mi avessero scritto prima.

Mentre stavo valutando i pro e i contro della proposta, Hayden entrò di nuovo nel mio ufficio.

«Pensavo di averle chiesto di andarsene, signore». Misi la

lettera nel cassetto mentre lui si avvicinava a me. «Sto lavorando».

«Stavi discutendo di noi, cazzo». Sorrise, tirandomi su per le mani. «Riassunto molto interessante».

«Hai origliato?»

«Ho brevemente preso appunti sulla seconda parte». Mi spinse contro la parete. «Se volevi di più, non saresti dovuta andartene».

«Ho un lavoro, Hayden».

«Sei una freelance». Mi stampò un bacio sulle labbra. «E l'unica cliente che avevi oggi se n'è andata più di un'ora fa».

«Ho un sacco di altre cose da fare».

«Lo so», disse, coprendomi la bocca con la sua. «Sono una di loro».

«Hai sentito la parte in cui ho detto che volevo fare sesso sul ghiaccio con te un giorno?»

«Sì». Fece scivolare una mano sotto la mia maglietta. «Ci arriveremo».

Trentuno (B)
Oggi

Hayden

Il gala di Hayden Hunter ha raccolto dieci milioni di dollari in beneficenza

Tinder fa di nuovo causa a Cinder: perché questa volta potrebbe vincere

Linea di vibratori Chicago Woman Crafts ispirata al "membro" di Hayden Hunter

Quindici motivi per cui pensiamo che Hayden Hunter sia attualmente single

Trentadue

Oggi

Penelope

Nel mio ufficio. Sul ghiaccio. Nel suo ufficio. Sul tetto. Su ogni superficie del suo appartamento.

Non era trascorso giorno senza che Hayden e io facessimo sesso. Da un lato, mi sentivo come se stessimo recuperando anni di attrazione repressa e desiderio non corrisposto.

Dall'altro, avevamo perso le nostre conversazioni telefoniche notturne, i messaggi durante tutto il giorno e gli incontri a Central Park. Non volevo perdere quelle cose per il sesso, non importava quanto fosse fenomenale.

Venerdì pomeriggio feci strisciare la chiave nella sua suite, sperando di sorprenderlo quando sarebbe tornato a casa dal lavoro.

Aprii la porta e lo trovai che leggeva un giornale vicino alle finestre.

«Sì, Penelope?». Mi sorrise. «La violazione di proprietà privata è un crimine, lo sai?»

«Non quando hai una chiave». Arrossii. «Non pensavo fossi già a casa».

Posò il giornale e si avvicinò a me. «Cosa c'è che non va?»

«Ho bisogno di sparlare del mio nuovo ragazzo», dissi. «Ma il ragazzo con cui di solito mi sfogo è il mio ragazzo».

«Mmm». Sorrise. «Vuoi chiamare Tatiana allora?»

«Non è ancora tornata da Los Angeles. Non atterrerà prima di due ore».

«Capisco. Qual è il problema con il tuo ragazzo?»

«Facciamo sesso e basta».

«Davvero?». Sembrava divertito.

«So che deve tenere un profilo basso a causa dei suoi scandali e tutto il resto, ma sento che mi conosce abbastanza bene da portarmi fuori da qualche parte. Non fraintendermi, voglio dire, il sesso è al di là del fenomenale, ed è il migliore che abbia mai avuto, ma amavo la nostra amicizia».

Non disse niente.

«Questa è la parte in cui ti unisci a me nel parlare male di lui».

Ridendo, tirò fuori il portafogli e prese due biglietti. «Il tuo ragazzo aveva intenzione di portarti a una prima privata questa sera. Dopo che ti avrà portata a cena in cima all'Empire State Building e dopo che i suoi addetti alla sicurezza avranno creato il percorso per una passeggiata privata a Central Park».

Le mie guance si scaldarono quando mi avvolse le braccia intorno alla vita.

«Penso che il tuo ragazzo ti conosca molto bene e dovresti cercare di essere paziente con lui, dato che sei la prima persona con cui ha una relazione», disse. «Sta cercando di essere il miglior fidanzato che tu abbia mai avuto».

"Ci è già riuscito". «Quando avevi intenzione di far iniziare l'appuntamento di stasera?»

«Intorno alle dieci».

«Se dicessi che prima vorrei fare sesso, mi renderebbe un'ipocrita?»

«Solo se acconsentissi alla tua richiesta». Mi strinse la mano e mi condusse fuori dal suo appartamento e all'ascensore. «Prima facciamo qualcos'altro».

Mentre l'ascensore scendeva, lo fissai. «Dimmi qualcosa che non so già di te».

«Registro le conferenze stampa di tuo fratello e le guardo dopo», disse. «Anche se gli dico che le guardo dal vivo».

«Di solito sono lì quando lo fai». Risi. «Dimmi qualcos'altro».

«Oggi ho inviato una lettera di scuse a mio padre», dissi.

«Per cosa diavolo gli hai chiesto scusa?»

«Perché non sento il bisogno di riprendere i legami né nulla del genere», disse, guardandomi. «Ho già tutto quello che voglio nella mia vita e non ho alcun desiderio di avere dei legami con degli estranei. È il tuo turno».

Le porte si aprirono e pensai a lungo e intensamente a qualcosa che non avevo già condiviso con lui.

Quando entrammo nell'ascensore, emisi un sospiro.

«Avevo una cotta terribile per te. No, mi piacevi veramente».

«Che cosa? Quando?»

«Tanto tempo fa».

«Prima o dopo la nostra Guerra Fredda?»

«Di certo non dopo». Sollevai gli occhi al cielo. «È stata una cosa passeggera, comunque. Penso che sia durata una settimana o giù di lì».

«Perché non me l'hai mai detto?»

«Perché mi avresti rifiutata e avresti detto che eri troppo vecchio per me».

«Mmm», disse. «Probabilmente».

«A te sono mai piaciuta?»

«No, Penelope». Rise. «Eri solo un'amica allora».

«Be', grazie al cielo non te l'ho mai detto».

«Esattamente». Si chinò e mi baciò. «La passeggiata dall'ascensore alla mia macchina conta come attività prima del sesso, giusto?»

«Assolutamente».

Rottura #15

Quello che non è mai esistito

Hayden

C'è una panchina nascosta sotto i rami di quercia su Covington Avenue. È diventato il mio punto d'incontro con Penelope la domenica sera. È abbastanza vicino alla sua pista e al mio ufficio e impieghiamo entrambi dieci minuti a piedi per raggiungerla.

Quando l'abbiamo trovata, abbiamo chiamato Travis tramite videochiamata per aggiornarci sulle nostre cose, ma dopo che ha continuato a non presentarsi o ad annullare all'ultimo minuto, l'abbiamo tenuta per noi.

Prendendo posto, vedo Penelope che mi viene incontro da lontano. Vestita con le sue tipiche felpe e una maglietta oversize, sembra più una skater che una pattinatrice sul ghiaccio.

"È bellissima, cazzo".

«Perché quella faccia?», chiedo, notando il suo cipiglio. «Sei ancora la numero uno al mondo e ti hanno appena dato duecento dollari per fare un discorso pieno di banalità ai liceali».

«Banalità?». Incrocia le braccia. «Ho messo cuore e anima in quel discorso».

«Hai remixato un sacco di citazioni da Pinterest».

«Grazie per non averle deremixate per me». Sorride, ma torna subito seria. «Stephen mi ha appena mollata».

«Perché?».

Fa spallucce. «Non ricordo cos'ha detto. Non mi interessa nemmeno».

«Il tuo ragazzo di quattro settimane fa non si chiamava Stephen?»

«Sì, penso di sì», dice mentre si siede accanto a me.

«Davvero? Se dimentichi i nomi dei tuoi ragazzi così in fretta, stai entrando nel mio territorio».

«No, non metterò piede nel tuo territorio finché non avrò contratto la sifilide».

«Vaffanculo, Penelope».

«Non sarò mai così disperata». Si appoggia al mio petto e io le passo le dita tra i capelli.

«Credi che ci sia qualcosa che non va in me, Hayden?»

«Posso elencarti molte cose, non solo una», dico. «Cosa vuoi dire, però?»

«Qualche mese fa, abbiamo smesso di contare le mie rotture», dice. «Ci limitiamo a dare un nomignolo ai miei ex, così non mi sento così patetica per il numero di ragazzi che non vogliono restare insieme a me».

«È questo il senso degli appuntamenti, Pen». Ormai ho rinunciato all'idea che abbandoni i suoi modi romantici senza speranza. «Ogni ragazzo che incontri non può essere quello giusto. Anche se andate d'accordo all'inizio, ciò non significa che siete destinati a stare insieme nel lungo periodo».

«Immagino...». Si sistema in modo da appoggiare la testa sulle mie ginocchia. Poi chiude gli occhi.

«Se ti fa sentire meglio, la maggior parte delle persone che afferma di aver trovato "quello giusto" alla tua età che finisce per divorziare nel giro di cinque-dieci anni ed è odiata dai propri figli».

Le sue labbra si curvano in un sorriso. «Questo mi fa sentire meglio».

«Bene. Prima o poi troverai un bravo ragazzo».

«A questo ritmo, dovrò aspettare di avere venticinque anni».

«Comunque è un'età migliore, dato che hai così tante aspettative ridicole».

«A questo punto, mi accontenterò di un ragazzo che non mi tradisca».

«Ogni ragazzo che abbia mai osato tradirti era un idiota». Le bacio la fronte e lei sorride di nuovo.

Fisso le sue labbra rosso ciliegia e improvvisamente sento il bisogno di assaporarle.

Allontanando alcune ciocche di capelli dalla sua fronte, mi chino per baciarla, ma torno in me quando ormai sono a pochi centimetri di distanza.

"Che cazzo sto facendo?".

I suoi occhi sono ancora chiusi e le sue labbra sono allettanti da morire, ma il fatto di aver quasi superato il limite è sbagliato da troppi punti di vista.

«Merda». Le prendo delicatamente le mani e la tiro su. «Mi è venuta in mente una cosa. Devo tornare in ufficio».

«Adesso? Vuoi una mano?».

"In questo momento non da te…". «No, ti chiamo più tardi, però».

«Ci conto».

«Lo so».

Ignoro la sua telefonata della sera, cercando di capire cosa diavolo sia quasi successo su quella panchina al parco. È stato troppo naturale e facile da parte mia. Nessuna esitazione di alcun tipo. Dobbiamo stabilire dei paletti.

Forse possiamo ridurre le telefonate serate, farla finita con le nostre cene del mercoledì sera o eliminare gli incontri al parco la domenica. O forse posso smettere di accompagnarla agli allenamenti e di andare alle sue gare.

"Cazzo".

Onestamente non voglio rinunciare a niente di tutto ciò e non posso credere che abbia piantato radici così solide nella mia vita. La nostra amicizia è andata ben oltre il mio darle consigli sulle rotture e sui ragazzi, ben oltre il tipico "Io sarò lì per te, tu sarai lì per me".

È quasi come se fosse la mia... *ragazza*?

«Lasciamo stare», mormoro e afferro il telecomando.

Accendo la televisione e vedo mio "padre" protagonista del suo ultimo spot del cazzo. Vestito con un abito e una cravatta su misura che costano più di quanto la maggior parte delle persone guadagna in un mese, sorride come se avesse vinto alla lotteria.

«Se tu o la persona amata avete bisogno di un supporto individuale con un professionista di fiducia, rivolgiti alla Heartstone Therapy», dice. «Abbiamo più di quindici sedi a livello nazionale a tua disposizione». Poi, seguendo una sceneggiatura scadente, il suo nuovo figlio, un bambino di due anni che si chiama Hayden, come me, gli salta in braccio.

«Ti voglio bene, papà!». La sua bocca è piena di caramelle gommose rosse.

Per fortuna lo spot finisce, sostituito dalla pubblicità molto più divertente di uno spazzolino.

Trovo ancora tragicamente ironico che sia un terapeuta familiare di spicco, nonostante abbia lasciato me e mia madre nei guai anni fa. Che nessuno si sia mai preso la briga di guardare sotto la superficie e scoprire che è un pagliaccio.

Faccio zapping e mi fermo su una televendita. Mentre tiro fuori il computer, suona il campanello.

Vado alla porta: Penelope è in piedi con una borsa da viaggio gigantesca.

«Sì?», rispondo.

«Posso passare qui la notte?»

«Perché?»

«Perché hai un paio di stivali massaggianti che mi piace utilizzare il giovedì». Sembra disorientata. «Ricordi?»

«Puoi prenderli e tornare a casa, se vuoi».

«No, qui andrà benissimo». Entra in casa senza darmi il tempo di ribattere.

Come al solito, si accampa sul mio divano e fa scivolare le gambe negli stivali massaggianti. Improvvisamente sintonizzato su quella che è diventata la nostra routine, vado in cucina e le preparo un frullato proteico alla vaniglia.

Mi siedo accanto a lei sul divano e Penelope si appoggia al mio petto.

«Ho incontrato un ragazzo carinissimo al supermercato prima di venire qui», dice, guardandomi. «Penso che rimarrai molto colpito da come l'ho approcciato».

«Te l'ho detto mille volte: devi lasciare che siano i ragazzi ad avvicinarsi a te».

«Ecco cosa intendevo», dice. «Comunque, mi sono fatta coraggio e ho stabilito un contatto visivo diretto e gli ho sorriso. Gli ci è voluto un minuto per chiedermi il numero, ma dopo ci siamo trovati abbastanza bene».

La ascolto mentre parla di questo ragazzo per un'altra ora, chiedendomi consigli, e comincio a pensare che quel momento di sbandamento sulla panchina non abbia alcun significato particolare.

"Probabilmente è tutto nella mia testa".

Trentatré
Oggi

Hayden

Il diavolo stava preparando una stanza apposta per me. Dimenticatevi il fuoco e le fiamme; la mia punizione sarebbe stata pari a una detonazione nucleare che avrebbe lasciato un buco enorme nello stesso inferno.

Non potevo smettere di innamorarmi di Penelope anche se ci avessi provato, e non ero preoccupato per nessuna delle possibili conseguenze o ripercussioni.

Eravamo al limite tra la sconsideratezza e la pazzia, uscivamo in pubblico sempre più spesso sotto lo sguardo sempre scattante dei fotografi. I giornali per il momento però non se n'erano resi conti, ancora distratti dalle mie lettere di scuse.

«Hai scelto un vestito per l'incontro di tuo fratello?». Stampai un bacio sulla nuca di Penelope mentre ci sedevamo sul mio balcone.

«No, ma ora che me l'hai ricordato, puoi aiutarmi a sceglierlo». Si mosse dal mio grembo. «Ho messo alcune opzioni in valigia l'altro giorno, ma puoi scegliere la lingerie che indosserò sotto il vestito».

«Non è necessario indossare nulla sotto».

«Vedremo». Rise. «Aspettami in soggiorno».

La baciai un'altra volta e mi diressi lungo il corridoio. Ero a metà quando qualcuno bussò alla porta.

"Lawrence".

Presi alcune lettere di scuse dal mio tavolo prima di andare ad aprirgli, trovandomi invece faccia a faccia con Travis.

"Che cazzo...?". «Oh, ciao».

«"Oh, ciao"?». Rise. «È tutto quello che hai per me?»

«Non dovresti essere a Las Vegas?»

«Il mio aereo parte tra poco». Sollevò una bottiglia di champagne da mille dollari. «Non posso venire a trovarti per un veloce bicchiere celebrativo?»

«Non hai ancora combattuto, Travis».

«Conosco già il risultato».

Resistetti all'impulso di alzare gli occhi al cielo e lo feci entrare.

Poi inviai un breve messaggio a Penelope.

IO: Tuo fratello è qui. Rimani in camera da letto.

«Hai ancora quel contatto da Top Modeling?». Travis entrò in cucina.

«Sì, ma non mi parla più». Tirai fuori due bicchieri dall'armadietto.

«È ancora arrabbiata per il fatto che tu non l'abbia mai chiamata per il bis?».

«Probabile».

«Be', non farò il tuo nome», disse. «Ho bisogno di assumere qualche altra sostituta per la mia entrata trionfale».

«Buona idea». Toccai il mio schermo e gli inviai il contatto.

Stavo per chiedergli quanto tempo intendeva restare, ma il rumore dei tacchi che sbattevano sul pavimento mi fece voltare.

"Merda".

Penelope entrò nella stanza con indosso una sottoveste corta color carne che non lasciava nulla – proprio un cazzo di nulla – all'immaginazione. Il tessuto sottile metteva in mostra i suoi capezzoli induriti e l'intricata trama di pizzo delle sue mutandine.

«Ehi, Principessa». Travis la guardò. «Vedo che stai cercando il resto di quel vestito. Prova a chiamare il negozio e chiedi perché te ne hanno venduto solo la metà».

«Divertente». Lo abbracciò. «Hayden mi sta aiutando a scegliere un outfit per il grande evento».

«Non serve il suo parere se stai pensando a quello», disse. «È un no grande come una casa, quindi scegline un altro».

«Ho venticinque anni, Travis. La tua opinione non mi interessa più su nulla».

«Non osare indossare quel vestito al mio combattimento», disse.

Lei gemette e tentò di cambiare argomento. «Sei entusiasta del maxiassegno da cinque milioni di dollari?»

«Non voglio nemmeno che tu lo metta in valigia». Socchiuse gli occhi verso di lei.

Poi mi rivolse uno sguardo eloquente. «Farai meglio a sostenermi al riguardo».

Potei solo annuire. Ero troppo senza parole per quanto fosse fottutamente sexy, troppo eccitato.

«Comunque sì», disse a Penelope. «Sono entusiasta di prendere cinque milioni per combattere contro quel pagliaccio, e anche di più se penso alla vittoria. Il mio agente è pronto a tutto e...». Smise di parlare quando il telefono gli vibrò in tasca. «Sì, Graham? Giusto. Sto arrivando».

Terminò la chiamata. «Be', tanti saluti alla nostra bevuta. Vi vedrò a Las Vegas». Guardò Penelope. «Preferibilmente in tailleur».

Mi strinse la mano e io lo accompagnai all'ascensore.

Aspettai che scendesse prima di tornare da Penelope. «Non hai ricevuto il mio messaggio?»

«Sì che l'ho ricevuto». Lei sollevò le spalle. «Perché?»

«Perché mi piace vivere. La prossima volta cerca di capire».

«Non credo che sospettasse nulla». Lei tirò il vestito sopra la testa, rivelando i suoi seni. «Se scoprisse che stiamo insieme, secondo te cosa farebbe, onestamente?»

«Prima o dopo aver nascosto il mio cadavere?»

«Prima». Lei rise. «Molto prima».

«Penso che porrebbe fine alla nostra amicizia, poi cercherebbe il modo per rovinarmi».

«Stai scherzando. Non credo che mio fratello sia così irrazionale o meschino».

«Allora non lo conosci». Feci scorrere il pollice contro il suo labbro inferiore. «Mi ucciderebbe se sapesse cosa mi passa per la testa quando penso a te».

«Stai dicendo che dovremmo lasciarci prima che lo scopra?»

«No». Premetti le mie labbra contro le sue. «Ti sto dicendo di spegnere le luci…».

Trentaquattro
Oggi

Penelope

Las Vegas, Nevada

A un certo punto della sua carriera, tra quando lo chiamavano The Humble Kid di Emerald City al momento in cui era diventato The Punisher, mio fratello si era trasformato in uno stronzo presuntuoso.

Non con me, chiaramente, ma di sicuro aveva lasciato che la fama e l'attenzione gli dessero alla testa.

Era l'atleta più pagato nel circuito MMA, quello con più sponsor, e lo sapeva. Parlava male pubblicamente dei suoi avversari, sminuiva i loro successi paragonandoli ai propri e faceva di tutto per far capire agli altri che era il migliore.

Tuttavia, la sua routine prima del combattimento era una leggenda nell'UFC, e la seguiva alla lettera ogni volta che combatteva per la cintura.

L'aveva fatta seguire anche a me.

Era iniziata con un brunch di mezzogiorno insieme ai membri più vicini del suo entourage, al suo allenatore e a uno stuolo di personal trainer.

Se ne stavano a un'estremità, guardando gli allenamenti su un enorme schermo davanti a una bistecca e waffle, mentre gli amici e i "familiari" sedevano all'altro capo del tavolo, sbalorditi da quanto fosse diventato gigante il suo ego.

«Dopo aver vinto questo combattimento, bandirò ogni

fotografo dalle mie feste», aveva gridato. «A meno che non vogliano pagare per uno scatto di questa bella faccia, ovviamente. Probabilmente una mia foto gli frutterà più di quanto non guadagnano in un anno con i loro piccoli lavori giornalistici».

"Uh!". Pugnalai un pomodoro da insalata con una forchetta.

Mentre lo portavo alle labbra, la mano di Hayden mi sfiorò leggermente l'interno coscia.

I miei occhi si spalancarono e lo guardai.

«Che c'è?». Sorrise.

«Mi stai toccando», sussurrai. «In pubblico e davanti a Travis. Pensavo ti piacesse vivere».

«Vale la pena morire per te».

Arrossii e spinsi via la sua mano, ma lui la rimise lì pochi istanti dopo, stringendomi leggermente la coscia.

«Allora, Principessa...». La voce di Travis mi fece sollevare lo sguardo. «Hayden non mi ha detto molto del tuo nuovo ragazzo. Quando lo conoscerò?».

"È seduto proprio di fronte a te". «Presto».

«Quindi, mai?». Sorrise. «Avresti dovuto invitarlo qui questo fine settimana. Penso che gli sarebbe piaciuto».

Tatiana si strozzò con un pezzo di pane e fece un cenno al cameriere.

«Se a Hayden piace, dev'essere un bravo ragazzo», disse Travis.

«Sì». Hayden mi strinse di nuovo la coscia. «È il ragazzo giusto per lei».

Travis sembrò sul punto di aggiungere qualcosa, ma il cameriere iniziò a servire la seconda portata.

Ed ecco la parte successiva della sua routine: guardare il suo incontro più recente un'ultima volta per gonfiare il suo ego.

Fortunatamente invitava sempre i presenti ad applaudire e gridare come se stesse accadendo tutto in tempo reale.

Altrimenti, avrebbero notato che le mie non erano urla di

incoraggiamento. Erano di piacere, perché Hayden stava usando le sue dita per portarmi all'orgasmo, sotto il tavolo.

Più tardi quel pomeriggio, evitai la richiesta di Hayden di incontrarmi all'acquario.

Quando mi chiese di unirmi a lui per un pranzo nel primo pomeriggio all'Aria, rifiutai l'invito. E me ne pentii per le tre ore successive, dato che avevo accettato invece di andare a uno spettacolo di anime con Tatiana.

Tornai nella mia suite poco dopo mezzanotte e lui era seduto sul divano ad aspettarmi.

«Non ricordo di averti dato la chiave della mia stanza». Lasciai cadere la borsa a terra.

«L'ho presa al brunch». Sorrise. «Ti sei divertita a Las Vegas finora?»

«Sì. Tu?»

«Non particolarmente», disse. «La mia migliore amica mi sta evitando per qualche strana ragione».

«Tu credi? Non ho avuto affatto quella sensazione. Penso che tu stia interpretando male le cose».

«Non è vero». Tenne gli occhi fissi sui miei mentre camminava verso di me. «Hai intenzione di comportarti in modo strano con me per tutto il fine settimana?»

«Non mi sto comportando in modo strano».

«Non sei venuta in camera mia nemmeno una volta», disse. «E al brunch, ti ho vista preparare le bozze dei messaggi di scuse che conti di inviarmi questa settimana».

«È per questo che mi hai fatta venire sotto il tavolo?»

«L'ho fatto per aiutarti a smettere di essere così nervosa», disse. «E perché adoro il tuo aspetto ogni volta che vieni».

«Be'...». Le mie guance si scaldarono. «Mi dispiace se pensi che mi stia comportando in modo strano. Adesso possiamo salire in camera tua, se vuoi».

«No, va bene». Si avvicinò. «La tua è perfetta. Dimmi cosa c'è che non va».

«Non c'è niente che non va».

«Ti conosco, Penelope». Mi guardò negli occhi nel modo in cui solo lui sapeva fare. «Dimmelo».

«Ci sono due cose», dissi.

«Dimmi la prima».

«Penso che mio fratello ti ucciderebbe davvero se scoprisse che stiamo uscendo insieme».

«Su questo siamo d'accordo». Sorrise. «Posso chiederti di assicurarti che il mio funerale sia bellissimo?». «Hai già in mente una combinazione di colori?»

«Blu cielo e bianco».

«Me lo segno». Sorrisi.

«Qual è la seconda cosa?»

«È stupida», dissi. «Nemmeno degna di nota».

«Dimmela».

«Non sono salita in camera tua perché ci sono i fotografi puntati su quei maledetti ascensori, nella speranza di ottenere un commento e una foto da chiunque osi spingersi fino all'attico».

«Che cosa c'entra con noi?»

«Prima la loro presenza non mi ha mai infastidita, ma ora per qualche motivo sì». Le parole fluirono dalla mia bocca come dotate di una loro volontà. «Voglio dire, le voci che riportano è roba di cui mi hai già parlato. È solo che odio quando li sbraitano ai quattro venti».

«Anch'io». Mi sistemò alcune ciocche di capelli dietro l'orecchio. «Ma è il passato, Pen. E sai che le cose peggiori sono capitate quando non eravamo amici».

«Sì».

«E quando saremo una coppia pubblica continueranno a farlo. Lo sai, vero?».

Non dissi niente.

«Dovrai continuare a ignorarli come facevi prima di diventare la mia ragazza». Mi baciò. «Nulla di diverso».

«Quando eravamo qui insieme l'anno scorso, non salivo

quasi mai nella tua stanza e non era un problema», dissi. «Le cose sono cambiate».

«In meglio». Mi guardò negli occhi. «Almeno credo. Penso che tu abbia bisogno di qualcosa di molto più divertente su cui concentrarti mentre siamo qui».

«Qualcosa di che tipo?».

Non mi rispose.

Mi coprì la bocca con la sua e mi baciò profondamente, facendomi dimenticare le mie banali preoccupazioni quanto più la sua lingua domava la mia.

Si staccò da me e appoggiò la schiena alla parete. Con i suoi occhi nei miei, sorrise.

«Vediamo se riesci a prenderlo fino in gola come mi hai promesso».

Deglutii mentre lui mi afferrava una ciocca di capelli e mi baciava di nuovo, mentre sussurrava: «Inginocchiati».

Obbedii, affondando le ginocchia nel morbido tappeto rosso della camera d'albergo.

Non lasciò andare la presa sui miei capelli, anzi li strinse ancora di più. «Tiralo fuori».

Allungai una mano e gli slacciai la cintura. Poi la sfilai dai passanti dei suoi pantaloni e la lasciai cadere a terra. Sbottonandogli le braghe con le dita, mi chinai in avanti e mordicchiai con i denti la cerniera argentata dei pantaloni, tirandola giù.

Mi presi il mio tempo mentre lui mi guardava e io guardavo lui. «Cazzo…». Sembrava impressionato.

Infilando le mani nella parte superiore dei suoi slip, spinsi verso il basso il tessuto fino a quando non ebbi il suo grosso cazzo a pochi centimetri dalla faccia.

Ne baciai la punta, facendo roteare la lingua. Iniziai a masturbarlo e fissai le vene che si gonfiavano al mio tocco.

«Continua a guardarmi», disse. «Voglio osservarti mentre lo prendi in gola».

Sollevai lo sguardo e aprii la bocca più che potevo, inghiottendolo centimetro dopo centimetro, trattenendo la lingua mentre mi adattavo alla sua circonferenza.

Lo succhiai forte e tornai indietro, lentamente, per prenderne un altro centimetro.

Senza preavviso, guidò delicatamente la mia testa in avanti e poi indietro. Avanti e poi indietro.

«Così», disse, fissandomi. «Come sai, non c'è posto migliore per il mio cazzo della tua bocca calda».

Non riuscii nemmeno ad annuire.

La mia bocca era troppo piena di lui.

Premetti le mie mani contro le sue cosce per tenermi in equilibrio, e poi cominciai lentamente a stabilire il mio ritmo. E poi pian piano smise di dovermi guidare.

«Cazzo...», gemette mentre lo prendevo più a fondo, più velocemente.

Nel mentre usavo la mia mano destra per stuzzicarlo.

Il suo respiro rallentò e sentii il suo corpo irrigidirsi contro di me.

Mentre i suoi occhi erano ancora nei miei, sussurrò: «Fammi venire nella tua bocca».

Dissi "Sì" con lo sguardo, e lui afferrò di nuovo i miei capelli. Lo accolsi in profondità nella mia bocca, il più in fondo possibile, e la cosa successiva che sentii fu la sua sborra calda che mi schizzava sulle labbra.

Mi fermai mentre si depositava sulla mia lingua.

Poi mandai giù tutto.

Sorridendomi, mi prese per mano e mi tirò su. Mi stampò un bacio sulla guancia e mi posizionò sul letto in modo che le mie gambe pendessero oltre il bordo.

«Lascia che ti ripaghi per questo». Mi baciò la coscia.

Fece scivolare una mano tra le mie cosce e il suo pollice iniziò a tracciare dei cerchi attorno al clitoride.

«Aspetta!». Sussultai e mi misi a sedere.

«Cosa c'è che non va?». Premette un bacio sulla mia spalla, completamente impassibile.

«Penso che dovremmo vestirci e andare di sopra nella tua stanza».

Le sue labbra si curvarono in un sorriso. «Perché, Penelope?»

«Perché alcuni membri dell'entourage di mio fratello dormono nella stanza a fianco e potrebbero sentirci».

«Allora cerca di non urlare». Mi spinse giù e, grazie all'abilità della sua bocca, mi rese incapace di intendere e volere.

Trentacinque
Oggi

Penelope

Las Vegas, Nevada

«Sono io o tuo fratello sembra un po' più psicotico del solito?», sussurrò Tatiana alla mia sinistra. «C'è qualcosa che non va».

Alzai lo sguardo dal pavimento mentre saltellava nel suo angolo del ring.

«Non vedo alcuna differenza», dissi, notando nei suoi occhi lo stesso fuoco che aveva sempre avuto dai sedici anni in poi. «Sembra concentrato».

«Se lo dici tu». Fece spallucce. «A proposito, ieri sera nella nostra suite è stato consegnato un guardaroba nuovo di zecca. Dal momento che tu non c'eri e che il tuo ragazzo può permettersi di comprartene un altro, ho pensato che lo terrò per me».

Risi. «Me lo segno».

«Signore e signori!». L'annunciatore si fermò al centro del ring, sbraitando nel microfono. «Benvenuti al combattimento UFC 1234 tra Travis "The Punisher" Carter, l'imbattuto e indiscusso campione dei pesi welter, e il suo sfidante, Christopher "Red Eye" Juarez!».

Le urla riempirono l'arena. Le luci si trasformavano in una serie di rossi e blu.

«Si combatte sui cinque round», disse. «Nel caso in cui non

ci sia un KO, sarà la giuria a determinare il vincitore. Se volete toccarvi i guanti in segno di saluto, fatelo ora».

Mio fratello non si mosse.

L'annunciatore sembrò sorpreso, ma si concentrò sulla folla. «Combattiamo!».

L'arbitro prese il suo posto sul ring, ricordando ai due lottatori ancora una volta le regole dell'incontro, e io mi preparai per la violenza brutale e le lacrime che erano pronte a scatenarsi.

Mio fratello aggredì Juarez nel momento stesso in cui suonò la campanella, prendendolo a pugni in faccia.

L'altro, però, non sembrava in difficoltà.

Assestò a sua volta alcuni jab, colpendo sulla spalla, e quando era troppo lontano per arrivarci gli rifilava dei calci sulle gambe.

Mio fratello aveva un ghigno di gioia mentre prendeva a pugni Juarez in gola, allo scadere della ripresa.

«Vorrei che smettesse di combattere», sussurrai a Tatiana mentre la folla ruggiva.

«Non vedo perché». Inclinò la testa di lato. «Ritiro quello che ho detto prima su di lui. Tuo fratello è figo da morire».

«Sei morta per me».

Lei rise. «È solo per dire. Sai se c'è qualche foto del suo cazzo da qualche parte?».

Deglutii prima che la bile potesse salirmi in gola.

La campanella suonò per il secondo round e mi appoggiai alla spalla di Hayden.

Sorrise e mi strinse la mano.

Mio fratello saltellava e ondeggiava tra i tentativi di Juarez per colpirlo, ma un sinistro effettivamente atterrò sulla sua faccia. Forte.

Poi Juarez ne assestò un altro.

E un altro.

Vi fu un sussulto collettivo quando Travis inciampò all'indietro.

Balzai in piedi quando la sua testa colpì il tappeto con un tonfo nauseante. Il sangue sgorgava dalle sue labbra.

Juarez si mosse verso di lui, prendendolo a pugni in faccia ripetutamente fino a quando l'arbitro non lo spinse via e sospese il combattimento. C'era un silenzio sbalordito nell'arena. Tutti trattenevano il respiro confusi, ma poi applausi sfrenati e scroscianti scoppiarono tra i tifosi.

Juarez si pavoneggiava sul ring e mandava baci alla folla.

Il mio cuore precipitò.

Avevo visto Travis battere i suoi avversari una marea di volte. Non avevo mai assistito a una sua sconfitta.

In uno stato di shock, mi precipitai verso il ring, aspettando che si muovesse, ma era svenuto.

L'emorragia stava peggiorando.

I medici lo circondarono e io mi aggrappai alla corda. «Travis!», urlai forte. «Travis, alzati!».

«Starà bene, Pen». Hayden mi premette una mano contro la schiena. «Vieni».

Urlai di nuovo il suo nome e volevo restare finché i medici non lo avessero rimesso in piedi, ma Hayden mi trascinò via.

Parecchie ore dopo

«Juarez è imbottito di steroidi». Travis ribolliva dal letto d'ospedale. «Esigo che gli facciano un test antidoping, Shaw. Stasera stessa».

«Sissignore». Il suo manager annuì e il suo entourage di *yesmen* rimase in silenzio dall'altra parte della stanza.

«Signor Carter?». Un'infermiera gli porse un vassoio di pillole. «Può...».

«Allontanati da me, per favore». La guardò torvo. «Guarirò da solo».

Le guance dell'infermiera si infiammarono e si precipitò fuori dalla stanza.

«Non è colpa sua se hai perso», dissi piano.

«Di certo non è colpa mia». Mi lanciò un'occhiataccia. «Sono imbattuto, cazzo. Questo combattimento del cazzo non conta e verrà cancellato quando tutti sapranno che è dopato».

Mi morsi la lingua.

«Come cazzo fa un ragazzo mingherlino venuto fuori dal nulla a battere un cazzo di campione?».

"Sono sicura che i tuoi primi avversari hanno pensato la stessa cosa...".

«Non credo che sia sotto steroidi, Travis», dissi.

«Invece sì». Tentò di fulminarmi con lo sguardo, ma la sua faccia era troppo incasinata perché potesse ottenere l'effetto desiderato. «Non commetterò mai più l'errore di passeggiare durante un combattimento. Ora che ci penso, ti ho sempre detto di iniziare ogni programma a tutta quando pattinavi».

«Che strano, io ricordo che non ti sei mai fatto vedere quando pattinavo».

«E questo cos'era, Principessa?».

Non gli risposi. Avevo già detto più del dovuto.

Hayden entrò improvvisamente nella stanza, porgendogli una bevanda energetica e un sacchetto di patatine da un distributore automatico.

«Ecco qua», disse. «Hai bisogno di altro?»

«Sì, voglio che porti Principessa via da Las Vegas. Falla distrarre con qualcosa che capisce davvero».

"Che cazzo...?". «Ho prenotato per tutta la settimana, Travis. Mi piacerebbe restare e godermela».

«Non la voglio più qui. Porta lei e Tatiana al mare o qualcosa del genere», disse. «Ti rimborserò qualunque spesa».

«Non c'è bisogno di parlare di me come se non ci fossi, quando sono proprio di fronte a te».

«Oh, e continua a tenere d'occhio il suo nuovo ragazzo per me». Continuò a ignorarmi come avrebbe fatto con una diciassettenne. Come se fosse lui a prendere tutte le decisioni e a me non restasse che fare buon viso a cattivo gioco. «Forse possiamo andare a un brunch dopo che avrò riavuto il test antidroga di Juarez. Puoi aiutarmi con questo, giusto?».

Hayden non si degnò nemmeno di rispondere.

Le richieste di Travis erano sempre retoriche.

Proprio mentre stavo per dire a mio fratello che meritava di essere stato battuto, che una parte di me era felice che il suo ego avesse ricevuto una sana dose di sconfitta, Hayden mi strinse la mano.

«Vieni», disse. «Andiamocene da Las Vegas».

«Grazie, Hayden». Travis mi lanciò uno sguardo in stile "Cazzo, prova a sfidarmi" mentre uscivamo.

Hayden mi tenne la mano finché non fummo al piano di sotto e avemmo superato la stampa in attesa. Mi condusse a un taxi e mi tirò in grembo una volta che le porte si chiusero.

«Partiamo davvero da Las Vegas stasera?». Gli chiesi. «Solo perché l'ha detto lui?»

«Col cazzo», disse, sorridendo. «Rimarremo qui tutto il tempo che vorrai».

«Promesso?»

«Certo». Dominò la mia bocca di baci finché non fummo tornati nella suite dell'hotel.

Per i successivi cinque giorni, fece tutto ciò che era in suo potere per aiutarmi a dimenticare tutto di quella sera.

Ordinò il servizio in camera ed esplorò il mio corpo, dando più di quello che prendeva, tenendomi tra le braccia ogni volta che crollavo di piacere.

Trentasei

Hayden

Una settimana dopo

«Spero che tu abbia quel sorriso stampato in faccia perché sei a pochi secondi dal consegnare l'ultima parte delle tue lettere di scuse, figliolo». Lawrence mi accolse così, fissandomi dalla sua scrivania, il lunedì mattina.

«È perché mi prendo il resto della settimana libero».

«Va bene. Sarà bello dare ai fotografi un meritata pausa. Consegna il resto delle lettere di scuse che ti ho chiesto».

«Porto Penelope a Bora Bora per qualche giorno. Poi andremo ad Aspen».

«Non mi interessa». Socchiuse gli occhi. «Le lettere. Adesso».

«Ho bisogno che tu e Sarah mi teniate aggiornato sulla roba di Tinder mentre sono via».

«La "roba di Tinder" è una causa multimilionaria e questa volta sono ben determinati a friggerti il culo». Si appoggiò allo schienale della sedia. «Ti andrebbe di scrivere al signor Lassing una lettera di scuse per vedere se la farà cadere?»

«Pensavo di scrivere la lettera per lui una volta tornato». Sorrisi. «Così come le altre. Ci vediamo».

«Hayden Hunter!». Si alzò dalla sua scrivania mentre mi allontanavo. «Hayden, torna subito qui!».

Entrai in ascensore prima che potesse seguirmi.

Scesi al piano di sotto e scivolai al volante della mia macchina.

«Come l'ha presa Lawrence?». Penelope mi sorrise.

«Felice come una pasqua».

«Quindi incazzato da morire?»

«Sì». Accelerai verso l'aeroporto e lei rise.

Le strinsi la mano sulla leva del cambio mentre guidavo.

«Voglio che tutto questo non finisca mai, Hayden», disse.

«Non succederà. È solo l'inizio».

«Promesso?»

«Promesso».

Trentasei (B)

Oggi

Hayden

Hayden Hunter scappa con la sua amica mentre la causa di Tinder s'infiamma

Hayden Hunter ci ha presi in giro con le sue scuse?

Simon Gaines del Simon G. Fund sotto attacco per presunta frode

Hayden Hunter avvistato al Private Aspen Resort con un'amica

Trentasette

Oggi

Hayden

"Perché non l'abbiamo fatto anni fa?".

Stare con Penelope era la cosa migliore che avessi mai sperimentato e capivo perché avesse così disperatamente cercato quell'effetto d'euforia.

Le mie giornate iniziavano e finivano con il suo sapore sulle mie labbra, la sua risata contro il mio petto e conversazioni che avrei voluto non terminassero mai.

Le nostre passeggiate notturne a Central Park si stavano lentamente riversando sui siti di gossip in post del tipo *Hayden Hunter sta uscendo con la sua migliore amica?* e *È una mia impressione o sono un po' troppo vicini in queste foto?*, ma niente di più.

E onestamente non m'importava.

Ero innamorato di lei.

Di tanto in tanto continuava a dire: «Per favore, non farmi mai del male», e «Non ho nessun altro se non te», quando parlavamo un po' troppo a lungo, ma ero determinato a mettere fine alle sue preoccupazioni su una nostra eventuale rottura.

Armato di rose e vino, scesi dalla macchina e salii i gradini del suo appartamento. Non ero sicuro di cosa mi fosse preso quel pomeriggio, ma mi ero alzato nel bel mezzo di una riunione e mi ero diretto da lei.

Entrato nella sua cucina, tirai fuori alcuni bicchieri di vino.

Poi controllai per assicurarmi che il catering fosse lì prima del suo rientro.

Mentre stavo sciacquando i bicchieri, Tatiana si schiarì la gola.

«Vuoi unirti a noi per cena?», le chiesi. «Ho ordinato italiano».

«No, passo. Preferirei sapere come cazzo convivi con te stesso».

La durezza della sua voce mi fece voltare. «Scusami?»

«Hai sentito quello che ho detto». Mi fissò dall'altra parte della stanza. «Sei contento di ostacolare Penelope? Ne provi un brivido malato?».

"Probabilmente mi piacevi di più quando odiavi Penelope". «Di cosa diavolo stai parlando?»

«Deve essere bello ottenere tutto ciò che hai sempre desiderato nella vita, eh?», domandò, proseguendo nel suo monologo. «Scommetto che non hai rimpianti, perché il mondo ti ha sempre steso davanti il tappeto rosso e non hai mai dovuto affrontare nessuno che te lo strappasse da sotto i piedi».

«Se non ricordo male, anni fa hai fatto oscillare giocosamente una mazza verso le ginocchia di Penelope durante una gara», dissi. «Devo trovare quel video e ricattarti per farti parlare di nuovo come una persona normale?»

«Sono seria, stronzo». Sembrava sul punto di piangere. «Bora, Bora, Aspen, Hawaii. E poi?»

«La Repubblica dominicana». Incrociai le braccia. «Ti ho invitata a unirti a noi in tutti questi viaggi».

«Sì, e hai anche disseminato il tuo gala di piccoli indizi. "Ventisette sono comunque eccezionali", giusto?». Scosse la testa. «Di certo avrai pensato che fosse un bel tocco, un pensiero carino. Dunque lascia che ti chieda una cosa. Quand'è stata l'ultima volta che Penelope è andata in pista e ha lavorato con un cliente?».

Alzai le spalle. Onestamente non riuscivo a ricordarlo.

«Quando è stata l'ultima volta che ha tenuto un discorso

o fatto qualcosa che non fosse girare il mondo con te e scoparti?».

Non dissi nulla. Non avevo idea di dove volesse arrivare.

«La conosci meglio di quanto non la conoscerò mai io, e tutti quelli che vi sono stati vicini lo sanno». Le lacrime le rigarono il viso. «Ecco perché non capisco perché sei così fottutamente cieco nel ostacolare ciò che ha inseguito per tutta la sua vita».

«Tatiana…».

«Per tutta la sua vita», mi interruppe. «L'ho odiata per anni, ma ho sempre rispettato quello che stava cercando di fare. E penso che ci sarebbe riuscita se non fosse caduta. Ma ora ha una possibilità e sta rinunciando a tutto per te».

«Giuro che non ti seguo», dissi. «Puoi dirmi di cosa stai parlando?».

Si avvicinò a un cassetto e tirò fuori due lettere, porgendomele.

«Il presidente della US Figure Skating Association mi ha inviato una lettera questa mattina, dicendo che Penelope ha chiesto che la sostituissi per aiutare ad allenare il team USA a Salt Lake City, in vista dei Giochi invernali».

Sollevai un sopracciglio. Penelope non mi aveva detto una parola al riguardo, e io mi rifiutavo di credere che fosse vero.

Aprii la prima missiva, quella per Tatiana.

«"Lei è stata caldamente raccomandata da Penelope Carter…"».

La riposi nella busta e aprii l'altra.

La capovolsi e vidi che l'aveva ricevuta settimane prima. Aveva la data del mio gala.

"Non mi ha detto nulla".

«Guarda le sue vecchie esibizioni di nascosto ogni notte», disse Tatiana. «Be', prima che viaggiasse con te, almeno. Non siamo coinquiline da molto, ma non ho mai visto qualcuno guardare tutte le proprie esibizioni e dire: "Peccato non aver mai superato mia madre come avevo promesso. Vorrei davvero…”. E poi piange come se in qualche modo la sua carriera fosse stata un cazzo di fallimento».

Sospirai.

Sapevo che ogni tanto si faceva un pianto, specialmente con me, ma non immaginavo che quegli episodi fossero così frequenti.

«Non lo sapevo», dissi, mettendo giù le lettere. «Davvero non lo sapevo».

«Be', ora lo sai». Fece spallucce. «Sono sicura che come suo migliore amico – be', come suo fidanzato – ne discuterai con lei, giusto?».

Lasciò la stanza senza dire un'altra parola e io tirai fuori il telefono.

Stavo per chiamare Penelope, ma vidi che mi aveva scritto.

PENELOPE: Ehi! Mi sono presentata in ufficio da te per un pranzo a sorpresa, ma non c'eri. Dove sei?

PENELOPE: Che ne di una cena italiana e del vino per stasera? Non so perché ma ne ho proprio voglia.

IO: Scusa. È saltato fuori qualcosa di importante. Dobbiamo rimandare.

Lasciai le rose e il vino sul tavolo, poi tornai alla mia macchina. Mi diressi verso la parte della città in cui abitavo con un dolore lancinante al petto.

Sapevo che c'era un motivo per cui Penelope non mi aveva parlato di quella dannata lettera e che ce n'era un altro per cui discuterne con lei non l'avrebbe portata a prendere la decisione giusta.

La conoscevo come il palmo della mia mano da anni, e c'era solo un modo per inseguire di nuovo la medaglia numero ventotto.

Trentasette (B)

Oggi

Hayden

IO: Ehi. Ho appena sentito che il Comitato Olimpico Internazionale ha cambiato le regole per le medaglie. I prossimi Giochi invernali saranno i primi in cui verranno assegnate le medaglie ai coach oltre che agli atleti.

PENELOPE: Oh, wow. Davvero? Non lo sapevo! Interessante! È confermata la cena di stasera da Wardman?

IO: Vuoi che ti mandi via e-mail il link? Sembra che si stiano allenando nello Utah in un posto simile a dove ti sei allenata per i Mondiali quell'estate.

PENELOPE: No, lo cercherò io più tardi. E certo che me lo ricordo! Penso che tu sia stato cacciato per essere venuto a trovarmi. Non sono ammessi estranei [emoji del sorriso].

IO: Mi sorprende che nessuno ti abbia contattata e chiesto di partecipare. Non mi hai detto che molti allenatori di alto profilo sono stati eliminati di recente?

PENELOPE: Io non sono sorpresa. Non sono un allenatrice e non mi importa più di queste cose, sai? Ne ho ventisette. Ventotto era il sogno, ma… è la vita.

PENELOPE: Andiamo a cena da Wardman?

IO: No, Penelope. Dobbiamo rimandare.

Trentotto

Oggi

Penelope

«Guardate che controllo mentre si prepara per il triplo salchow e subito un… Wow! Penelope Carter mette a segno un quad!».

«Signore e signori, stiamo guardando una maestra del suo mestiere, una donna che diventerà probabilmente la più grande pattinatrice di tutti i tempi».

Me ne stavo sdraiata sul divano e guardavo la mia esibizione finale a Skate America.

“Prima della caduta che ha messo fine a tutto”.

«Sono d’accordo, Mary», disse il terzo telecronista. «Guardate la precisione della sua rotazione. Sono sicuro che occuperà la prima posizione e continuerà la sua ambiziosa caccia alla ventottesima medaglia».

«Sta arrivando la combinazione più complessa del suo programma, due quad con un triplo lutz. Se dovesse riuscirci, sarebbe la prima pattinatrice femminile in assoluto…».

Premo “Pausa” e fisso il fermo immagine di me stessa a mezz’aria: le braccia in alto sopra la mia testa mentre il mio vestito blu scintillante vola libero.

Non ero mai riuscita a superare quel punto del video.

Faceva ancora male da morire.

Sospirando, cliccai sulla mia esibizione alle Olimpiadi di Soči, invece.

Mentre mi stavo dirigendo al centro della pista, il campanello suonò.

Presi una mancia per il fattorino. Quando aprii la porta, però, non era la pizza. Era Hayden.

«Ehi». Sorrisi.

«Ehi».

«Pensavo che stasera dovessi lavorare alle ultime lettere di scuse».

«Lo farò. Ho pensato di passare prima di iniziare».

«Entra».

«Non posso». Scosse la testa. «Senti, non c'è un modo semplice per farlo, quindi lo dirò e basta. Ho bisogno di un po' di spazio, Penelope».

Le sue parole rimasero sospese nell'aria per diversi secondi.

«Non capisco». Incrociai le braccia. «Hai bisogno di *spazio*? Per cosa?»

«È complicato». Si passò una mano tra i capelli. «Ho la deposizione per Tinder e questo pomeriggio sono stato colpito da alcuni nuovi e stupidi titoli dei media».

«Di qualunque cosa si tratti, sono disposta ad aiutarti come ho fatto con le lettere».

«Non è così facile». Mi guardò negli occhi. «Ho solo bisogno di spazio, Penelope».

Lo fissai con assoluta incredulità.

«Non ha alcun senso», dissi, incrociando le braccia. «Mi hai detto l'altro giorno che questo era solo il nostro inizio. Hai anche promesso, ripetutamente, che non avresti rovinato il nostro "noi"».

«E infatti non è così. Sto solo facendo quello che penso sia meglio per te. Per noi».

Quel "meglio per te" mi fece rizzare i peli sulla nuca. Era una frase del libro degli appuntamenti di Travis, non di Hayden.

«Hai detto a mio fratello di noi o qualcosa del genere?», gli chiesi.

«Affatto».

«Allora che diavolo c'è, Hayden? Vuoi spazio per cosa?».

Rimase lì, con l'aria per metà comprensiva e per metà sconfitta. Anche se avrei voluto che mi prendesse tra le sue braccia per dirmi che era uno stupido scherzo, feci un passo indietro.

Non potevo fare a meno di permettere alla mia mente di vagare in diverse direzioni contemporaneamente. La destinazione che spiccava di più era la più brutta e non volevo credere che fosse quella vera.

«Che cos'hai fatto?»

«Eh?»

«Che cos'hai fatto?». La mia voce si incrinò. «Dimmi la verità, perché non mi bevo il tuo "Ho bisogno di spazio", è una stronzata».

Mi appoggiò le mani sulle spalle e premette la fronte contro la mia. «Non ho fatto niente che potesse ferirti».

«È successo a Las Vegas?»

«Penelope...».

«È stata la notte in cui hai lasciato la stanza per andare a quel negozio di sigari? O forse era qui a New York? Sei già stanco di stare con una donna sola?»

«No, Penelope». Sembrava sincero, ma le sue parole non tornavano e ogni domanda senza risposta frantumava un pezzo del mio cuore.

«Se questo è una specie di gioco», dissi, «non voglio giocare».

«Non è un gioco. Sono onesto».

«Be', secondo il tuo stesso consiglio, un uomo dice che vuole spazio quando sta cercando di essere gentile nel rompere con una ragazza, oppure quando ha tradito e prova in qualche modo a salvare la faccia perché sa che non verrebbe mai perdonato».

«Penelope, non ti tradirei mai».

«Non ti perdonerei mai se lo facessi, ma potresti almeno

avere la decenza di dirmi perché il mio migliore amico da quasi dieci anni, la stessa persona che ieri sera ha confessato di amarmi e di volere un futuro insieme a me, ora è per caso – per caso, cazzo – in piedi sulla soglia del mio appartamento e mi racconta una storia completamente diversa».

«Ho solo bisogno di un po' di spazio. Questo è tutto».

«Va bene, puoi iniziare da questo momento esatto. Non chiamarmi finché non avrai preso tutto lo spazio di cui hai bisogno e a quel punto vedrò se mi andrà di rivolgerti nuovamente la parola».

«Penelope, non ti sto lasciando».

«Le pause e gli spazi portano alle rotture, Hayden. Me l'hai insegnato tu. Non è più vero?».

Emise un sospiro, ma non disse niente.

«Come immaginavo». Gli sbattei la porta in faccia.

Il senso di colpa mi serrò il cuore quella notte, tirando i fili ogni secondo di più.

Continuavo a pensare a quelle settimane in cui gli inviavo un messaggio o un'e-mail solo se le prove si protraevano troppo a lungo.

Inoltre, non aveva detto "Lasciamoci" né aveva menzionato nulla del genere.

Ero stata eccessivamente melodrammatica e probabilmente potevo attribuirlo al fatto che la US Figure Skating Association ormai doveva aver ricevuto la mia lettera di rifiuto.

Stavo utilizzando il mio disagio per rompere con lui.

Sospirando, andai al suo nome e iniziai a scrivergli un messaggio, ma quel senso di colpa si trasformò improvvisamente in sospetto.

Qualcosa mi disse di cercare il suo nome per vedere di quali "titoli nuovi e sciocchi" stesse parlando.

Nel momento in cui apparvero i risultati, il mio stomaco si serrò.

Hayden Hunter beccato mentre lasciava il Four Season alle quattro del mattino

Hayden Hunter e la top model Anya Sterling vanno a letto insieme?

L'appuntamento notturno di Hayden Hunter con Anya Sterling

"Che cazzo...?".

Controllai a che giorno si riferivano quei titoli.

La sera prima. La sera in cui aveva chiesto di rimandare il nostro appuntamento.

Anche se non volevo credere a quei titoli, anche se il mio cuore mi scongiurava di chiamarlo per capire se ci fosse una spiegazione, le fotografie erano abbastanza eloquenti.

Dicevano tutto.

La mano di Hayden era premuta contro la schiena della top model mentre varcavano le porte dell'hotel. La foto li aveva colti mentre entravano e uscivano, con tanto di *timestamp* a confermava quanto erano rimasti all'interno.

"Mi ha tradita...".

Trentanove
Oggi

Penelope

Non riuscivo a mangiare, non riuscivo a dormire.

Piangevo e basta.

Rimasi nella mia stanza con la porta chiusa, guardando le mie vecchie esibizioni e desiderando di poter viaggiare nel tempo fino alla notte in cui Hayden mi aveva dato quel passaggio a Seattle.

Se avessi potuto riavvolgere il nastro della mia vita, lo avrei tenuto a una distanza glaciale e gli avrei impedito di avvicinarsi.

"Avrei dovuto aspettare un altro Uber".

Il cuore mi si rompeva in piccoli pezzi ogni volta che aggiornavo lo schermo del telefono e vedevo un nuovo articolo su Hayden con Anya. Quando ripensavo a lui sulla soglia del mio appartamento mentre mi mentiva. Mentre mi prometteva che con me si sarebbe comportato diversamente.

"Non posso credergli".

Cambiai frettolosamente il suo nome sul mio telefono in "Non rispondere" e bloccarlo non fece altro che farmi piangere più forte.

Le mie peggiori paure sulla nostra relazione si erano avverate: avevo perso il mio migliore amico e il mio fidanzato nello stesso maledetto momento.

Dopo aver pianto per tre giorni di seguito, chiamai la US Figure Skating Association e li pregai di passarmi Deborah.

Avevo bisogno di concentrarmi su qualcosa di diverso rispetto a Hayden, e in ogni caso non avrei mai dovuto rifiutare la loro offerta.

«Sì, signorina Carter?», mi rispose dopo pochi istanti.

«Vorrei annullare la mia lettera di rifiuto. Mi piacerebbe molto allenare Katie Folds e provare a conquistare quella medaglia».

«Pensavo che sarebbe successo». C'era un sorriso nella sua voce. «Farò in modo che il nostro coordinatore prenoti il volo e l'alloggio per i prossimi tre mesi. Pensa di riuscire ad arrivare per la fine di questo mese?»

«No. Vorrei venire il prima possibile».

«Intende il prossimo fine settimana o questo weekend?»

«Questo weekend».

Nel giro di pochi minuti ricevetti un biglietto di prima classe, con destinazione Salt Lake City, per il venerdì e una suite nel complesso destinato agli allenamenti.

Non ne parlai a nessuno.

Faceva troppo male, dannazione.

Per dispetto, cancellai Cinder dal mio telefono e scaricai Tinder.

Poi giurai che non avrei mai più permesso a Hayden di ferirmi.

Avrei dovuto capire tutto già la prima volta. Almeno da quello che stavo cominciando a ricordare.

Rottura #16

Quello che diede inizio alla Guerra Fredda

Penelope all'epoca

"La migliore storia d'amore che tu possa mai desiderare è con il tuo miglior amico". Il biscotto della fortuna mi rivela una verità che già conosco.

Mi sto innamorando di Hayden Hunter.

Tanto che a volte mi invento falsi problemi solo per parlare con lui al telefono di notte. Tanto che mento sul bisogno di fare corse notturne al supermercato così possiamo passare più tempo insieme.

Nella mia mente è perfettamente sensato: è il ragazzo con cui passo più tempo, è seduto in prima fila a tutte le mie gare e mi conosce meglio di chiunque altro.

Data la nostra differenza di età di sei anni, so che probabilmente dirà: "Diavolo no, Pen", ma spero che lo farà seguire da un: "Ci proveremo dopo che avrai vinto la medaglia ventotto o dopo che tuo fratello verrà ricoverato in un reparto psichiatrico. A seconda di quale delle due cose accade prima".

Una prospettiva del genere mi andrebbe benissimo, sarei disposta a scaricare il mio ragazzo per lui. Anche se dovrò aspettarlo per anni.

«Fammi vedere cosa dice il tuo biscotto della fortuna, piccola». Tim Lassing, il mio ultimo ragazzo, mi strappa di mano il sottile foglio bianco.

Sto uscendo con lui solo perché mi ricorda Hayden e ha

un'etica del lavoro simile quando si tratta di costruire la sua app di appuntamenti.

Non è Hayden, però.

«Be', allora è destino». Tim sorride davanti al biglietto. «Siamo sulla strada giusta l'uno per l'altra».

"Certo".

In macchina, mentre torno a casa, un messaggio fa vibrare il mio telefono.

HAYDEN: Scusa se ho perso la tua chiamata prima. Riguardo al tuo messaggio in segreteria, sarò libero stasera verso le sette. Devo lasciare alcune cose al manager di CinePlex.

IO: Va bene, fantastico. Ci vediamo là.

Il cuore mi batte come un tamburo nel petto mentre sono davanti all'ingresso del teatro. Come se fosse un appuntamento, indosso una maglietta rossa sexy e jeans attillati, insieme a tacchi alti.

Entro, vedo Hayden ridere mentre stringe la mano al manager.

Inizia a camminare verso di me e si ferma.

Per un secondo penso che mi stia guardando, ma scaccio l'idea mentre mi avvicino a lui.

«Ehi».

«Ehi. Di cosa volevi parlarmi?». Sorride e il mio cuore perde un battito.

«Penso di essermi innamorata».

«Parli di Tim?».

"No, di te". «Cioè, vorrei dirglielo, ma non so come. Rischierei di rovinare tutto perché c'è molto in gioco, ma ho l'impressione che sia lui».

«Lui chi?»

«Quello giusto».

«Mmm». Mi sistema qualche ciocca di capelli dietro l'orecchio, guardandomi negli occhi. «Be', allora dovresti essere onesta con lui. Sarebbe fuori di testa a non ricambiare».

«Anche se ha sei anni più di me?»

«Se ha buone intenzioni, non vedo perché no», dice, facendo un passo indietro. «Ora, tuo fratello probabilmente non approverà, quindi dovrai uscirci in segreto per altri due anni prima di parlarne a Travis. E devi assicurarti che non ti distragga dal tuo obiettivo di carriera. Ventotto medaglie, giusto?»

«Ogni volta che sono con lui, non mi interessa niente di roba del genere».

«Roba del genere?». Sembra confuso. «Vuoi dire ciò per cui hai lavorato una vita intera? Questo è più che stupido, Penelope».

«Lo so, ma...».

«Non lasciare che un ragazzo ti distragga dai tuoi sogni». Mi interrompe. «Non ne vale la pena, non importa chi sia».

Lo guardo, sentendo il mio cuore battere un ritmo sconosciuto, le parole che si bloccano sulla punta della mia lingua.

"Fallo. Di' 'Ti amo, Hayden Hunter' e bacialo ora. Proprio adesso".

«Penelope?». La voce di Tim mi strappa ai miei pensieri e guardo dall'altra parte dell'atrio.

«Ehi». Mi allontano da Hayden e sorrido a Tim.

Si avvicina, guardando verso di noi. «Sto interrompendo qualcosa?»

«No», dice Hayden. «Stavo solo dicendo a Penelope che ho trovato un investitore per la mia app. Vuole che mi trasferisca, quindi sto valutando l'idea».

"Che cosa?". Il mio mondo si ferma completamente e lo guardo incredula. «Non me l'hai detto».

«Stavo per farlo».

«Oh», dice Tim. «Una società di investimento o un socio?».

«Solo un socio, almeno per ora». Sorride, poi mi guarda. «Ho pensato che fosse tempo per me di fare progetti per il futuro. Travis sarà d'accordo con me: non c'è più bisogno che badi alla sua sorellina».

«Be', congratulazioni», dice Tim. «Non vedo l'ora di competere con te sul mercato».

«Vale lo stesso per me». Hayden allunga la mano e gliela stringe. «Sono sicuro che un giorno ci incontreremo di nuovo».

«Andiamo, Pen. Ho comprato i biglietti per *The Tracy Show*». Tim mi avvolge il braccio intorno alla spalla, allontanandomi da Hayden.

Ci vuole tutto il mio autocontrollo per non girarmi mentre entriamo, per non correre da Hayden e dirgli quello che provo, ma le sue parole fanno ancora male.

"Non c'è più bisogno che badi alla sua sorellina"?

Rottura #16
Quello che diede inizio alla Guerra Fredda

Penelope all'epoca

Una settimana dopo

«Dobbiamo parlare». Tim è appoggiato al lavello della mia cucina. È mattina, i suoi occhi sono gonfi e rossi. «E no, non ho alcuna intenzione di concederti un'altra settimana. Hai avuto una settimana intera per pensare e in qualche modo sei riuscita a dimenticare che oggi è il mio compleanno».

«Ho ordinato una torta di compleanno per questo pomeriggio».

«Be', ormai è una torta di rottura». Fa spallucce. «O forse una torta "Voglio scopare con Hayden Hunter". Così suona meglio».

«Per l'ennesima volta, Hayden è solo un amico».

«Gli amici non si guardano così». Scuote la testa. «Il modo in cui vi siete guardati prima della nostra partenza per il campeggio e quella volta a teatro mi ha detto tutto ciò che dovevo sapere».

«Penso che tu ci stia vedendo cose che non ci sono».

«So che non è così». Raggiunge il suo borsone nell'angolo e se lo mette a tracolla. «Non ce la faccio più, Penelope. Mi dispiace».

«Tim, non c'è niente tra me e Hayden». La mia voce si incrina. «Siamo davvero solo amici».

«Ti senti sempre così emotiva quando parli dei tuoi amici?». Si mette la giacca. «Domanda ancora migliore: se non stesse lasciando la città con così poco preavviso, te ne fregherebbe qualcosa di essere scaricata da me?».

Silenzio.

«Come pensavo». Esce dalla cucina sbattendo la porta.

Aspetto che se ne vada prima di chiamare un Uber per casa di Hayden.

Anche se dovesse rifiutarmi, vale comunque la pena provare.

Quando arrivo, mi trovo faccia a faccia con il cartello IN VENDITA nell'erba.

C'è anche un biglietto giallo acceso sulla sua porta.

Per favore, lascia tutti i pacchi al mio vicino.
Ha il mio nuovo indirizzo.
Grazie.
Se hai bisogno di contattarmi, il mio numero è 555-8756.

"Che diavolo…?".

È un nuovo numero di telefono e mi chiedo se con "nuovo indirizzo" intenda che mi sorprenderà mostrandomi l'elenco delle case che l'agente ammobiliare gli ha proposto.

"Ora dov'è, però?".

«Stai cercando il tuo amico, tesoro?». La sua vicina dai capelli rossi mi chiama dal suo portico.

«Sì. Mi può dire dov'è andato?»

«Credo che sia in cielo, suppongo».

«In cielo?»

«New York», dice. «Il suo volo era in partenza questo pomeriggio. Devo recapitargli una lettera d'amore da parte tua?». Sorrise. «Sono sicura che gli farebbe piacere».

Mi precipito verso l'Uber e apro la portiera posteriore. «Può portarmi all'aeroporto, per favore?».

Mezz'ora dopo, mi faccio strada tra la folla della Sea-Tac International, alla ricerca di Hayden.

Due gate dopo, lo vedo seduto a uno Starbucks.

Lo raggiungo. «Hayden… Hayden, che diavolo stai facendo?»

«Vado a New York. Te l'ho detto che mi trasferisco».

«No, mi hai detto che stavi *pensando* di trasferirti. Se non sbagli, di solito mi chiami e mi parli delle decisioni cruciali che riguardano la tua vita, perché hanno effetto anche su di me».

Mi fissa attonito, come se parlassi una lingua straniera.

«Te ne vai, così, di punto in bianco?». La mia voce si incrina. «Quando avevi intenzione di dirmelo?»

«Non avevo intenzione di farlo».

«Perché no?»

«Non c'era bisogno che tu lo sapessi. È la mia vita».

«Che cosa?». Gli do un colpo sul petto. «È anche la mia vita. Sei il mio migliore amico».

«Saremo sempre amici, Penelope». I suoi occhi sono freddi e la sua voce è piatta. È totalmente diverso dall'uomo con cui stavo parlando davanti al teatro qualche giorno fa, dall'uomo che è diventato la mia ancora di salvataggio.

«Perché mi tratti così, Hayden?». Ho le lacrime agli occhi. «Perché mi stai lasciando?»

«Non ti sto trattando male». Mi prende per i polsi, tenendomi ferma. «Sono indietro con la mia app e sto finendo i soldi e ci sono degli investitori disposti ad aiutarmi. Sono in una situazione scomoda».

«Un situazione così scomoda da non poterne parlare con me?». Mi fa male il cuore. «Dimmi la verità, Hayden».

«Devo andarmene per poter lavorare sulla mia app. È solo questo».

«Ritornerai?»

«Non vedo perché dovrei». Fa spallucce. «Le cose ti vanno abbastanza bene ora. Ti chiamerò ancora e ti scriverò, ovviamente».

«Certo». Le lacrime scendono sulle mie guance. «Sei uno stronzo, Hayden».

«Puoi ripetere?»

«Pensavo avessi detto che ci saresti sempre stato per me».

«E ci sarà sempre».

«Allora delle scuse per avermi presa alla sprovvista con questo addio sarebbero un buon punto di partenza».

«Le scuse non cambiano mai nulla, Pen», disse. «Dichiarano solo l'ovvio».

«Va bene, allora». Faccio un passo indietro. «Be', vaffanculo. Fottiti».

«Penelope, non fare così».

«Tu e Travis siete i peggiori bastardi del mondo», dico. «A voi due non importa di nessun altro se non di voi stessi».

«Pen...».

«Spero che tu fallisca», dico, anche se non è vero. «Spero che tu vada in bancarotta e non ti faccia degli amici, perché non li meriti».

Non mostra un briciolo di emozione e non posso sopportare di guardarlo in faccia per un altro secondo. Strappo la catena d'argento che mi ha dato a Soči, quella che indosso da allora, e gliela lancio in faccia.

«Non voglio sentirti mai più». Me ne vado senza un'altra parola, lasciando che le lacrime mi scendano sul viso.

Fa male sapere che il mio amore per lui non è corrisposto, ma in fondo so che sarà così per sempre. Che è meglio levare l'ancora e gli ormeggi, salpare verso il mare aperto e trovare un posto in cui sarò desiderata.

So che non è mai stato il mio ragazzo, ma la rottura con lui mi colpisce più duramente di tutte le altre messe insieme.

Rottura #16

Quello che diede inizio alla Guerra Fredda

Penelope all'epoca

Molti mesi dopo, Chicago, Illinois

A eccezione di un "Come stai?", di un "Buon compleanno" e di un "Congratulazioni per il primo posto nel ranking" arrivati tramite mio fratello, Hayden non mi contatta mai.

Non mi scrive.

Non mi chiama.

Va avanti con la sua nuova vita a New York come se io non fossi mai esistita, e io faccio lo stesso. All'inizio è difficile abituarsi a non vederlo sugli spalti durante le mie gare, ancora più difficile resistere all'impulso di chiamarlo di notte per parlare.

Certi giorni vorrei soltanto sentire la sua voce, ma mi rifiuto di allungare la mano e porre fine alla Guerra Fredda che ha iniziato lui senza un cazzo di motivo.

"Perché diavolo se n'è andato così?".

«Hai pattinato come un'anatra ubriaca per tutto il riscaldamento». Il mio allenatore mi si avvicina, strappandomi ai miei pensieri. «Hai voglia di vincere oggi?»

«Sì». Lo guardo male. «Certo».

«Allora, ti dispiace andare sul ghiaccio?». Indica la pista. «Tocca a te, cazzo».

"Merda". Prendo fiato e forzo un sorriso.

«Ehi». Il coach mi afferra delicatamente il braccio. «Pensa

a quello che hai pensato quella volta che ti ho spronato con Frankie e spazzerai via tutte le altre».

Annuisco e mi dirigo verso il centro della pista.

Chiudo gli occhi e aspetto che la musica inizi. Ho già usato Hayden come musa ispiratrice e non ho altra scelta che farlo di nuovo.

Vedo solo lui quando chiudo gli occhi, non importa quanto cerchi di togliermelo dalla mente.

Quando inizio la mia esibizione, sento una nuova aggiunta alla colonna sonora: i sussulti udibili del pubblico e le loro grida di approvazione sono più forti del solito.

Mentre sogno Hayden che torna a chiedermi scusa, o lui seduto sugli spalti che dice di amarmi, salgo per il salto più difficile del mio programma, un quadruplo lutz, e atterro con facilità. Completo un salchow triplo e aggiungo due lutz quadrupli consecutivi solo per il gusto di farlo.

Mi lancio in un triplo toeloop e proseguo con il resto del programma. Eseguo alla perfezione ogni giro, ogni salto, e mentre provo il mio quarto quadruplo della serata, mi sento come se stessi volando; per alcuni secondi, sono intoccabile.

La mia lama, però, non tocca il ghiaccio come dovrebbe una volta completato l'ultimo giro.

E, all'improvviso, non sto più volando.

Sto cadendo…

Quaranta

Oggi

Hayden

PENELOPE: VAFFANCULO. È finita.
PENELOPE: Non chiamarmi mai più.
PENELOPE: Sono IO che lascio TE perché non hai avuto le palle di essere onesto e prenderti la responsabilità di quella che è al cento per cento colpa tua.

"Okay, forse ho preso la decisione sbagliata".

Sembrava che qualcuno mi avesse dato fuoco al petto, e il mio cuscino continuava a essere umido ogni notte.

«Taylor!», gridai, chiamando la mia governante.

«Sì, signor Hunter?»

«Ha piovuto qui ieri notte, vero?»

«No». Sembrava confusa. «Di solito non piove al chiuso».

«C'è una prima volta per tutto». Afferrai il cuscino e glielo lanciai. «Puoi portare questo in lavanderia? Penso che ci abbia piovuto sopra».

«Stava piangendo, signore».

«Quindi sei d'accordo con me che stava piovendo». Presi il telefono e lei alzò gli occhi al cielo. Aspettai che la porta si chiudesse prima di scorrere fino al nome di Penelope.

Ero tentato di chiamarla, ma mi trattenni.

Dal momento che la conoscevo come le mie tasche, sapevo benissimo che non era il momento di iniziare alcuna conversazione. Più tardi avrebbe iniziato a chiamare a lasciarmi dei messaggi vocali pieni di rabbia.

Le avevo insegnato un sacco di cose nel corso degli anni, ma quella lezione in particolare non l'aveva mai assimilata.

Prima che potessi considerare una mossa migliore, suonò il campanello.

«Arrivo, Taylor», ruggii. Doveva essersi chiusa di nuovo fuori. Aprii la porta e invece mi ritrovai faccia a faccia con Travis.

«Dannazione», disse. «Hai un aspetto di merda».

«Grazie, Travis. Anche tu non molto tempo fa».

«Prego. Chi è morto?»

«Nessuno». Lo feci entrare. «Pensavo fossi la mia governante».

«Ah. L'ho appena incontrata in ascensore». Mi mise le mani sulle spalle. «Sul serio. Chi è morto? Dimmelo».

«Nessuno. Ho rotto con la mia fidanzata».

«Scioccante». Rise, ma non mi unii a lui come al solito.

Gli ci volle un po' per capire che non c'era niente di divertente in tutta quella storia. «Cazzo, hai pianto?»

«No. Taylor ha usato dei nuovi prodotti per la pulizia a cui sono allergico, tutto qui».

«Vuoi parlarne?», mi chiese.

"Non con te". «In realtà no». Mi avvicinai all'armadietto dei liquori e tirai fuori una bottiglia di vodka.

Avevo bisogno di cambiare argomento. Subito.

«Il tuo agente sta già lavorando a una nuova data per il trittico di incontri?», gli domandai.

«Dopo che avremo i risultati di tutti i test antidroga». Si appoggiò al bar. «Mi stai spaventando, amico. Non sono abituato a vedere che mostri emozioni quando si tratta di top model come Anya Sterling».

«Anya Sterling?»

«Sì. È con lei che hai rotto, giusto?»

«Sicuro». Non me la sentii di correggerlo. Avevo visto

Anya a un certo punto della settimana precedente. Era caduta ubriaca da un dannato taxi ed era sul punto di mettersi in imbarazzo. L'avevo aiutata a salire nella sua suite e avevo aspettato in corridoio fino all'arrivo del suo manager.

«Davvero, tu e Penelope siete proprio sfortunati quando si tratta del sesso opposto». Scosse la testa. «Sono riuscito a malapena a parlarle ieri. Singhiozzava senza controllo per quest'ultimo tizio. Per fortuna che era quello giusto per lei…».

"Che cosa?". Avvertii una stretta al petto per il senso di colpa. «Cos'ha detto di lui?»

«Non ricordo». Fece spallucce. «Piangeva troppo, non riuscivo a capire nulla».

«Potresti sforzarti?»

«Perché?». Batté le dita contro il bancone. «Non dovresti già saperlo? Sicuramente ha detto più a te che a me».

«Di solito è così che va…».

«Esattamente. Avete litigato o qualcosa del genere?»

«Non era mia intenzione».

«Quando è stata l'ultima volta che le hai parlato?»

«Sembra un'eternità».

«E com'è che si chiamava la tua ragazza?».

«Pe… non la conosci», riuscii a correggermi.

«Oh, invece penso di sì». Mi guardò, gli occhi ridotti a due fessure. «È Penelope, vero?».

Non risposi, non reagii. Quando mi ero immaginato quella scena tra noi, avevo sperato che avesse un finale diverso. Ma il film ormai era ai titoli di coda.

«Ti scopavi mia sorella alle mie spalle?»

«No, *avevo una relazione* con tua sorella alle tue spalle», dissi. «C'è una grande differenza».

«Stavi "uscendo" con lei a Las Vegas? Quando quell'altra donna urlava il tuo nome nella tua stanza, a poche ore dal mio combattimento?»

«Non c'era nessun'altra donna», dissi in tono piatto. «Era tua sorella».

«Quindi hai iniziato a dirmi bugie?»

«Travis...». In quel momento non avevo tempo per quella discussione. «Dobbiamo rimandare a un altro giorno. Sto attraversando un brutto periodo e non ti offendere, ma non sei la persona con cui voglio parlarne».

«Quando avevi intenzione di chiedermi il permesso di uscire con mia sorella?»

«Non avevo intenzione di chiederti un cazzo», dissi. «Te lo avrei *detto* tra qualche settimana e tu l'avresti accettato».

«Accettato?». Mi guardò torvo. «È quello che mi hai appena detto?»

«L'acustica in questa stanza è eccellente».

«Quand'è che l'hai adescata?». Il suo viso era rosso di rabbia.

«Scusa, cosa?»

«Era una cazzo di minorenne, quando io...». Scosse la testa. «Andavi a letto con Penelope quando te l'ho affidata a Seattle?».

"Hai ufficialmente perso la testa". Feci spallucce. «Possiamo parlarne quando non avrai quello sguardo omicida negli occhi? Preferibilmente da adulti?»

«Certo che possiamo».

Prima mi colpì all'occhio con un sinistro.

Poi mi arrivò un destro.

Preso alla sprovvista, barcollai all'indietro e mi aggrappai al bancone.

«Parliamo ancora un po', eh?», schiumò. «Di' qualcos'altro».

Non ne ebbi la possibilità. Aprì lo sportello di uno dei mobili della cucina e me lo sbatté contro la faccia.

E continuò finché non caddi a terra.

A quel punto si mise sopra di me e mi picchiò come non aveva mai picchiato alcun avversario.

Non c'erano arbitri a salvarmi.

Quaranta (B)

Settantadue ore dopo la rottura

Il mio sangue gocciolava sul pavimento di marmo e la mia segreteria mi tormentava riproducendo a ripetizione i messaggi di Penelope.

Provai ad aprire un po' di più gli occhi, ma non servì a nulla.

Nel corso delle ultime ore ero riuscito a mettere in fila qualche ricordo – pochi, però: ero abbastanza sicuro di avere una frattura al cranio.

Primo, il mio primo ed ex migliore amico pensava che fossi un pedofilo.

Secondo, la mia migliore amica pensava che l'avessi tradita con una top model.

Terzo, la mia cazzo di segreteria telefonica era ufficialmente rotta, ed era la prima cosa che avrei distrutto non appena Lawrence o Sarah fossero venuti a cercarmi.

«Ti odio, Hayden Hunter». La voce di Penelope giunse di nuovo dagli altoparlanti. «Io. Ti. Odio. Spero che ti cada il pisello e che tu perda ogni centesimo del tuo conto in banca! Visto che è tutto ciò che ti interessa».

Bip!

"Gesù Cristo".

Quarantuno

Oggi

Hayden

«Non ti avevo chiesto di lasciarmi morire?». Guardai Sarah mentre mi sistemava le bende intorno alle gambe.

«Avevo intenzione di farlo, ma ho visto che non ero nel suo testamento, quindi non avrei guadagnato nulla dalla sua morte». Versò un bicchiere d'acqua e lo posò accanto a me. «Se invece l'avesse detto a Lawrence, avrebbe potuto obbedire».

«Che giorno è?»

«Il giorno della guarigione».

«Che giorno della settimana, Sarah?»

«Il giorno della guarigione». Sorrise. «È una nuova aggiunta».

«Va bene. Quanti giorni sono stato così, allora?»

«Molti».

"Okay, vaffanculo". «Dov'è il mio telefono?», le chiesi. «Devo fare una chiamata...».

«Penelope?». Scosse la testa. «Non le risponderà».

«Puoi darmi il mio cellulare così posso testare questa teoria da me?»

«Le darò tutto quando starà di nuovo bene». Lo tirò fuori dalla tasca e tolse la batteria prima di lanciarmelo.

«Sarah, dammi tutto il mio telefono».

Prese il telecomando e accese la TV. Poi lasciò la stanza.

Provai ad alzarmi, ma era troppo difficile. Le mie gambe erano ancora troppo intorpidite.

«Sarah!», gridai. Non ebbi risposta. Prima che potessi riprovarci, sullo schermo apparve il programma *Behind the Scenes: Journey to the Olympics*.

Mostrarono il complesso nello Utah, poi le strutture interne e infine Penelope.

Vedendola mi arrischiai a mettermi a sedere, nonostante il dolore che provavo nel farlo. Vestita con una giacca a vento rosso brillante della nazionale statunitense, aveva i capelli raccolti in una crocchia disordinata e la pelle luminosa.

«È un onore essere qui», diceva a un giornalista in giacca e cravatta. «Mi è davvero mancato far parte di questo mondo, e spero di guidare l'incredibile Katie Folds alla sua migliore performance quando i Giochi inizieranno».

«Be', ci sei più che mancata». Il giornalista sorrise. «Sono passati anni, e non abbiamo ancora visto niente di simile a "The Perfect Feather" in questo sport. Eri unica. Veramente».

Penelope sorrise a disagio e riuscii a scorgere un accenno di dolore nei suoi occhi.

Mentre parlava dei suoi successi, alcuni dei momenti più importanti della sua carriera iniziarono a scorrere sullo schermo.

L'ultimo, uno dei suoi incredibili quattro lutz quadrupli consecutivi in Italia, e il suo alzare le braccia la cielo in segno di vittoria, si fuse con quello che accadde quando la musica finì: lei che correva verso di me piangendo lacrime di gioia.

«Ce l'ho fatta, Hayden! Ce l'ho fatta!».

Nonostante il dolore lancinante, riuscii ad alzarmi dal letto nel giro di un'ora. Mi diressi in cucina, in modo da poter prendere l'altro telefono e noleggiare un jet per vederla.

Ma le mie gambe cedettero e diventò tutto nero.

"Cazzo".

Quarantadue
Oggi

Penelope

Salt Lake City, Utah

Il rumore dei pattini che colpivano il ghiaccio non mi era mai sembrato così stridente e fastidioso. Mi ero sentita fuori posto nel momento esatto in cui ero entrata nel palazzetto dedicato agli allenamenti.

Come se non appartenessi più a quel mondo.

Tutte le mie giornate scivolavano via in un montaggio di allenamenti ininterrotti, apparizioni sui media e domande incessanti sulla mia caduta.

Le mie emozioni stavano ancora suonando una sinfonia di tristezza fuori sincrono, e per un qualche motivo non riuscivo a calarmi completamente nel ruolo di allenatrice.

Katie Folds era straordinaria e non aveva bisogno di alcuna guida; la mia presenza era una mera formalità.

Sospirando, sorseggiai il mio caffè e le feci segno che era il momento di una pausa. «Prendiamoci venti minuti!».

Annuì e pattinò verso di me.

«Per la cronaca, ti guardavo sempre quando ero più piccola», disse. «Ho registrato tutte le tue gare per trarne ispirazione. Be', le tue e quelle di tua madre. Voi due siete le mie preferite di tutti i tempi».

«Significa molto per me, Katie. Grazie».

«Vuoi qualcosa dal bar?»

«Limonata».

«Okay». Annuì e si fece scivolare una borsa sulla spalla.

Attesi che se ne fosse andata prima di sedermi e dare sfogo alle mie emozioni di nuovo.

Pensavo di poter battere il mio record di sei ore senza pensare ad Hayden, ma era inutile. Invadeva i miei sogni a occhi aperti, prendeva d'assalto i miei pensieri e dovevo continuamente resistere al bisogno di prendere il telefono e contattarlo.

Era, di gran lunga, la rottura più difficile che avessi mai affrontato e odiavo doverlo fare da sola.

Senza il mio migliore amico.

«Sai, un "Arrivederci" sarebbe stato carino». Tatiana all'improvviso mi si parò di fronte. «In realtà, mi sarei accontentato di un messaggio: "Ho cambiato idea sul fatto dell'allenamento". Così, una volta tornata in città dalla mia brevissima parentesi come allenatrice, non avrei avuto voglia di denunciare alcuna persona scomparsa».

Le lacrime mi pungevano gli occhi mentre la guardavo. «Cosa ci fai qui?»

«No, no, no», disse. «La persona che ha prenotato un volo senza pagare la sua parte di affitto non può farmi nessuna domanda in questo momento. Ho una domanda migliore: perché piangi?».

Non dissi niente.

«I nemici si parlano, Penelope», disse. «Si raccontano le cose».

«Hayden mi ha mollata».

I suoi occhi si spalancarono. «Che cosa?»

«Ha detto che aveva bisogno di spazio e mi ha tradita». Le lacrime mi scesero sul viso.

Lei inclinò la testa di lato. «La cosa del tradimento da chi l'hai saputa?»

«Ho perso il mio ragazzo e il mio migliore amico in un colpo solo». Non avevo voglia di affrontare l'argomento in quel momento. «Ho reagito, ho raccolto tutto e me ne sono andata. Mi dispiace di non aver chiamata o scritto… non sapevo cosa dire. Ora sono qui ma c'è qualcosa che non va. Sì, lo desidero più di ogni altra cosa, ma il tempismo non è giusto, capisci? E l'unica persona con cui vorrei condividere tutto questo non è qui per celebrare l'occasione con me».

Si sedette accanto a me sulla panca, avvolgendomi le braccia intorno alle spalle.

Singhiozzai così forte che il petto e lo stomaco mi dolevano ancora più della sera prima.

«Devo vomitare», dissi, correndo in bagno.

Mi seguì e mi tenne indietro i capelli appena in tempo. «Aspetta, fammi prendere dei fazzoletti».

«Oh!», si schifò lei. «Qualcuno ha vomitato anche qua. Qualunque sia il cibo che viene servito qui, non osare offrirmelo».

«Scusami», dissi. «Mi sono dimenticata di tirare l'acqua, un'ora fa. Ecco quanto sono arrabbiata. Continuo a piangere».

«E vomiti così ogni giorno?»

«Sì». Le presi il fazzoletto. «Non sono mai stato così male dopo una rottura. È tutto talmente orribile che temo non riuscirò mai a voltare pagina».

«Ci scommetto». Si appoggiò alla parete. «Non credo che tutto quello che provi sia dovuto alla rottura, però».

«Cosa intendi dire?»

«Penso che dovresti fare un test di gravidanza…».

Quarantatré
Oggi

Penelope

TRAVIS: Visto che continui a ignorare le mie telefonate, sono in città. Ci vediamo a pranzo. *Adesso.*
IO: Dove? E perché?
TRAVIS: Da Anita's, al 43 di Woodland.
TRAVIS: E sai già il cazzo di perché.

Entrai nel caffè e mi tolsi il cappello, fermandomi quando vidi che tutte le tende del locale erano abbassate. I tavoli erano intatti e privi di posate, e una bruna era sola al banco.

«Buon pomeriggio, signorina Carter», disse. «Grazie per aver scelto Anita's stasera. Posso accompagnarla al tuo tavolo riservato?»

«Sicuro». La seguii fino a un privé in fondo alla stanza.

Nel corso degli anni, avevo imparato a conoscere molto bene questa routine del "tavolo riservato".

Ogni volta che Travis voleva rimproverarmi per qualcosa, l'idea di un incontro pubblico era fuori questione, quindi probabilmente aveva *preso in considerazione* l'idea di redarguirmi.

Era così che aveva sempre gestito l'essere un fratello maggiore, e non avevo altra scelta che sottomettermi.

O come voleva lui oppure nulla.

Sfogliai il menu di plastica rosa e ordinai pancake e un caffè. Poi, puntuale come un orologio svizzero, Travis varcò la porta da solo.

Consegnò al manager una mazzetta di banconote e si fece strada verso di me.

«Ciao, Principessa». Mi guardò torvo mentre si toglieva la giacca. «Come stai in questo bel sabato?»

«Non sei mai stato bravo a chiacchierare del più o del meno, Travis. Per favore, non provare a esercitarti ora».

«Cosa posso offrirle oggi, signor Carter?». La cameriera arrivò al nostro tavolo e ci portò due caffè.

«Prenderò quello che ho discusso con il suo manager al telefono». Tenne i suoi occhi sui miei. «Niente di più, niente di meno».

«Sissignore». Si allontanò.

«Mi interessa davvero sapere come ti senti oggi», disse Travis. «Preferisci continuare a mentire su Hayden o confessare?»

«Finiscila, Travis». Alzai gli occhi al cielo. «Non devi trattarmi come una bambina».

«Giusto. A che cazzo stavi pensando?»

«Prima di tutto…».

«Lascia che ti risponda io», mi interruppe. «Non stavi pensando. Perché l'idea di una relazione con Hayden non avrebbe dovuto nemmeno venirti in mente. Sai com'è con le donne, hai visto per anni il suo spettacolino da una postazione privilegiata. Pensavi davvero che avrebbe cambiato ruolo per te?».

Non risposi.

«Mi hai deluso tantissimo», disse. «Non è quello che ti ho insegnato».

«Tu non sei papà, Travis».

«Meno male». Sorseggiò il suo caffè. «Non sarebbe così calmo se fosse qui. E di certo, cazzo, non gli sarebbe andato bene vederti con Hayden. Fidati di me».

Stavo serrando i denti quando la cameriera tornò al nostro tavolo.

«Ecco qui», disse, portando più di quello che avevo ordinato. Un altro dei giochetti di Travis.

Mio fratello aspettò che se ne andasse prima di parlare di nuovo. «Meno male che avete troncato prima che le cose peggiorassero o che lui ti mettesse incinta».

«Sono incinta».

«Smettila di prendermi in giro».

«Di otto settimane», dissi. «E sì, il bambino è suo».

Inspirò lentamente. «Penelope…».

Non terminò la frase.

Prese invece il coltello e affettò la sua pila di pancake in maniera così metodica e delicata che mi venne la pelle d'oca. La paura che mi aveva instillato negli anni era ancora lì.

«Qualunque cosa ti abbia promesso mentre uscivi con lui alle mie spalle è una bugia. Detto questo, dubito che possa mai rinunciare a crescere suo figlio. Dato il suo passato, non oserebbe essere un padre del genere».

«Lo so».

«Dovresti anche sapere che gli ho parlato e gli ho detto che non avrebbe mai dovuto toccarti. Non c'è futuro con lui al di fuori di un programma di cogenitorialità. Non lo permetterò».

«Non lo permetterai?»

«No». Mi guardò torvo. «Ci sarà per tuo figlio ovviamente, ma nella tua vita avrà esclusivamente quel ruolo. Avresti dovuto ascoltare le mie parole anni fa. Sono l'unico che ci sarà sempre per te. Sei tutto ciò che ho e viceversa».

Il mio sangue ribolliva per come stava riscrivendo il passato, per come riusciva a dire tutte quelle cazzate senza battere ciglio.

«A proposito…». Tirò fuori una busta dalla giacca e la mise nella mia borsa. «Ho questo conto a tuo nome da quando ho iniziato a fare MMA e avevo in programma di consegnartelo l'anno prossimo, ma prima di allora ne avrai chiaramente bisogno. Un'altra cosa: non sorprenderti se Hayden non riconoscerà il bambino per un po'».

«E questo cosa dovrebbe significare?»

«Esattamente quello che ho detto», disse. «Penserò io a te nel lungo periodo, visto che lui non potrà».

«Vuoi sapere chi pensava a me quando ne avevo bisogno?». La mia voce si incrinò. «Chi si è presentato a ogni mia cazzo di gara, anche quando gli ho detto che non ce n'era bisogno, perché stava lavorando ai suoi dannati sogni, proprio come te?».

I suoi occhi si ridussero a due fessure.

«Hayden», sibilai. «Hayden c'era e tu no. Quindi, risparmiami questa parte da cavaliere bianco del cazzo. Non ho mai avuto bisogno che tu mi salvassi».

«Penelope…».

«Sei così pieno di te che non riesci nemmeno ad accorgertene». Mi alzai. «Ma sai una cosa? Sei sempre stato un mago quando si trattava di evitarmi per mesi. Fammi un favore e continua a farlo per il resto dell'anno».

«Che cosa?»

«"Sarò in prima fila alla tua prossima gara". Ricordo vividamente che hai pronunciato questa frase esatta quando mi hai abbandonato la prima volta».

«Siediti, Principessa. Non ho finito di parlare con te».

«Io però ho finito di ascoltare».

Lasciai la tavola calda senza un'altra parola, senza raccontargli nessuno dei miei progetti.

Avevo un aereo da prendere.

Quarantaquattro

Oggi

Hayden

PILOTA NAV: Non posso portarla nello Utah se un dottore non l'autorizza a volare, signore.

PILOTA JOEL: Me lo ha chiesto venti volte, signore. Ha bisogno dell'autorizzazione del suo medico.

DOTTOR MURRAY: Ho chiamato tutti gli aeroporti/piloti privati e l'ho indicata come soggetto a rischio. Ha ancora qualche settimana di convalescenza davanti, signor Hunter. Sia paziente.

"'Fanculo, andrò nello Utah in macchina".

Stavo procedendo con il pilota automatico, in una vita che non volevo vivere perché Penelope non era con me.

La chiamavo più volte al giorno, le spedivo messaggi lunghissimi e avevo persino inviato delle lettere di scuse direttamente al centro di allenamento, ma mi erano tornate tutte indietro.

Stava usando il mio stesso consiglio di rottura, "Ignora lo stronzo finché non la smette", contro di me, e faceva un male cane.

«Vostro onore, il signor Hunter non ha fatto altro che fissare il suo telefono e borbottare tra sé e sé da quando abbiamo iniziato l'udienza».

La voce roca del nuovo avvocato di Tinder mi strappò dai miei pensieri.

Alzai lo sguardo, rendendomi conto che in qualche modo ero arrivato a una sala riunioni, per qualcosa che aveva a che fare con questa noiosa causa. Ero circondato da venti persone da ogni lato.

«Si è anche presentato all'udienza indossando una fottuta benda sull'occhio», gemette. «Non vuole prendere la cosa sul serio e ci sta facendo perdere tempo».

«Ho avuto un incidente», dissi, sospirando e togliendomi la benda. «Sono disposto a rispondere a tutte le sue stupide domande».

«Vuole dire alle mie domande legalmente vincolanti?»

«Questo non le rende meno stupide».

«Signor Hunter...», esordì il giudice in tono di rimprovero. «Per favore, ci conceda la sua attenzione completa e la smetta di guardare il telefono».

Aggiornai lo schermo un'ultima volta prima di rimetterlo in tasca.

«Grazie». L'avvocato prese un foglio di carta. «Lo sa perché siamo qui, oggi?»

«Per cercare di spillarmi tutti i soldi che potete». Sorrisi, anche se mi facevano ancora male le guance. «O forse perché state provando a fingere che io non sia dieci volte più bravo a creare app del vostro cliente laggiù».

Tim mi lanciò un'occhiataccia e il giudice mi rimproverò di nuovo.

«Sì, so perché siamo qui». Cambiai tono. «Sono qui per discutere delle somiglianze tra Cinder e Tinder per la nostra cinquantasettesima causa».

«Ottantasettesima». Lawrence tossì.

«Bene». L'avvocato fece scivolare verso di me una cartella, ma io non la guardai.

Osservai invece Tim, come avevo fatto diverse volte in passato durante quelle deposizioni. Anche dopo tutto questo tempo, sembrava ancora preoccupato e rattristato come sempre.

Come se fosse l'unico nella stanza a sapere la verità.

Be', oltre a me.

«Signor Hunter», disse il suo avvocato, «lei ha mai rubato...».

«Sì».

«Che cosa?»

«Mi ha sentito», dissi alzandomi in piedi. «Non tutto, ma sì. Ho rubato qualcosa al signor Tim Lassing».

La stanza tacque.

«Per quel che vale...». Guardai Tim. «Ti darò quello che ha chiesto la tua squadra. Quaranta milioni. Penso anche che dovresti andare a prendere il "New Yorker" domani. Mi dispiace».

«Ti dispiace per cosa?». Incrociò le braccia.

«Sai a cosa mi riferisco». Non dissi nient'altro. Lasciai la stanza tra sussurri e mormorii, diretto verso l'ascensore.

«Hayden?». Lawrence mi stava alle calcagna. «Hayden, che diavolo stai facendo? E che diavolo c'è domani sul "New Yorker"?»

«Pensavo che odiassi gli spoiler», dissi. «Una copia dovrebbe arrivare alla tua scrivania stasera, però».

«Di cosa si tratta, Hayden?»

«La verità sulla Guerra Fredda, Lawrence». Premetti il pulsante per scendere. «Alla fine ho detto la verità su tutto».

Rottura #16.5

Quello che non doveva esserci
O meglio…
Quello che iniziò davvero la Guerra Fredda

Hayden all'epoca

Non posso crederci. Mi sto innamorando della mia migliore amica. La mia migliore amica, quella che è troppo giovane per me e il cui fratello è pronto a pestarmi a morte.

I suoi ex sono diventati un semplice argomento di conversazione, un intermezzo comico in attesa che arrivi la scena madre. La scena madre che desidero.

"Noi…".

Non passa notte senza che parliamo al telefono o discutiamo delle nostre vite. Le ho detto cose che non ho mai confessato a Travis e voglio che sia mia.

Anche se si è presentata a teatro solo per dirmi che è innamorata di Tim, al punto da trascurare la sua carriera per lui, per qualche ragione non riesco ad accettare la mia sconfitta.

«Be', questo è tutto». Nina, la donna con cui sono al quinto inutile appuntamento, mi bacia sulla guancia. «Ho intenzione di farti un enorme favore. Dobbiamo smettere di vederci, per te».

«Cosa? Perché?»

«Non posso competere con la donna di cui sei veramente innamorato. È lei che ti sta scrivendo adesso, vero?». Indica il mio telefono. «È con lei che hai passato l'ultima ora e mezzo a parlare, e ti ho già detto più di una volta che andarla a vedere mentre pattina non conta come appuntamento galante. Anche se ha dei vantaggi».

«Non è come pensi».

«È esattamente come penso io». Sorride, sembra del tutto indifferente. «Continua. Rispondile».

«Può aspettare».

«Ah! Non la fai mai aspettare». Si tira la borsa sulla spalla. «Ci vediamo in giro, Hayden».

La guardo allontanarsi e resisto per qualche minuto solo per dimostrare che ho ragione.

PENELOPE (TROPPO GIOVANE PER TE): Ehi. Grazie per avermi inviato i frullati proteici e gli scaldamuscoli ieri. Te ne sono grata.
IO: Prego. Cosa fai stasera?
PENELOPE (TROPPO GIOVANE PER TE): Niente. Vuoi venire?
IO: Dieci minuti e sono lì.

Quando arrivo a casa di Penelope, faccio un respiro profondo e provo a pensare a come devo interpretare questa cosa. Ha dei sogni che sta inseguendo, come me, ma non voglio interferire con i suoi.

Ma sono anche egoista e non voglio che esca con nessun altro. Nessun Tim, solo io.

"Troverò il modo".

Scendo dalla macchina e busso alla porta.

Non apre Penelope, però, ma Tim.

"Che diavolo...?".

«Ehi, Hayden». Sorride. «Felice di vederti».

Come se potesse leggere la mia espressione confusa, si schiarisce la gola. «Le tubature dell'acqua a casa mia sono scoppiate un'ora fa, quindi ho pensato di stare con la mia ragazza per qualche giorno mentre le riparano. È a questo che servono le fidanzate, giusto?»

«Giusto».

Entro. Il soggiorno è pieno delle sue cose. La cerco con lo sguardo e la trovo nella vecchia biblioteca di sua madre.

«Allora, Tim ti porta in campeggio per il fine settimana?». Non riesco a pensare a nient'altro da dire.

«Sì, a meno che...».

«A meno che, cosa?».

Non mi risponde.

«Sei certa di quello che mi hai detto a teatro la scorsa settimana?»

«Sì». Annuisce. «Assolutamente. Lo amo davvero».

Sento una fitta al petto mentre mi confessa che è davvero innamorata di lui. Lo sguardo nei suoi occhi è innegabilmente per lui.

«Vacci piano, allora», dico, arrendendomi. «Assicurati che sia tutto ciò che desideri prima di oltrepassare il limite».

«Lo è. Vorrei solo che potesse accorgersene».

Mi abbraccia più a lungo del solito e le sfrego le mani contro la schiena. Ci allontaniamo lentamente e ci fissiamo.

"Cazzo. Dille che è a te che appartiene invece. Al diavolo le conseguenze".

«Ehi». Tim entra nella stanza prima che io possa pronunciare una parola. «Vi stavo cercando. Ho appena ricevuto un'e-mail su una serata pizza gratuita al Brick Oven. Ci andiamo?»

«No, io non ho fame», dico. «Già che sono qui, prendo delle cose che devo portare a suo fratello, poi vi saluto».

«A me va». Penelope tiene gli occhi fissi sui miei, ma stringe il braccio nel suo. «Dobbiamo andarcene subito se vogliamo trovare posto, però. Hayden, potresti chiudere la porta quando te ne vai? Il cane di Tim è qui».

«Okay».

Li osservo dalla finestra mentre salgono sul furgoncino di Tim. Quando escono dal vialetto e superano l'incrocio alla fine della strada, mi concedo di sbirciare tra le cose di Tim nel soggiorno.

Penelope mi ha detto che sta lavorando anche lui a un'app di appuntamenti, e secondo quello che mi ha raccontato è un po' più avanti di me. Il mio team è composto da sette persone, il suo da venti.

Sfogliando le sue cartelle, sollevo un sopracciglio davanti alle sue idee per il logo e il nome.

"Tinder come nome? Una fiamma rossa o rosa scuro come logo?".

Apro una delle cartelle vicino al tavolino e mi fermo. C'è una pila di fogli, pieni di codice. Tra le righe ci sono le parole "algoritmi e funzionalità suggeriti".

So che dovrei lasciarli lì, ma non riesco a trattenermi.

Copio tutto ciò che è nella libreria di Penelope e scollego la stampante. Poi, solo perché ha avuto l'audacia di far innamorare la mia migliore amica, butto tutto per terra prima di andarmene.

Rottura #16.5

Quello che non doveva esserci
O meglio…
Quello che iniziò davvero la Guerra Fredda

Hayden all'epoca

Le copie sul sedile davanti continuano a provocarmi mentre guido, a chiamarmi "ladro". Il senso di colpa è così forte che mi fa quasi fermare e distruggere tutto.

La parola chiave è "quasi".

Voglio guardare il suo lavoro, solo per vedere se ha realizzato qualcosa di straordinario per la sua app. Se c'è qualcosa che posso imparare, non rubare.

Cercando di mettere a tacere le voci nella mia testa, le sostituisco in qualche modo con il ricordo di un cane che abbaia.

"Bau! Bau! Bau!".

Cerco di pensare a qualcos'altro, ma i latrati diventano più forti.

Impiego quasi un chilometro per rendermi conto che quei suoni non sono affatto nella mia testa.

«Bau! Bau! Bau!».

Accosto sul ciglio della strada e guardo sul sedile posteriore. «Bau!». Il terrier grigio e nero di Tim mi fissa negli occhi. È seduto per terra e la sua zampa anteriore è intrappolata sotto del nastro di spedizione.

"Che diavolo…?".

Riavvolgo mentalmente l'ultima ora, chiedendomi quando e come sia saltato nella mia macchina.

Il cane abbaia più forte e lotta per liberarsi.

Sospiro e mi prendo tutto il tempo necessario per aiutarlo,

valutando se restituirlo stasera o domattina come prima cosa e valutando contro e pro di entrambe le opzioni.

Scelgo di rimandare, quindi lo prendo in braccio e lo sposto sul sedile del passeggero. Poi afferro una coperta dal pianale e lo copro.

Rimettendomi in marcia, faccio una deviazione al negozio di animali più vicino e provo a fingere di non aver perso completamente la testa.

Un'ora dopo

Poso una ciotola d'acqua sul pavimento della mia cucina e mi assicuro che ci siano abbastanza crocchette nel nuovo dispenser che si trova accanto.

Lo restituirò domani e Tim non lo saprà mai.

Tirando fuori gli appunti rubati, mi siedo al mio tavolo e comincio a leggere.

La sua idea non è affatto simile alla mia, ma ha scoperto la parte che io stavo faticando a trovare: un modo accattivante per rifiutare o accettare un profilo.

Scorri verso destra per sì. Scorri verso sinistra per il no.

"Mmm".

Le idee stupide però superano quelle buone. Cose come incontri a base di bagel, cene con delitto e videogiochi in cui gli utenti possono accumulare punti per "trovare il vero amore".

Spazzatura assoluta. Ma la funzione di scorrimento?

È impressionante.

Davvero impressionante.

Un'ondata di invidia mi investe, quasi affogandomi.

Lui ha la mia Penelope.

La *mia* Penelope.

Senza pensare, tiro fuori i codici per l'"accetta e rifiuta" per la mia app di appuntamenti e li metto accanto ai suoi. Quindi confronto ogni riga di codice.

Preparo una tazza di caffè dopo l'altra, confrontando le parti migliori della sua app con i punti in cui la mia app è più debole.

Prendo solo la funzione di scorrimento, ovviamente, ma giuro che non lo ammetterò mai con nessuno.

Quando finisco, il sole sta sorgendo e il cane di Tim mi chiama con la zampa, ricordandomi che devo lasciarlo a casa del vicino di Penelope con un biglietto anonimo, in modo che Tim non venga mai a sapere che l'ho "rubato".

"Merda".

Rottura #16.5

Quello che non doveva esserci
O meglio…
Quello che iniziò davvero la Guerra Fredda

Hayden all'epoca

Chiudo il mio cuore spezzato in una valigia e mi dirigo verso l'aeroporto e New York.

Non sono sicuro di come diavolo abbia fatto Penelope a trovarmi, o perché insista nel rendere questa cosa ancora più difficile. Mi ha spezzato il cuore innamorandosi di un altro ragazzo, ma faccio del mio meglio per non mostrare alcuna emozione.

Le dico che la chiamerò.

Che saremo ancora migliori amici, ma questa è una bugia.

Sono troppo innamorato di lei per mantenere la promessa.

All'inizio le cose sembrano normali tra noi. Perché lei non si accorga di nulla, ogni tanto le mando un messaggio. Ma mi costringo a smettere dopo qualche settimana.

Al di là di un "Buon compleanno" o di un "Spero che tu stia bene", ci affidiamo a Travis per gli aggiornamenti reciproci.

Suo fratello è troppo preso dalla carriera per accorgersi del cambiamento.

Rottura #16.5

Quello che non doveva esserci
O meglio…
Quello che iniziò davvero la Guerra Fredda

Hayden all'epoca

Diversi mesi dopo, siedo in un bar a SoHo a guardare l'esibizione di Penelope agli Skate America. I miei sentimenti per lei sono stati compartimentati e ho incanalato tutto ciò che una volta provavo nei suoi confronti nella mia nuova app di appuntamenti: Cinder (sì, lo so che è meschino fare rima con Tinder, ma non ho completamente abbandonato la mia invidia. E poi suona sempre meglio di Tinder).

Ahimè, quasi tutte le mie affermazioni "È troppo giovane per te", "Non funzionerà mai" e "È la sorellina del tuo miglior amico" hanno finalmente dato qualche risultato. Sono anche riuscito a convincere un terapeuta che le mie emozioni per Penelope erano causate dalla famiglia che non ho mai avuto.

«Può alzare un po' la TV?», chiedo al barista all'inizio della performance.

«Come vuole».

«Bentornati agli Skate America, signore e signori!». L'annunciatore sorride sullo schermo. «La prima nel programma di stasera è la campionessa del mondo in carica nel pattinaggio di figura individuale, Penelope Carter!».

Fisso Penelope mentre scende sul ghiaccio in uno splendido costume blu, sentendo ancora residui di quei sentimenti che avrei giurato fossero scomparsi da tempo.

"Devo chiamarla dopo che avrà vinto oggi. Dobbiamo porre fine a questa Guerra Fredda".

La sua musica inizia a suonare e attira l'attenzione di tutti nel bar. Di tutti nell'arena.

È la perfezione assoluta per l'intero primo minuto e i telecronisti stanno già profetizzando la sua vittoria.

Devia dal suo programma con un quadruplo lutz dal quale atterra perfettamente. Poi ne fa un altro.

Come se avesse qualcosa da dimostrare, tenta e ottiene una serie di tripli salchow, quindi si prepara per un quarto quadruplo lutz.

Si lancia in aria, ma questa volta non atterra sulle sue lame.

È la testa a colpire il ghiaccio per prima.

Mi alzo dalla sedia mentre il sangue schizza sul ghiaccio, mentre i telecronisti gridano.

Il bar si riempie di urla e lamenti mentre la regia interrompe il programma e manda in onda uno spot.

Senza pensarci due volte, mi precipito in aeroporto e pago il triplo per un biglietto last minute per Chicago.

«Ce ne hai messo di tempo». Travis si alza in piedi nel momento in cui entro nella sala d'attesa.

«Come sta?»

«Gambe rotte, frattura del polso e del cranio e amnesia selettiva. Solo nel breve termine, direi, perché ricorda bene tutte le mie cazzate». Alza gli occhi al cielo. «I medici dicono che si riprenderà quasi del tutto, ma non pattinerà mai più. Dicono che la sua caccia alla ventottesima medaglia è ufficialmente finita».

«Non ci credo».

«Neanch'io». Mi dà una pacca sulla spalla. «Sto andando a prenderle uno spuntino dalla mensa. Vuoi qualcosa?»

«No, grazie». M'incammino lungo il corridoio ed entro nella sua stanza, aspettandomi di vederla dormire, ma è seduta.

Anche con la testa avvolta nelle bende, è ancora fottutamente meravigliosa.

«Indossi giacca e cravatta adesso, Hayden?». Lei sorride.

«Ti farei un complimento per quanto sei bello, ma non voglio nutrire il tuo ego. E, secondo il mio diario, ti odio».

«Confermo, mi odi». Rido e poso un mazzo di fiori sul suo tavolo.

«Prima di dire qualcosa, puoi dirmi se sono viva o se sono ancora in coma?»

«Cosa te lo fa chiedere?»

«Ho avuto una visione in cui Tatiana Brave veniva qui con dei fiori, e piangeva come se le fregasse un accidente di me. Non posso credere che fosse reale».

«Mmm. Vediamo». Scorro alcuni dei bigliettini sui bouquet, fermandomi quando ne vedo una firmata come "La tua nemica giurata e la pattinatrice numero due al mondo".

«Era decisamente qui». Tiro fuori la carta e mi schiarisco la voce.

Penelope,

Come osi farti male qualche mese prima dei mondiali?

Sei stata una vera egoista a tentare un altro quad in quello che sarebbe stato comunque un programma vincente, e non ti perdonerò mai, MAI per questo.

Sto pregando per un miracolo, perché voglio batterti una volta per tutte.

Con affetto

(No! Non proprio. Non sono impazzita :-/)

Tati

P.S. Sei l'unica persona in questo sport che abbia mai rispettato al cento per cento, ma ti odio ancora fino al midollo.

«Ha tirato alcune righe dopo quest'ultima nota, e poi sotto ha scritto: "Il tuo costume faceva schifo e non vedo l'ora di essere la nuova numero uno"».

«Ovviamente». Penelope sbuffa. «La odio da morire».

«No, non è vero». Mi siedo sul bordo del suo letto. «Secondo me la rispetti, come lei rispetta a te. In realtà penso che voi due vi stareste simpatiche se non foste avversarie così temibili».

Non risponde, ma il suo sguardo dice tutto. «Perché io e te non siamo amici?»

«Probabilmente a causa della nostra Guerra Fredda».

«Che hai iniziato tu, secondo quello che ho scritto». Tiene in mano il suo diario.

«Penso proprio che il tuo punto di vista sugli ultimi mesi sia parziale». Mi tolgo la giacca.

«Perché hai smesso di parlarmi?», mi chiede. «È stato per qualcosa che ho fatto?»

«No». Scuoto la testa. «Sono solo stato egoista. Tutto qua».

«Egoista riguardo a cosa?».

Non rispondo. «Stai ancora con Tim?»

«Chi diavolo è Tim?». Scuote la testa. «Sei la seconda persona che me lo chiede oggi. Non dev'essere importante perché non è nominato affatto nel mio diario, e ricordo tutti i ragazzi con cui sono uscita da quando te ne sei andato. Jackson, Roger, Tate e Randall, tutte rotture durante le quali tu non c'eri».

«Mi dispiace. Dovrò strisciare per farmi perdonare e tornare tuo amico?»

«Ti andrebbe?»

«Sì».

«Allora farò una lista».

«La seguirò».

Lei deglutì. «Mi sei mancato, Hayden».

«Mi sei mancata anche tu». Indico il suo diario. «C'è una di quelle rotture che vale la pena ricapitolare?»

«Be', vediamo. C'è quello che mi ha rubato la macchina». Lei gira la pagina. «Quello che non riusciva a smettere di ruttare, quello che mi ha detto che ero innamorata di qualcun altro e quello che ha tirato fuori il suo cazzo al cinema».

«Mi piacerebbe mi parlassi di tutti tranne dell'ultimo».

«Inizierò con quello, allora». Lei ride e richiude di colpo il diario. «Promettimi una cosa».

«Sì?»

«La prossima volta che mi innamoro perdutamente di un ragazzo, dimmi di rompere con lui quando le cose inizieranno a farsi serie, se non sono esattamente chi voglio essere».

«Perché diavolo dovrei mai dirti una cosa del genere?»

«Perché sto notando una costante in queste pagine. Alla fine di ogni storia, mi ripeto che c'è una lezione da imparare e chiaramente non ci riesco mai. Dimentico i miei sogni e mi aggrappo a quelli del tizio in questione, oppure cerco di diventare parte del suo mondo a tutti i costi, sacrificando il mio».

«Quindi vuoi allontanare chi ti ama?»

«Mi capirà, perché sarà innamorato di me».

«Non ha alcun senso, Penelope».

«Di' solo che lo farai, per quanto possa essere difficile. Mi dirai di concentrarmi sui miei sogni e realizzare tutto ciò che voglio, prima di impegnarmi davvero con qualcuno».

«Anche se ti ama davvero?».

«*Soprattutto* se mi ama davvero».

Si addormenta dopo che ci siamo aggiornati su alcune cose, e la sera seguente viene sottoposta a una serie di interventi chirurgici.

E altri ancora il giorno dopo.

La sua memoria torna qua o là, ma mai completamente. E non è mai del tutto in ordine.

Da un lato, il fatto che non ricordi Tim mi aiuta con Tinder. Voglio dire, con *Cinder*. Dall'altro, so che un giorno, se dovessimo mai oltrepassare il limite, non riuscirà a capire che ho fatto esattamente ciò che ho promesso di fare.

Quarantacinque

Oggi

Hayden

La mia lettera sul «New Yorker» bloccò internet alle nove e mezzo del mattino. Per venti minuti, il mondo della tecnologia trattenne il respiro mentre tutti leggevano le mie parole e rimanevano senza fiato per lo shock.

Migliaia di e-mail riempirono la mia casella di posta mentre #HaydenHunterFinito, #HaydenHunterLadro e #TinderHaFattoCinder arrivavano in cima alle classifiche di tendenza di Twitter.

Quando i notiziari mattutini vennero a conoscenza della storia, spensi il telefono e dissi a Sarah di non fare dichiarazioni a mio nome.

Sapevo che le conseguenze non sarebbero finite lì, ma volevo evitare di affrontarle il più a lungo possibile.

"C'è solo una persona che voglio contattare".

Inviai un promemoria ai dipendenti, dicendo a tutti di prendersi ferie per il resto della settimana, e poi mi preparai una tazza di caffè. Era quasi ora per me di iniziare la seconda fase del piano per riconquistare Penelope.

Mentre stavo esaminando la mia lista, sentii dei colpi frenetici alla porta.

Non mi preoccupai di chiedere chi fosse. Le persone che valevano il mio tempo avevano le chiavi.

La serratura scattò e il suono rivelatore dei mocassini colpì il pavimento di marmo.

Lawrence.

«Adoro come hai arredato questo posto», disse. «Tutte queste scatole di pizza vuote, i cartoni cinesi da asporto e le lattine di birra danno un'atmosfera di autentica depressione».

«Grazie. È esattamente la sensazione che volevo evocare».

«Mmm». Calpestò un involucro vuoto e io mi voltai per guardarlo.

«Fammi indovinare», dissi. «Sei qui perché tutti i membri del consiglio d'amministrazione si stanno dimettendo e vogliono vedere la mia testa su un piatto d'argento».

«Tutto il contrario». Incrociò le braccia. «Sono *io* l'unica persona a volere la tua testa su un piatto, preferibilmente di pietra, così da poterla schiacciarla con un martello. Tutti gli altri a Cinder sono più che entusiasti di te. Stanno organizzando una festa in tuo onore».

"Che cosa?". «Perché?»

«Perché da quando hai pubblicato quella ridicola e sconsiderata lettera da ragazzino innamorato, i nostri abbonati sono aumentati del trecento per cento e le nostre azioni si stanno avvicinando ai massimi storici».

Sembrava tutt'altro che sconvolto. «Pensavo che stessi temporeggiando e fossi pronto a gongolare, quindi fa' pure».

«Non farò nulla». Scrollai le spalle. «Non ho niente per cui gongolare».

«Permettimi di ripetermi. Gli abbonati sono aumentati del trecento per cento e stiamo raggiungendo una quotazione record sui mercati».

«Ti ho sentito. C'è altro?»

«Sì, ho bisogno di chiamare il tuo medico. Evidentemente non si è accorto che hai subìto qualche danno cerebrale. Torno tra pochi minuti».

«Aspetta», dissi. «Ti ha chiamato Penelope? Ha inviato qualche e-mail?»

«Mi ha scritto "Buon compleanno" stamattina».

«Leggimelo per intero».

«L'ho appena fatto». Incrociò le braccia. «"Buon compleanno, Lawrence"».

«C'erano degli emoji? Qualche messaggio in codice diretto a me?».

Mi rivolse uno sguardo vuoto.

«Bene». Buttai giù il mio caffè.

«Posso darti un consiglio sentimentale?», disse schiarendosi la gola.

«No».

«Lo farò comunque. L'Hayden che conosco non sarebbe qui in questo momento. Non gliene fregherebbe un cazzo di niente, tranne che di ottenere ciò che vuole. Perché tutti, e intendo davvero tutti, meno suo fratello forse, potevano vedere che voi due eravate fatti l'uno per l'altra».

Aveva ragione.

La fase che stavo attraversando non era affatto nel mio stile.

Presi la mia giacca e mi diressi alla porta. «Tornerò al lavoro la prossima settimana».

«Per favore, non fare niente di stupido per il prossimo mese». Si tenne la mano sul cuore. «Mi devi quattro settimane senza palpitazioni cardiache».

«Non ho niente di stupido in agenda». "Non ancora".

«Allora, vuoi riprenderti Penelope?»

«No», dissi. «Devo rimettere Travis al suo posto una volta per tutte».

Quarantasei

Oggi

Hayden

Mi strappai l'ultima fasciatura al polso e parcheggiai la macchina davanti al B&B Warehouse.

Per i passanti, era solo un posto come tanti lì al cantiere navale. Niente di particolare.

Io però sapevo che non era così.

Era dove si allenava Travis. Dato che stava ancora curando il suo ego dopo la sconfitta a Las Vegas, c'era il novanta per cento di possibilità che sarebbe stato lì.

Attesi che una coppia passasse e inforcai gli occhiali da sole prima di uscire. Poi mi diressi verso l'ingresso laterale.

Digitando il codice sulla tastiera, aprii la porta e mi ritrovai faccia a faccia con la sua guardia del corpo.

«Sei l'ultima persona che il signor Carter vuole vedere», urlò. «Vattene da qui se ci tieni alla tua pelle».

«Stai ancora tradendo tua moglie, Greg?», gli chiesi. «O alla fine hai smesso? Sarebbe un peccato se per sbaglio menzionassi il nome della tua amante la prossima volta che la incontro».

«Entra». Mi lanciò un'occhiataccia prima di togliersi di mezzo.

Aggirai il resto dell'entourage di Travis ed entrai in palestra.

In piedi al centro del ring, Travis oscillava e saltellava, tirando pugni al busto di un manichino.

«Vedo che sei guarito abbastanza in fretta». I suoi occhi incontrarono i miei. «Non mi abituerei troppo a quella mascella se fossi in te. Sarà di nuovo rotta quando te ne andrai di qui».

«Vaffanculo, Travis». Lo guardai male.

«Avvicinati e dimmelo in faccia».

«Volentieri». Mi avvicinai e lui assestò altri pugni al manichino.

Superai le corde e mi piazzai davanti a lui.

«Stai cercando di farti ammazzare?», chiese.

«Chiudi quella cazzo di bocca e lasciami parlare. In caso contrario, uno di noi si farà male e posso garantirti che non sarò io».

«Solo uno di noi è un combattente professionista, Hayden».

«E solo uno di noi ha perso in qualcosa in cui credeva di essere il migliore», dissi. «Promemoria: ti hanno appena fatto il culo a Las Vegas».

La sua faccia divenne rossa di rabbia e strinse i pugni. «Ti suggerisco di sbrigarti e dire quello che diavolo vuoi dire».

«Prima cosa, sei fortunato che io sia innamorato di tua sorella. Seconda cosa: è Penelope la mia migliore amica, non tu, ed è così da anni. Non ero attratto da lei quando, da egoista quale sei, mi hai costretto a farle da baby-sitter perché te ne andavi».

Irrigidì la mascella, ma non disse una parola.

«Il nostro rapporto è stato esclusivamente platonico per anni, non c'è mai stato niente», ammisi. «Ma mi sono innamorato di lei molto prima di trasferirmi a New York. In realtà è questo il motivo per cui sono venuto qui: nel migliore interesse della sua carriera, non volevo distrarla. Così io…».

«Ti sei fatto strada in città fino a quando non hai deciso che volevi qualcuno ingenuo con cui stare?»

«Sono ancora innamorato di tua sorella e non mi interessa se sei d'accordo o no». Feci spallucce. «Se mi stimi così poco da credere che in realtà la stavo adescando come un maniaco, invece di prendermi cura di lei, è una scelta tua. Perché se devo scegliere quale relazione significa di più per me, non sarà quella che abbiamo io e te».

Silenzio.

Pensai di dargli un pugno in un occhio, ripagandolo per il pestaggio insensato, ma improvvisamente cambiò tono.

«Ti ho sentito con un'altra donna nella tua stanza a Las Vegas», disse.

«Come ti ho già detto, non c'era nessun'altra donna».

«E Anya Sterling?»

«Mi sono imbattuto in lei nel momento sbagliato. E il nostro incontro ha avuto un risalto del tutto sproporzionato. Non tradirei mai Penelope».

Mi fissò a lungo. Sembrava indeciso tra il credermi e il lanciarsi verso di me.

Serrai il pugno nel caso scegliesse la seconda opzione.

«Non mi dispiace per quello che ho fatto», disse.

«Non accetterei comunque le tue scuse». Sollevai gli occhi. «Grazie per il tentativo, però».

«Va bene, in realtà mi dispiace». Sembrava sincero. «Io credevo che la stessi trattando come tutte le altre donne che hai... be', lo sai».

«Continuo a non accettare le tue scuse, soprattutto se questo è il massimo che riesci a fare». Incrociai le braccia. «Mi hai fratturato la mia cazzo di cavità oculare».

«Se un tizio avesse fatto del male a Penelope, sono sicuro che lo avresti conciato ben peggio».

«Mi hai lasciato sanguinante sul pavimento della cucina».

«Ricordo che una volta mi hai chiamato dopo aver ridotto in poltiglia un ex di Penelope. Che cosa aveva fatto esattamente a Principessa?».

Sospirai. «Scuse accettate. Le hai parlato? Mi sta ignorando».

«Per il momento. Dovrà parlarti nei prossimi mesi, ne sono sicuro».

«Non puoi sapere per quanto tempo terrà il muso».

Mi fissò con uno sguardo vuoto per diversi secondi. «Non te l'ha detto?»

«Detto cosa?».

Si passò una mano tra i capelli. «L'ho incontrata a Salt Lake City, ma ora è arrabbiata anche con me. Posso provare a chiamarla».

«No, non ti preoccupare», dissi, scendendo dal ring. «La troverò da me».

Quarantasette

Oggi

Penelope

Nel momento in cui atterrai a New York, presi un taxi per la Seventh Avenue Bank.

Travis aveva messo una grossa cifra su quel conto in banca. Volevo prelevare ogni centesimo e usarlo per un nuovo appartamento.

Sperando che i soldi bastassero.

«Grazie per aver chiamato prima del suo arrivo, signorina Carter». Il direttore della banca mi tese la mano quando varcai la soglia. «Stiamo ancora sistemando i documenti, ma ce ne occuperemo nel mio ufficio».

«Perfetto». Lo seguii in una grande stanza dove aspettavano altri funzionari in giacca e cravatta.

Mi fece cenno di sedermi.

«Solo per conferma, alcuni anni fa il signor Carter ha aperto un conto a suo nome e ha investito quasi tutti i soldi che versava in azioni della Cinder. Le risulta?».

"Non me l'ha mai detto".

«Sicuro». Annuii.

«Va bene, be'…». Si schiarì la gola. «Le consiglio gli assegni circolari, ma naturalmente può usufruire dei suoi fondi come desidera. Come preferisce che sia fatto?»

«Contanti, per favore». Misi la mia borsa sulla sua scrivania. «In pezzi da cento».

Prese la borsa e vi guardò dentro. «Ha altre borse?»

«No». Sollevai le spalle. «Solo questa».

Guardò il suo socio, poi di nuovo me.

«Signorina Carter», disse, facendo scivolare lentamente gli occhiali da lettura sulla sua faccia. «Quanti soldi pensa che ci siano nel suo conto?».

«Cinquantamila, più o meno».

«Se fossero stati cinquantamila, non l'avrei attesa alla porta e sarebbe stata fuori di qui pochi minuti fa». Si sporse in avanti. «Sono sette milioni di dollari».

La mia mascella cadde sul pavimento e sentii il sangue defluire dalla mia faccia.

«Dunque». Mi guardò. «Come vuole che procediamo?»

«Assegni circolari». Riuscivo a malapena a sentire la mia voce. «Ma solo per il dieci per cento».

«Come pensavo». Si alzò in piedi. «Torno subito, signorina Carter».

Mi appoggiai allo schienale della sedia, totalmente sbalordita.

Tirai fuori il telefono per sbloccare Travis e inviargli un messaggio di ringraziamento, ma mi aveva già mandato un messaggio lui.

Diverse ore prima.

TRAVIS: Ti voglio bene, Principessa... Spero che un giorno capirai come sono davvero. Anche se non potevo essere fisicamente lì, ogni combattimento che ho fatto era per te.

Quarantotto
Oggi

Hayden

Cinder si accorda con Tinder per quaranta milioni di dollari

Cinder ora è valutata due miliardi di dollari

Simon Gaines è stato arrestato a Manhattan per frode, irruzione nei suoi uffici

Quarantanove
Oggi

Penelope

Manhattan, New York

"Mi ci è voluto tutto questo tempo per rendermene conto: tutto ciò che ho fatto con Cinder, ogni mia mossa, era perché ero innamorato della mia migliore amica e non volevo che stesse con nessun altro...".

"Ero disposto a mentire, imbrogliare e rubare per vendicarmi dell'uomo che pensavo me l'avesse portata via".

Le lacrime caddero sul mio schermo mentre leggevo per l'ennesima volta le parole di Hayden sul «New Yorker». Nel confessare la verità riguardo a Tinder, aveva svelato parti della nostra storia che io avevo dimenticato da tempo. La sera prima, i mesi che avevano preceduto il mio incidente si erano aperti all'improvviso nel mio cervello come le pagine di un romanzo.

Scena dopo scena, mi vedevo mentre lo desideravo e uscivo con Tim, non sapendo che Hayden contraccambiava i miei sentimenti.

Avrei voluto disperatamente chiamarlo e dirgli di incontrarmi da qualche parte, in modo che potessimo parlare, ma non potevo.

I titoli di giornale della sua relazione con Anya erano ancora un ostacolo insormontabile.

"Possiamo crescere insieme un figlio e niente di più".

«Ehi, Penelope?». La voce di Tatiana mi strappò ai miei pensieri. «Ora dovresti uscire dalla macchina».

Guardai alla mia sinistra e la vidi che reggeva un ombrello sopra la portiera aperta del taxi.

«Oh, scusa». Uscii e mi fermai sotto, chiudendo lo sportello dietro di me.

«Penso che questo sia un bel quartiere», disse, inclinando la testa di lato. «Molti ottimi servizi ed è abbastanza vicino a due piste. È anche vicino a… Be', ehm…».

«Cinder», dissi. «Nel caso».

«Sì, nel caso». Avvolse il suo braccio attorno al mio e mi condusse all'interno. «Mi dispiace di averlo detto».

«Nessun problema».

Prendemmo l'ascensore fino all'ultimo piano, trovandoci nel bel mezzo dell'asta privata. Scrivemmo i nostri nomi sul badge, poi passammo al buffet.

Da lì, la vista di Manhattan era perfetta.

Mentre mi versavo da bere, sentii una familiare scossa di elettricità viaggiare attraverso il mio corpo, quel palpito pulsante che sentivo solo quando…

«Quello è Hayden Hunter?», «Oh, mio Dio, guarda!», «È qui per comprare tutto prima che lo facciamo noi?».

Sussurri sommessi all'improvviso riempirono la stanza.

«Vuoi prendere l'ascensore sul retro?». sussurrò Tatiana. «Posso fare io l'offerta per te se non vuoi restare».

"Sì". «No». Scuoto la testa. «Sto bene».

«Sei sicura?».

Annuii e sospirai. Mentre i mormorii si attutivano, raccolsi un'altra manciata di M&M.

Riuscii ad arrivare alla fine del buffet prima di cedere e dare una rapida occhiata a Hayden.

Più sexy che mai, indossava una camicia nera con scollo a V che gli aderiva ai muscoli e jeans scuri, perfetto come sempre.

I suoi occhi azzurri incontrarono i miei e io cercai di distogliere lo sguardo, ma non ci riuscii.

«Signore e signori, posso avere la vostra attenzione, per favore?». L'organizzatore batté le mani e si spostò al centro della stanza. «Grazie mille a tutti per essere venuti al nostro open house. Per favore, seguitemi nell'area dello showroom dove abbiamo allestito lo spazio per le aste formali».

Gli ospiti si diressero verso lo showroom, ma io rimasi immobile.

Un ragazzo che sembrava qualche anno più giovane di me si avvicinò a Hayden con il cellulare sollevato.

«Sei il mio idolo», disse. «Posso fare una foto con te, per favore?».

Hayden annuì, ma tenne gli occhi fissi sui miei; il ragazzo scattò senza accorgersene.

Tatiana si mosse dietro di me. «Vuoi che vi lasci soli?»

«No», dissi. «Per favore, resta».

Hayden si avvicinò, fermandosi proprio di fronte a me.

«Sei così bella», disse, la sua voce roca.

Non risposi. Lo fissai e basta.

«Mi sei mancata». Mi guardò negli occhi. «Ti ho chiamata venti volte al giorno, ti ho lasciato messaggi e mandato fiori. Ho pagato per la pubblicità di tutti i programmi che guardi e ho scritto una lettera sul "New Yorker"». Fece una pausa. «Hai visto qualcuna di queste cose?»

«No». Mentii, ingoiando il nodo che avevo in gola. «Ho fatto del mio meglio per seguire il consiglio di un certo qualcuno e voltare pagina».

«Ci sei riuscita?»

«Non ancora». Le lacrime mi pungevano gli occhi, ma mi rifiutavo di lasciarle cadere. «Anche tu stai bene, Hayden. Scommetto che Anya adora svegliarsi accanto a te».

«Non ti tradirei *mai*, Penelope», disse. «Quelle foto sono solo un malinteso, ma non avrei mai dovuto chiederti spazio. Farò tutto il necessario per riaverti e farmi perdonare». Si avvicinò abbastanza da farmi sentire il profumo della sua colonia.

Ci guardammo negli occhi per diversi istanti, senza dare voce alle parole non dette.

«È questo il tipo di appartamento che vuoi davvero comprare?», chiese alla fine. «Non è il tuo stile».

«Ho intenzione di ristrutturarlo», dissi. «Farò un'offerta, in modo che...».

«In modo che?»

«Avevo intenzione di chiamarti la prossima settimana». Mi rifiutavo di arrivare al punto. «Devo dirti una cosa importante».

«Sono di fronte a te». Colmò lo spazio che c'era tra noi. «Non c'è bisogno di aspettare una settimana». Alzò la mano e la premette contro la mia guancia, trasmettendomi un calore che mi attraversò tutto il corpo. «Che c'è?»

«Per favore, scrivete le vostre offerte iniziali sul vostro modulo per il primo turno!», esclamò il curatore dall'altra parte stanza. «Siete liberi di superare questa prima offerta, ma serve ad aiutare il battitore».

«Devo andare», dissi. «Devo fare un'offerta».

«Oppure puoi lasciare che te lo compri io». Mi prese le mani. «Ho bisogno che mi ascolti subito, Pen. Dobbiamo parlare».

«No». Feci un passo indietro. «La prossima settimana».

Mi allontanai da lui prima che potesse dire altro. Ansiosa, afferrai una paletta e un pennarello. Poi presi posto in prima fila.

«In questo primo turno, offriamo quattro appartamenti identici a questo», disse il battitore. «Per iniziare l'asta, do il benvenuto...».

«Se non vuoi parlarmi in privato, allora lo faremo pubblicamente». Hayden era improvvisamente di fronte a me, gli occhi ridotti a due fessure e la mascella serrata.

«Signore, questa è un'asta». Il battitore si schiarì la voce. «Se è interessato a rimanere, può registrarsi e...».

«Se credi che ti avrei mai fatto del male dopo tutto quello che abbiamo passato insieme, ti sbagli di grosso».

La stanza si riempì di sussurri che si dissolsero presto nel silenzio.

«Non posso vivere un giorno in più senza che mi parli». La sua voce era roca. «Non ho mai provato per nessun'altra quello che sento per te, e tu sei più della mia migliore amica, Penelope. Penso che tu lo sia sempre stata».

Le lacrime mi scesero sul viso.

«Ti ho amata dalla rottura numero quindici». Mi fece scorrere le dita tra i capelli. «Ti volevo già, ma ti amavo abbastanza da desiderare che ti concentrassi sulla tua carriera...».

Il mio respiro rallentò.

«Ti amo e so che hai letto la mia lettera», disse. «Sono i tuoi occhi a dirmelo. A scanso di equivoci: sono innamorato di te, di ogni parte di te, e non ti darò mai più consigli su come conquistare un altro, perché mi appartieni. E se mi darai una seconda possibilità, non dovrai mai più affrontare un'altra rottura».

La stanza ormai era così silenziosa che se fosse caduto uno spillo lo avremmo sentito. Le parole che volevo dire ad alta voce erano intrappolate sotto la mia lingua.

Potevo sentire gli occhi di tutti su di noi: quegli sguardi mi imploravano di dargli una risposta.

«Per favore». Hayden si avvicinò così tanto che le nostre labbra quasi si toccarono. «Per favore, riprendimi con te, Penelope».

Deglutii. «Non ho mai voluto dare un nome alla nostra rottura».

«Non è necessario. Riprendimi con te».

«Va bene». Annuii, sentendo le lacrime scendere sul mio viso.

«"Va bene, ti riprendo" o "Va bene, devo pensarci su"?»

«Va bene, ti riprendo. E andiamocene».

Mi baciò senza prestare la minima attenzione agli altri nella sala, senza preoccuparsi se stessero registrando o meno.

«Mi sei mancata», sussurrò. Mi infilò le dita tra i capelli

mentre mi teneva la bocca, facendomi ricordare quanto mi fosse mancato anche lui.

Quando alla fine si staccò da me, alcuni degli ospiti applaudirono.

«Potete andarvene da qui adesso?». Il battitore gemette. «Ho un immobile da vendere».

Ridemmo e Hayden mi strinse la mano, guidandomi fuori dalla stanza. Mi condusse sull'ascensore, premendo di nuovo la sua bocca contro la mia mentre scendeva.

Quando arrivammo al piano terra, mi spinse contro la parete e mi baciò così profondamente da farmi promettere in silenzio che non avrei mai più passato tutto quel tempo senza baciarlo.

«Casa mia o tua?», chiese.

«Tua».

«Bella scelta». Mi avvolse un braccio intorno alla vita, guidandomi per la strada e verso la sua macchina. Mi strinse più forte quando il primo fotografo si fermò davanti a noi.

Mi baciò sulla fronte mentre altri due iniziavano ad accendere le loro invasive telecamere.

«Niente ombrelli sotto questa pioggia?», «Voi due siete una coppia adesso?», «Qualche commento sulla lettera di Hayden, Penelope?».

Hayden aprì la portiera del passeggero e mi aiutò a entrare senza dire loro una parola.

Si spostò al lato del guidatore e partì sgommando.

Tenendomi per mano sopra la leva del cambio, mi guardò mentre ci avvicinavamo a un semaforo rosso. «Di cosa mi dovevi parlare esattamente la prossima settimana?»

«Un programma di appuntamenti».

«Che cosa?». Reagì lui. «Onestamente pensi che seguirei qualcosa del genere solo per parlare con te?»

«Era per la cogenitorialità», dissi, facendo una pausa. «Sono incinta». Fermò l'auto e mi guardò.

«Prima che tu me lo chieda, non c'è bisogno di un test di paternità».

«Non avevo intenzione di chiederlo affatto». Guardò il mio stomaco. «A quanto sei?»

«Tredici settimane», dissi. «Sei spaventato?»

«Terrorizzato». Si chinò e mi baciò, ignorando i clacson che presero a strombazzare dietro di noi quando il semaforo diventò verde.

«Spiegami una cosa», disse. «Un programma di appuntamenti per salvaguardare un'amicizia era una cosa, ma pensavi davvero che una soluzione del genere avrebbe funzionato una volta scoperto che portavi dentro di te mio figlio?»

«Ero disposta a includere un po' di sesso senza impegni se avessi mantenuto la tua parte dell'accordo».

Le sue labbra si curvarono in un sorriso. «Un po' non sarebbe mai abbastanza». Mi fece scorrere le dita tra i capelli. «Non vedo l'ora di un vero nuovo inizio con te, Penelope, ma voglio assicurarmi di non essere mai d'intralcio ai tuoi sogni».

«Lo capisco».

«Bene», disse. «Voglio anche assicurarmi che tu sia sempre sincera con me e che mi dica sempre quello che vuoi, in modo che io possa dartelo».

«In camera da letto?»

«Anche lì, ma no». Scosse la testa. «Intendo in generale. Parlami».

«Mi fai provare la tua macchina?»

«Non approfittartene, cazzo». Rise, baciandomi di nuovo. «Ti porterò in un parcheggio questa settimana, così imparerai a guidarla. Cos'è che vuoi *veramente*?».

Cinquanta

Penelope

Qualche mese dopo

Ho fatto scorrere le dita su un rocchetto di nastro rosso, espirando mentre leggevo le parole che vi erano ricamate sopra. THE PERFECT FEATHER: IMPIANTO DI PATTINAGGIO SUL GHIACCIO.

All'inaugurazione della mia pista mancavano ancora alcuni mesi, ma avevo deciso di supervisionare tutti i dettagli fino al taglio del nastro.

La collezione di medaglie e premi di mia madre avrebbe presto trovato una nuova casa sulla parete all'estrema sinistra, proprio accanto alla mia.

Tra le nostre, avrei lasciato uno spazio da destinare a quelle conquistate da altre pattinatrici. Le ragazze che avevano firmato per lavorare con me in primavera avevano ottime possibilità di fare una bella carriera, lo sapevo già.

Sapevo anche che avrei potuto allenare una campionessa e arrivare a "ventotto" grazie al nuovo regolamento olimpionico. Ma preferivo avere ventotto *studentesse* e fare la differenza.

Sorridendo, mi avvicinai a un paio di pattini in panchina, resistendo all'impulso di metterli.

«Se non sbaglio avevamo un accordo: non saresti venuta qui fino a quando nostro figlio non fosse nato». La voce profonda di Hayden mi fece voltare.

«Dato che mi conosci, avresti dovuto sapere che era una bugia».

«Infatti». Sorrise, baciandomi la fronte. «Sapevo anche che era meglio anticipare il volo per controllarti. Non mi sembra che tu stia in giro con Tatiana».

«Non sai quanto sia noioso guardare ore di cartoni giapponesi con una fanatica del genere». Scuoto la testa. «Com'è andato il meeting con Sarah e Lawrence?»

«Bene». Mi avvolse le braccia intorno alla vita. «Sono felici di passare al livello successivo. A proposito, su una scala da uno a dieci, quanto sei felice con me?»

«Otto».

«Solo otto?». Alzò il sopracciglio.

«Sarebbe un dieci se i tabloid non se ne uscissero sempre con il loro "Quanto durerà tra Penelope Carter e Hayden Hunter?". Se ne inventano una ogni giorno».

«Te l'avevo detto di non leggere quella robaccia».

«Ci sto ancora lavorando su».

«Mmm». Mi baciò, estraendo dalla sua tasca una scatoletta rossa. «Una cosa. La prossima volta che pubblicheranno quella storia, dovresti unirti a loro e scommettere per sempre».

Fece un passo indietro e si inginocchiò.

Sussultai quando mi prese per mano e mi guardò.

«Avrei voluto farti la proposta mesi fa», disse, «ma sapevo che avresti voluto l'approccio tradizionale, e cioè che chiedessi la tua mano ai tuoi genitori, cosa purtroppo impossibile».

«Per favore, dimmi che non l'hai chiesta a mio fratello».

«Invece sì». Sorrise. «Mi ha detto: "Col cazzo". Ma gliel'ho domandato».

Risi.

«Qualche giorno più tardi però ci ha ripensato. Ma te l'avrei chiesto in ogni caso». Mi strinse la mano.

«Penelope Carter, sono innamorato di te dalla rottura numero quindici», disse. «Vorrei avertelo detto allora, così non avremmo mai dovuto affrontare la nostra Guerra Fredda».

Le lacrime mi pungevano gli occhi.

«Tuttavia ti prometto che non ce ne sarà mai più un'altra. Voglio passare il resto della mia vita con te e non voglio essere solamente il tuo ragazzo». Mi rivolse uno sguardo intenso. «Mi vuoi sposare?»

«Sì». Annuii. «Sì».

Fece scivolare un enorme anello di diamanti sul mio dito e mi baciò la mano prima di alzarsi. Tirandomi tra le sue braccia, mi baciò finché rimasi quasi senza fiato.

«Sono contento che tu sia la mia prima e ultima relazione», sussurrò contro le mie labbra.

«Perché?»

«Perché so che non dovrò mai dare un nome alla nostra rottura».

FINE

Rottura #17

Quello che mi doveva delle scuse

Epilogo

Hayden

Non dimenticarti che mi devi delle scuse.

So che hai fatto supposizioni su di me che non si sono avverate quando ci siamo incontrati per la prima volta nel prologo. Ti vedo.

Probabilmente pensavi che in qualche modo avessi tradito la mia migliore amica o fatto qualcosa di imperdonabile.

A ogni modo, dal momento che ho passato la maggior parte di questo romanzo a porgere scuse come caramelle, è giusto che tu faccia la stessa cosa con me.

Ti manderò anche via e-mail uno dei modelli di Penelope.

Sto aspettando.

FINE (DI NUOVO)

Indice